我是一条河

陈改玲 著

浙江工商大学出版社
ZHEJIANG GONGSHANG UNIVERSITY PRESS
·杭州·

图书在版编目(CIP)数据

我是一条河 / 陈改玲著. —杭州 : 浙江工商大学出版社, 2022.8

ISBN 978-7-5178-5002-1

Ⅰ. ①我… Ⅱ. ①陈… Ⅲ. ①散文集—中国—当代 Ⅳ. ①I267

中国版本图书馆CIP数据核字(2022)第108517号

我是一条河

WO SHI YI TIAO HE

陈改玲 著

策划编辑 任晓燕
责任编辑 熊静文
责任校对 何小玲
封面设计 浙信文化
责任印制 包建辉
出版发行 浙江工商大学出版社
(杭州市教工路198号 邮政编码310012)
(E-mail:zjgsupress@163.com)
(网址:http://www.zjgsupress.com)
电话:0571-88904980,88831806(传真)
排　　版 杭州朝曦图文设计有限公司
印　　刷 杭州高腾印务有限公司
开　　本 880mm×1230mm 1/32
印　　张 8
字　　数 197千
版 印 次 2022年8月第1版 2022年8月第1次印刷
书　　号 ISBN 978-7-5178-5002-1
定　　价 48.00元

“钱塘潮创意写作书系”总序

浙江理工大学是一所特色鲜明，优势突出，理、工、文、经、管、法、艺术、教育等多学科协调发展的省属重点建设大学。学校坐落于“上有天堂，下有苏杭”的历史文化名城杭州市。学校前身为蚕学馆，由杭州知府林启于1897年创办，是我国最早创办的新学教育机构之一。学校具有悠久的创新创业的育人传统，培养了以报业大亨史量才、戏剧家夏衍、丝绸大师都锦生等为代表的优秀人才。新中国成立以来，学校响应党的号召，积极进取，锐意改革，于2006年获得博士授予权；近年来，学校秉持“厚德致远，博学敦行”的校训，坚持立德树人，不断拓宽办学路径，在习近平新时代中国特色社会主义思想指引下，取得了跨越式发展。

“钱塘潮创意写作书系”是对浙江理工大学史量才新闻与传播学院（以下简称“新传学院”）创意写作办学成果的一次集中展现。新传学院成立于2003年，自2005年开始“工坊制”写作人才培养探索，全国著名作家李杭育、朱晓军亲自担纲主讲教师，2007年9月面向全校招收写作实验班学生，实施小班制教学。2012年被列为校级创意写作中心，2016年试行中文本科生写作改革，形成了由创意思维训练、创意写作基础、虚构写作、非虚构写作、商务写作与公文写作、虚构写作实践、非虚构写作实践等课程构成的全新的写作课程体系。这一以个性化、创造性和实践性为特色的教学改革，取得了系列培养成果，受到了学生的一致欢迎，产生了一定的社会影响。

本校创意写作师资队伍雄厚，专兼职教师齐备，年龄分布合理。既聘有国家一级作家李杭育、鲁迅文学奖获得者朱晓军为专任导师，又聘有鲁迅文学奖获得者陆春祥、知名编剧李森祥、媒体资深作家孙迅雷等八位作家为兼职教授。同时还拥有一支十人左右的博士教学团队，其中有的是具有海外访学经历的资深学者，有的是具有写作专长的“90后”博士。经过长期的教学实践和科学研究，浙江理工大学创意写作中心专兼职教师在创作和科研方面取得了丰硕的成果，培养了社会需要的写作人才，发表了不少高质量作品。一些学生毕业后从业于新华网、《浙江日报》社、浙江电视台、浙江在线、《家庭》杂志社、《知音》杂志社及浙江影视公司等单位，实现了较大比例的高端就业，有的与网站签约，从事网络文学创作，有的于澳大利亚墨尔本大学、香港中文大学、复旦大学、浙江大学等国内外高校继续深造，还有的活跃于浙江省内外创意文化产业。

“听说读写”一直都是中文系学生的基本功。但是，把“写作”特立出来，凸显其“创意”属性，则有两层含义。第一，是对时代变革的呼应，强化基础学科的应用实践能力，重“产出”，建立以语言文字“表达”为目标的中文教育体系，即要求阅读能力、理解能力和思考能力转化为看得见听得到的语言表达。对这种语言表达不能从“言有尽，意无穷”的维度去理解。第二，“创意”二字，则显示出其与以往写作课的不同，其目的是通过创意写作系列课程训练，达到“解放自我”的观念变革，探索向外（他在、现实及历史）敞开的多种可能性。这次推出的“钱塘潮创意写作书系”第一辑共有五本，既有创意作品，又有对创意写作的研究。创意作品中既有老师的创作，也有学生的创作。其创作的文体主要聚焦于诗歌、散文、杂文、小说，既有虚构创作，也有非虚构创作。

“八月十八潮，壮观天下无。”自古以来，浩浩荡荡的钱塘江滋养了两岸人民,其波澜壮阔、声势浩大的钱塘潮还招引着人们观潮弄潮吟潮。"弄潮儿向涛头立,手把红旗旗不湿",这种勇立潮头、敢为天下先的精神也是对新时代精神的一种阐释。本书系冠名为"钱塘潮",所体现的就是这种创新、开拓的精神。

钱塘潮创意写作书系编委会

2020年10月

目　录 | Contents

一、郑州:溱河之源

二、上海:丽娃河畔

三、洛阳:戎装步履谷水西

四、北京:未名倒影

五、杭州:钱塘观潮

一、郑州：溱河之源

儿时游戏

晚饭后,老姐妹、老女婿们闲聊,开心话过往,儿时种种趣事浮现。

下雪天捉麻雀,在地上撒玉米,用小棍儿支起筛子,过一会儿,麻雀进去啄食了,一拉绳子,筛子就扣住麻雀了。用红泥土裹住麻雀,点柴火烧烤。这做法,与叫花鸡相仿。

夏天去割草,在篮内拴一根骨头,篮系(即提手)上系根绳子,用力甩到河里,牢牢盯住,篮子动了,赶紧拉起,哪怕只有几只小虾也很开心。

夏日,趁大人午睡,小伙伴们常做扒窝捉鸟的事。房屋多为土墙,墙上的眼儿,多有麻雀窝。一群孩子抬个梯子靠在墙上,胆大的上去掏鸟,墙眼小,手伸不进去,拿丫杈树枝伸进去连扭带拉,由干草树叶铺成的一整个鸟窝就被绞出来啦!有时只有鸟蛋,有时是一窝肉乎乎还没长毛的小雀儿,有时啥也没有!最喜欢羽翼未丰的小麻雀,用麻绳拴住脚儿,用小米嘴对嘴地喂它,看它一点点儿长大,慢慢会飞……更爱用手抓鸟,鸟还没学会飞,就被玩死了。

夏日,最常做的是抓知了。抓一把麦子放嘴里,嚼成面筋状,粘在竿儿上粘知了。听到知了欢叫,瞧准了,一点点儿轻轻靠近其蝉翼,粘上后迅速收竿,蝉叫着挣扎还是被收入塑料袋里。晚饭后,拿着手电筒，一棵树一棵树地照过去，带壳的蝉正爬着，拿回家用碗或盆倒扣上，第二天早晨揭开一看，就看到翅膀还嫩嫩的蝉及蝉蜕。或者抓把麦秸点堆火，用力摇树，知了趋光，会吱吱叫着飞向火堆。捉到的蝉，撕碎喂鸡，若嘴馋了，就用筷子夹着在炉火上把它烤焦了吃。蝉蜕是中药，可治嗓子哑，有人捡来卖钱。蝉有两种，分公母，有的会鸣叫，有的不会，老家人称不会鸣叫的蝉为“哑巴妞”。高中时，我从科普书中得知蝉吸食树液而生，它把卵排在树枝上，被响雷震到地面，在地下孕育七年成幼虫，成虫后存活七天到十五天不等。生命的孕育与存活时长的极大反差，使我原谅了它是害虫这一事实。我有感而发，写了一篇题名为《蝉》的散文，被班主任当作范文在全班念了。

夏日，借割草之际去听“瞎话”。“瞎话”即故事。先割一会儿，小伙伴们就找喂牲口老头儿说“瞎话”了：“呀呀呸”，一条大河变成一个小水沟，汪洋大海变成了一碗水，一抬腿就迈过去了！一个人赤身裹上泥巴，一群鸟飞来啄他，他一下抓了好多。一人大清早赶集，碰见一个鬼，两人互相背着走。鬼轻人重，鬼嫌人重，怀疑他，人说是新鬼。走着走着，鸡叫了，天亮了，人抓着鬼不放，鬼变成一头大绵羊，人卖羊赚钱……

矮小的喂牲口老头儿眼睛发着光，绘声绘色地描述另一个世界的事，我们完全被吸引，“马王爷，三只眼”……八仙呀，《西游记》呀，我都是从他那儿听到的。喂牲口老头儿是邻村陈东的，按辈分我得叫他爷爷。“快去割草吧，免得挨大人骂。”他老婆有时会劝他不要讲，说干部会批评。

我们听完“瞎话”再去割草，眼更疾手更快。为了在篮子里装更多的草，就“打扇儿”，即把草排齐一边一丛地交叉，塞进篮子里，使两边的草成为扇形。“扇儿”有圆扇儿和长扇儿之分，圆扇儿即一篮草的形状像圆形，长扇儿即长形。“打扇儿”的关键是把草根排齐用力挤压进篮子里,草装满了,以至于胳膊都插不进篮系(提手),无法,就用镰刀把插进篮系边的绳扣里,搭在肩膀上,背回家倒进猪圈喂猪压粪(积肥),或者送到生产队喂牲口,过秤记工分。

那时割草的人多,本村、邻村的草都已割光割净,只好往远处去。我曾到三里外的后街去割草,抓地龙、弯弯狗(即狗尾巴草)、苦块草、黄黄苗(即蒲公英)、老驴干粮、老鼠愁……猪、羊、牛、驴各种牲畜喜欢食哪种草,我们都知晓。猪最喜欢吃构叶,这构树结红色果,酸甜,掐一根叶柄,有白色汁液渗出。这汁液有药用功能,能治癣。一不小心割破手了,抓把土捂上,念叨:“土土你是药,好了叫你声大哥!”得,血止住了,过几天结的痂自然也就掉了。农村娃命贱,夏天割草爬高爬低摔倒了,或者跑步磕得腿流血了,一般都是一把土搞定。

夏日割草时,玩得最多的游戏是抓子,即玩小石子游戏。常玩的有“抓八”和“大河”两种。“抓八”是基础玩法,有八块石子,高抛一石子,五指并拢捡起其他石子,伸开手掌又能接住抛出的那块石子,每次是捡一块、两块还是三块都有明确规定;还有一个动作叫“逮”,即高抛子张开手,子落手背,再抛出后从空中抓住。“大河”的难度系数较高,主要是子多,参与者每人带十二子,画一个大圈,“石头剪刀布”决定谁先开始抓,抓者把所有子扔进圈内,出圈属对方。这一扔要有度,力气大了出圈者多,力气小了石子挤在一处,不方便高抛轻抓,抓到手里的属于自己,叫作“吃”,至于每次吃几子,随自己,为了赢,多多益善,输赢是按吃子多少计算的。

我们玩抓子,那是百玩不厌。玩抓子极方便,随便一片平地,只要地硬,几块石子,就地一坐,就可以玩起来。抓完,站起来拍拍屁股上的尘土,继续割草。天长日久,手指上长满了倒刺,裤子上也沾满了土。怕耽误干活,更怕小伙伴闹矛盾,家长会让我们少玩一点儿。还有“抓子抓反,顶脑割搬”之说,小孩子争强好胜,因为输赢打起来了,没个轻重,会出人命的。学校老师也反对我们玩抓子,说坐地上不卫生。

当年，小伙伴似乎人人会玩抓子，近年来这游戏在老家基本绝迹！家长们给孩子买来各式玩具，这种随意坐地上玩耍的习惯也被淘汰！唉，世易时移，被淘汰、被遗忘的未必都是不好的。满天下都是温室花朵，一个个孩子富足而孤独地成长也未必就是好事！

（写于2020年1月26日）

柿子，摘呀捡呀钩呀

小时候，河南老家的柿树很多，有会柿、水柿、磨盘柿、火罐柿。会柿最多，杭州水果店卖得最多的软柿子就是这种；水柿较大，汁多皮薄；磨盘柿最大，靠蒂处有一道凹印，把柿子分成上下两部分，似磨盘；火罐柿，浙江又叫小吊红，有点儿瘦长。还有一种叫八月黄的柿子，是漤柿子最好的一种。

漤柿子是把即将成熟的柿子放在温水中去涩，吃起来像脆柿子。村里穷，许多人家买不起醋，就用柿子泡成醋。把柿子放进瓮里盖严，自然发酵，长出白毛毛后出水变酸，炒菜时沥出醋水备用。柿子醋，很酸。

我们最喜欢吃软柿子。夏天四方卷边的柿花落了，小伙伴捡来吸蜜（甜）。花落结柿，小青果一点点儿长大，忽一天，密压压青柿中一只变黄了，啊，变红了！“嗖嗖嗖”，爬上树，一只手抱着或抓着一根树枝，脚一点点儿往树梢挪，另一只手长长地伸着，终于到手！哇，还很软！小心地拿着柿子或放进口袋，哧溜一下从树上下来，怕把柿子压烂，离地面老高就跳下来了。柿液粘到衣服上洗不掉，大人要骂的。“见面分一半”，不能吃独食，自己在树上找柿子时，下边的小朋友一直在指点，你若太靠近树梢，他会叫“不敢不敢，够不着，甭把树枝压断了”。言下之意，太危险，摔下来不得了。这些未熟先软的柿子都是生了虫的，即便不摘也要掉下来；越接近柿子成熟期，地上落的柿子就越多，下午放学后去割草顺便也就捡软柿了。

郑州附近属丘陵地带，我们生产队叫陈家沟，原属杨树岗大队，后来调到东岗大队。东岗大队也有一个陈家沟，和我队紧邻，被分别称为陈西、陈东。家乡沟岗多，沟壑里种满了柿子树。我和小伙伴常去的陈东柿子林，有上下两块地，上边沟嘴上一整块地有三十多棵柿树，沟下边也有二十多棵柿树，全是可以爬上去的粗大柿树。这柿子林离我们陈西近，周末一大早我们就去捡拾柿子了，还爬上树用镰刀钩住树枝摘那些发软的柿子。装篮时，为了避免把柿子压破，要把不太软的柿子放下边，更软的放上边。我们抗着柿子回家，盘算着如何吃柿子。妈在铁鏊子上烙玉米饼，热热的带着焦香的玉米饼，夹着软软的柿子，牙齿一咬，满嘴热甜，像喝了蜜一般。妈还会把软柿子搅和在玉米面里，做出圆圆的柿子饼。在鏊子上褙熟的玉米饼又是另一种味道。那些摔烂的或有点儿涩的柿子就直接倒进猪食槽里喂猪了，毕竟家里的醋瓮也盛不了那么多柿子。

记忆中，家乡到处都是柿子树，沟里、路边随处可见。待到柿子熟透该收的时候，生产队就统一组织卸柿子。男劳力站在地下用镰杆钩住树枝，或爬树上一摇，柿子纷纷落地。树高地硬，难免有摔烂的，大家皆习以为常，并不觉得心疼。妇女捡柿子时会提醒道："树梢上留几个，不要卸光，免得把鸟气死了。"收好的柿子由队里分给各家各户后，每家要么镟柿饼，要么晒柿瓣。有专门的镟柿饼车，如纺车一般，右手摇动车子，左手拿着柿子放在刀片上刮皮，刮皮后的柿子放屋外晒软后收起，密封在瓮里出汗长霜。上好的柿子镟柿饼；稍次一点的，晒柿瓣，用刀横竖各切一下，十字处不能切断。这柿饼、柿瓣样貌好的卖掉或待客，不好看的自家吃，粥或汤快熬好时放进去，在少糖的年代里，那是至高的美味。镟柿饼刮下的柿皮也同样有用，春节串亲戚互送馒头，白面粉少而金贵，就用柿皮做馅，省了面粉。

20世纪七八十年代，大集体解散，柿树分给各家各户了；再后来，家乡整修公路建厂，沟壑被填平，柿子树也极少见了。当年一起摘软柿的小伙伴也有几位不见了。其中一个男孩，上学路上每次听到我们叫有软柿都会快速爬树，他一个一个地摸过去。“是这儿吗？”他问。“往前往前。”我们在下面指挥。他和我们一起割草、偷红薯、偷水果，胆大心细、动作麻利是其特点，却对软柿辨识不灵敏，长大后才知道，他是位红绿弱视者，有点儿色盲。如今，他已离世多年！

（写于2020年11月6日）

麦 罢

正如一首歌所云“城里不知季节变化”，城里不知麦收又来临了。从学生微信里我看到麦子熟了的照片，从照片上看，这应该是个丰收年，麦穗稠密而长，那干焦直刺的麦芒似乎能扎人。

“焦麦炸豆就那几天”，这句俗语，自幼我就耳熟能详。20世纪80年代以前，河南省县级以下的学校农忙时都会放假，夏天收麦，秋天收玉米。现在我老家所在的村庄已改为社区，也早不种庄稼了，那里的孩子与城里娃一样放学后在电脑上玩游戏，连电视都不愿看了。不要说割麦、拾麦穗了，很多孩子连大片大片相连的、一望无际的麦田都没见过。

我读小学时农田还没有承包到户，田地属于生产队。每日出工，生产队长会敲钟并统一分工。麦收时节，早晨5点钟声响起，大人们拿镰刀下地割麦，按麦黄的（成熟）程度决定先割哪一块。在田间地头，队长给每人分几垄麦，他自己也割。收麦辛苦，要趁天气抢收，他不断大声吆喝，有表扬，有调侃。有的人割麦，不仅割得快、麦茬低还干净！右手挥起镰刀，左手一把抓住麦条，把割掉的麦秆放在身后一堆，再抽两把长麦秆，交错结绳，把麦捆起来，便于装车运送，漏在地上的麦穗很少。如果有人麦捆扎不紧，运送时一拉麦绳，麦秆四散，既费工又令人懊恼；割得快又撒得多的，也不是好把式，他们会遭到队长挤对："割麦像拉肚子一样，撒一地。"因为要抢收，几乎没有磨洋工的，队长给大家的奖励，就是一人三颗"保喉片"，在吃糖为奢望的年代，这已是难得的福利，只有割麦的大人才能享受，我们拾麦穗的学生孩儿是没有的。而这"保喉片"，三颗小小的、白白的、薄薄的喉片，我二姐舍不得一人吃完，会给我和三姐每人一颗。

拾麦时，我们学生孩儿也是有观察能力的。我们最喜欢跟在那些割麦不干净、漏得比较多的人后面，一会儿就能捡一大把！捡来的麦穗，连着麦秆，杂七杂八，有长有短，送到生产队的麦场里，按斤记工分。有时为了添重，会有小伙伴从麦堆儿里抽出一把来，那必定要眼疾手快，还不能多拿，多拿的麦秆比较整齐，会露出破绽来。

当生产队的麦子基本上收到麦场后，就意味着我们可以给自家拾麦了。拾麦者往往为女性，各个年龄段的都有。每人扤一个用细竹丝编织的提斗（篮子的一种），在公家已捡过的麦田里仔细寻找遗漏在地上的麦穗，东一穗、西一穗地捡来，麦穗积成把了，就手对着手搓麦穗，再用手左右晃动提斗，簸出麦芒等，只剩下麦粒。拾麦者往往三五成群，结伴而行。捡拾范围，越过队界，在方圆几里地搜索。女性们一边拾麦，一边东家长西家短地闲聊。各种小道消息中，也夹杂着诸种传说和游戏。拾麦累了，会在树下乘凉，比比谁拾得多。一些村子如果还有麦捆在地里，会派人专门守候，这是看麦人，防止拾麦者偷麦。

在拾麦的小伙伴中，我属于手快者。每到午饭或晚饭前，我扤着提斗经过二奶家门口时，二奶总要叫住我，用手扒拉下我篮里的麦粒，羡慕地夸我。而与拾麦有关的还有两件小事，令我记忆犹新。忽一日，我远房姑奶奶告诉我妈，叫我以后不要和某位小伙伴一起拾麦，说咱家孩子太老实，解手时把篮子给她扤，她却偷咱孩子的麦子，整整拿了三把，那得弯多少次腰！姑奶奶说得有名有姓有时间有地点。那次和小友去拾麦，碰见嫁到邻村的姑奶奶了，我们就一起拾麦，我去解手时顺手让小友帮我扤篮了。没想到自己信赖的小友会这样，后来，听说她也如此对待过其他小伙伴，我们就渐渐疏远她了。

11岁那年，我读四年级，非常渴望拥有一双凉鞋——塑料凉鞋，那时还没有皮凉鞋。家里没钱，我和妈妈谈好的条件是，我用拾来的麦子，一斤换她三斤玉米，把玉米卖了攒钱买凉鞋，因为麦子当季没人要。整个麦假里，我早出晚归，拾麦子来买凉鞋，连中午也不休息，人晒得像铁棍一样黑。有一中午，两位小友来叫我到邻村拾麦，我们被人家崖头上的杏树吸引，杏已收过，高处树梢上还有几个，爬树麻利的我“嗖嗖”上了树，一点点儿把手移向树梢，只听树枝“咔嚓”一声，我“哎呀”叫了一声……等我醒来时，已在郑州骨科医院。

我为了几颗杏摔断了腿。两个小友见我掉进深沟，吓得跑回去了，却不知道通知家长，反倒在自己家玩起牌来。还好，我命大。那时麦罢有走亲戚的习俗，一位叔叔送他回娘家拜亲的姐姐路过那里，听到了呻吟声，把流血的我背到大路边，救了我一命。我在郑州骨科医院住了整整两个月，也因此留了一级。因祸得福，在郑州的表哥到医院看我，送了我许多连环画，我读了许多书，后来我的作文越写越好。出院后，有人建议我认那位救了我命的叔叔为干爹，他曾因某事被批斗过，妈妈不同意，我家只是向他道了谢。这是个遗憾！

（写于2019年6月10日）

“卖红薯腔”

把哑嗓子发出的聒噪称为“破锣声”，易理解，为什么它是“卖红薯腔”呢？我也弄不明白为什么我老家有这种说法。小学生的我是毛泽东思想宣传队的一员，还是非常积极的一员，就不愿二姐说哑着嗓子哭的我是“卖红薯腔”。

小学二三年级时，我的嗓子常常是哑的，我三姐也是。我和三姐就近在东岗小学读书，她初一转到离我家较远的本大队杨树岗学校去读书了，那个学校既有小学还有初中。20世纪70年代，杨树岗宣传队在白寨公社很有名，每次文艺演出比赛，姐姐所在的宣传队都是名列前茅，我所在的东岗宣传队则是名落孙山。

那时我的梦想就是有朝一日加入三姐所在的杨树岗宣传队。杨树岗宣传队活动频繁，晚上、周末经常排演，还到各生产队演出，我常跟着三姐去排练、演出，学表演。杨树岗宣传队的负责老师叫刘万年，拉得一手好弦子，他曾拉着弦子让我抻腔，即看我的唱腔能多高。刘老师编剧、导演一人挑。宣传队节目很丰富，单人节目、集体节目，样板戏选唱，语录歌舞、快板、相声，还有自创的小话剧。我印象最深的是三姐的表演，六名女生身着黄军装（无领徽），带着动作朗诵毛泽东的《七律·长征》，“红军不怕远征难，万水千山只等闲”，声音响亮、节奏铿锵、动作利落，一副“不爱红装爱武装”的飒爽英姿。三姐的动作刚柔相济，极有韵味！她肤白、丰腴、目光传神，是方圆几里出了名的美女；她台风好、造型佳，只要在舞台上一站，即便在集体舞中也最抓人眼球。三姐还演过一个小话剧，讲的是修水渠的故事，其中有句话“大河无水小河干”，是劝人多为公家考虑的，由三姐和邻居巧云轮流扮演老太太，到我村演出时，本轮到三姐扮演老太太了，因怕父亲反对，就仍由巧云演老太太。

我和三姐都属于“有戏没腔落个瞎慌”的那种，即动作造型好，唱腔不行。或许是我们不会科学用嗓，总是用力唱、使劲唱，常常哑着嗓子。不过，两个宣传队都人尽其才，我在舞台上跳《白毛女》的选段《北风吹》和《红灯记》的选段《我家的表叔数不清》，有人在幕后伴唱。我身穿红衣绿裤，头扎一根麻花辫，模仿县剧团演员的样子。可能是耳濡目染的缘故，我和三姐一样台风好，不过宣传队重视我还在于我会想动作，根据歌词配动作。要排新节目了，总有人让我帮着设计动作或者彩排时让我提建议。人家也许是客气，我却当了真，说话不留情面，这就得罪了人，以至于在推选报幕员这一重要角色时，我落选了。我很难过，向妈妈哭诉，她安慰我说报幕员要穿得特别好，咱也没钱置戏衣。

小学放学要排队唱歌回家，我是领唱的。我们唱《学习雷锋好榜样》《青青小松树生长靠太阳》《我是公社小社员》《三大纪律八项注意》《大海航行靠舵手》等。从学校出来时，一个生产队排一队，进村后各自解散回家，我仍喜欢边走边唱，一直唱到家里。如果哪次我进院子了，妈妈没听到我的歌声，她就知道我生气了，可能是和小朋友闹别扭了。

小学四年级我11岁时妹妹出生，我做了十一年的老小，恃宠而骄，会对二姐耍赖，一不如意就大声哭。大姐跟着姥姥过，二姐实际上是“大姐”，她拿我没办法，就说哑嗓子的我是“卖红薯腔”！红薯作为一种吃食，太普遍，太不金贵，在我童年中占据了蛮重要的位置。

同样,宣传队演出,那些文艺节目、革命歌曲,为我们烙下了特殊年代的色彩,那是我们的精神底色。那些样板戏和今天被称为红歌的歌曲意识形态性很强,其昂扬向上的特点,对乡村精神生活的建构也有其积极作用。

（写于2019年6月13日）

“谁不说俺妞好”

当我找到“传统文化”这个词,并从这个视角解读父亲的一切行为时,我彻底释然了。我爸爸就是一个深受中国传统文化影响的中原农民,中原农民所具备的勤劳善良和正统保守,他都有,又因个性极强,这些特点就更突出,甚至偏执。

我们陈家沟(包括陈东和陈西)的家庙在五里地外的光武陈村。陈氏祖籍在山西洪洞大槐树下,汉光武帝执政时迁移至河南,一代一代,在家谱中脉络清晰,全有记载。这家谱在“文革”时因藏匿而得存,20世纪90年代初开始修续,父亲是家谱修续委员会理事,负责核实陈西队各家庭成员。家谱初本是油印的两卷本,一年暑假我和丈夫阿潘回去,爸爸拿着家谱说:“在外工作的人,每人捐一百元。”阿潘心直口快,说:“又没有改玲的名字!”爸说:“有呀有呀!”他翻开家谱,找到了有我名字的一页。按当地习俗,女孩不能进家谱,好奇怪!白纸黑字在,阿潘二话不说掏出一百元给了爸爸,让他代捐。再后来,家谱又有续修和新版,凡是考上大学的女孩,家谱都收进去。新版的三卷本家谱,爸爸买了两套,一套留在家里,另一套让我带到了杭州。前几年,我们这一脉祖坟立墓碑,我和妹妹的名字也赫然出现在爸爸的名字下面!这与其说满足了我和妹妹光宗耀祖的心愿,不如说展示了爸爸一贯的骄傲,抚平了他缺儿子的忧伤!爸爸那么要面子的人竟没有儿子，我们家五个女儿，说得好听是“五朵金花”，说得难听叫“绝户头”！可不，邻里闹矛盾时，村人和爸妈吵架时就是这么骂的。

村人相处，并不全按理，还按家族关系的亲疏与远近，更按家势。这家势可以是“上头有人”，即外头有人或在村里有实权；或家中人口多，主要是男子多，可以用拳头说话。而在我家，做公办老师的叔叔被打成“右派”回乡劳动改造，两位舅舅是公家人却远在陕西，何况他们本就不认同我爸。我爸在改革开放后充其量做过村代表，但是我爸在我们村绝对没人敢欺负！他是有名的“难说话”！大队干部说：“陈西的事，只要陈铁群不吭气儿就没事。”有一年，我一位初中同学做了村支书，修排水道经过我家门口碰坏了我家的东西。哇，听妈说我爸把他腌臜得没皮没脸，村支书一声不吭。后来实在忍不住了来找我妈，说：“我哥咋那么会说？嫂子，那么多人家，咋就偏偏到你家出事？知道我哥难说话，越怕越出事。”妈说：“你理他二杆子！”这个村支书是我们的远房亲戚，他姥爷和我家一个祖坟的，我爸都这样不讲情面。

我爸厉害，但他讲理，侠义有担当。20世纪90年代初，农村全面推广儿童医疗免疫系统，给适龄儿童免费吃药丸，预防小儿麻痹症。一日，在村十字路口的医疗站，我堂嫂去领药丸，不知何故与村里的医生发生口角，医生赌气不给她药丸。我爸看不下去了，立即爆发，当着众人面“卷”（骂、数落）起医生来。他从国家政策讲起，一五一十，把每日从《新闻联播》中看到的信息发挥到极致，说到激动处还向医生扑过去，作势要打人，被众人拉开。医生赶紧给堂嫂发了药丸。这是上午发生的事，晚上爸爸骄傲地对妈妈说：“下午遇见医生，我不理他，他还叔长叔短地叫我。”大家都知道我爸是麦秸火脾气，一点即燃，没人跟他一般见识。

爸爸在外是如此，在家就更不用说了。妈妈和我们姐妹五人，不，温和的二姐除外，都反抗过他，和他干过架。爸爸管教我们极严，他常说国有国法，家有家规。小时候，姐姐们要去看电影，怕他不同意，总是打着我的名义，说陪我去看电影。每次看电影回来，爸爸都要细细问我，生怕有男孩勾搭姐姐们。那时我不太明白，长大后听人说村里某大龄光棍与一些女孩关系暧昧，但他自己说不敢碰陈铁群的女儿。

爸爸护短，也是有名的。他不许别人小看自家女儿，更不要说欺负她们了。小时候，我属于那种在家里称王称霸，在学校却老是被同学欺负的主儿，尤其是老受一两个男生的气。他们骂我了或者打我了，我会告诉三姐。三姐转学后，我就哭着回家找救兵。我爸爸走进教室，拉出那个男孩，噼里啪啦一顿揍，等校长得到消息赶来时，我爸总会大声地说："你到俺队打听一下，谁不说俺妞好！"我爸还会到处夸耀、吹捧自家孩子好：他对老师说，我半夜醒来还背书；他几乎贴在校园黑板报上看我的排名；他和妈妈把我和姐妹的奖状贴了整整一面墙……

我考上大学时，爸妈请了一台说书戏给村人观看；我考上研究生时，爸妈放映了一场电影庆贺，那时我已参加工作并结婚了；我考上博士时，爸妈又在我家大门口放了一场露天电影，彼时我已37岁，女儿要读小学三年级了。

（写于2019年6月15日，第二天为父亲节）

“你什么时候才能不哭”

好老师能让学生爱上他的课,想成为他那样的人。而我成为文学教师,很大原因在于我的语文老师。他姓陈,和我邻村,从辈分上讲还得叫我姑姑。他是我们大队少有的高中毕业生,做过大队示范农场场长,我们的知青班主任返城后,他接替其工作,教我们四年级语文,一直教我到初一。

彼时,他接管我班时,我正处于被孤立状态。女生闹矛盾不说话,为向对方示威会咳嗽一声,若我无意咳嗽一声,也会引来一连串咳嗽,可见“仇敌”之多。带头排挤我的叫勤,其父吃商品粮,为公路段上的小头头。勤是嫉妒老师们喜欢我,还是因为作为纪律委员的我在老师那儿打她小报告了?总之,我成了勤的死对头。

陈老师来我班没多久就撤了我的职。他把我和勤叫到办公室,把我们俩的小手攥在他温暖的大手里,让我们和好。就这样,我俩不仅和解了,还成了好朋友,勤邀我去她家玩儿,还常送我小玩意儿。

高考恢复后,各级学校都在抓教学质量,各科老师都在抓学生的学习。我的数学老师是位中年女性,严而能慈,她常说“有志者立长志,无志者常立志”,在其鼓励引导下,我们花在数学上的时间越来越多,甚至在语文课上也做数学作业。这让陈老师很生气,他直接把亲戚家孩子的作业本撕了。我却依然故我,一次见坐在第一排的我仍在写数学作业，他不耐烦地把我的作业本拿到窗台上，我却像被惹怒的公鸡一样，高昂着头，看着窗外，根本不听他讲课。

他点名问我："小评论的特点是什么？"

"不知道！"我站起来，大声地说，眼睛看着窗户。

"你昨天已经回答了。"

"不知道！"我更大声地说。

"你出去！"

我站着未动。

"出去！"

我仍未动。

他走下讲台，要拉我出去，我紧抓桌沿还是被他拉出去了。我站在窗户外，听见他说我仗着学习好就无法无天了。天呐！他竟让我在教室外站了一节课。这是我第一次被罚站，我却扬扬得意，俨然成了小英雄！

下课后，陈老师把我叫到办公室，讲述他怎么关心我，为我创造学习条件，其中就有他免了我纪律委员的职，让我与勤和好之事。我颇为感动，低头沉默。

语文课，本来我就喜欢的。自此我更加努力，写的作文每篇皆成范文，在各年级传阅，有的还被张贴在校园的壁报栏里。

陈老师做大队示范农场场长时，我二姐是他的手下，我们又邻村，他知道我家庭条件差，经常给我信纸和墨水，还把他订的《河南文艺》借给我看。他还说过要送我一本字典，我觉得太贵重，不敢接受。

四年级、五年级、初一，陈老师教了我近三年。他对我所做的一切，包括我的恶作剧，似乎都很欣赏。一次他正在讲课，我写了张字条传给后边的同学，他拿到了字条：1（条）狗＋1（头）猪=？他哈哈大笑起来，感叹道："天生的陈改玲！"就又继续上课了。那时，我常被人称作"天才"，我上课并不认真听讲，下课做练习的时间也不长，但每次考试却能考第一。

低年级时，我常被与男生配对，为此常和男生骂架，骂不过就哭，就向老师告状或回家搬救兵。高年级时，虽不再被公开配对，但我还是会和男生有冲突。一次我和陈老师村里的一个男生吵起架来了，吵着吵着我们操起了国骂。在他接二连三的辱骂中，我完全丧失了反击能力，只能伤心啜泣。我们的争吵很快被报告到陈老师那儿，他来到班上，狠狠地批评那个男生并让他罚站后，把我叫到办公室去。

"他打你了吗？"

"没有，他骂我了。"

"骂你什么了，骂骂就能把你骂哭了？"他颇有一种恨铁不成钢的意味。

那个男生骂我的话，我又怎么说得出口呢，于是继续哭泣。

见仍然无法止住我的哭泣，他说："你什么时候才能不哭啊？什么时候才能遇到事情不哭啊？"

这样的话我一直铭记在心，在后来的人生道路上，无论遇到什么样的困境，我都竭力让自己挺过去。只是我的泪腺较发达，遇到难受的事情，仍然会哭，或痛哭，或啜泣，或默默流泪。

（2019年9月11日定稿）

考上大学了,给老师送个西瓜

2019年6月24日,我在浙江省建德市严州中学做招生宣传,触景生情,想起我的高中生活和高考。我参加了两次高考,在毕业班竟待了三年。20世纪80年代初,高考升学率极低,学校复读生多,复读一年考取算是运气好的,阿潘的一位亲戚就曾复读了整整六年,在高考限定的最后年龄26岁才考上了专科。农村娃只要能考上学吃上商品粮,那就是鲤鱼跳过了龙门!至于是读两年的中专、三年的专科还是四年的本科,反倒不去细究,农村好多人都不知道高校还有如此分类!

我第一次高中毕业是1981年,读的是两年制高中,正式高考前实行预选制,县里出题先淘汰一批学生。这年我17岁,与众多复读生相比,年龄算是小的,加上第二年开始实行高中三年学制,即设有高三班,便很自然地接受了学校安排,把高考机会让给年龄大的,自己再读一年参加高考。

我就读的白寨高中是一所普通中学。县里有两所重点中学:密县一中和密县二中。中考我考了东岗学校第一名,也没够上重点高中分数线。但是我一进白寨高中就有外大队学生打听我。初中考试两校老师交叉监考,光武陈学校老师发现我做卷子又快又好,向他们学生夸奖我了。高中第一次月考,我考了全年级第二,之后每况愈下,期末考试就变成第二十名了。为此,我的班主任还和我谈了话。高一第二学期面临分科,喜欢读小说的我选了文科,班主任再次找我谈话,我仍然坚持学文科。高二的日子乏善可陈,人却长胖了,男生暗地里叫我“中胖”,另有女生为“大胖”“小胖”;背地里男生们还叫我“吹鼓手”,因为我的小文章常被老师抄在墙报上。

第二次读毕业班,我是整个文科班的种子选手,肩负学校希望。我担任学习委员,负责收作业,和老师接触多,受到的表扬也多。假期里我们几个好学生也一直在校学习,美丽的英语老师把她办公室兼寝室的钥匙交给我,让我住,帮她看门;其他老师信任我,也把钥匙给我。第二学期三四月份,我沦陷于一场早恋,成为反面热点人物,剧情颇为狗血,一个好学生被一个孬学生吸引,经过从少年萌发到青年日渐成长的漫长暗恋期,觉察到他似乎有心仪者时,在闺密的鼓励下大胆写出人生的第一封情书,这自然要被讨伐以致被围观,但是剧情逆转,孬学生转向好学生,心仪者被放逐……一时间给师生们带来了困扰:你怎么也会早恋?那样的一个孬蛋,那可是个孩子王呀!平时围绕着我希望得到我帮助的同学都纯洁地躲开了。这时班主任出手相救了,他在班会上说,最近有一股不良风气,有的人要批评,有的人是一时糊涂。这种偏向评价明显是在保护我,反而加剧了同学对我的孤立:凭什么不以一个尺度丈量人?就因为是种子选手、重点保护对象吗?我无比羞愧,被负罪感吞噬,一进校门就低下头,驼背的习惯由此而来。我的成绩也直线下降,这是我不允许的,于是一场自我战争,我要管住自己的战争开始了,每一个不由自主的幻影都被我理性地换成一个知识点,所有的情感压抑都被转化为知识的叠加,最终我胜利了,我的成绩再次稳定,仍是年级第一,乃至最后高考依然名列前茅,但是我连个中专都没考上,全校文科剃了光头。

高考成绩出来后,我收到了县一中的复读通知书。这是我第三次读毕业班,告别过去,清空自己,我开始走天真单纯路线。很幸运,我遇到了一位好同桌，她像姐姐一样打开了我的心结，我们彼此讲述了各自的故事，她使我重新理解自己，把我从负罪感中解救出来。我全身心投入学习中，迎来了第二次高考。三姐来学校陪考，住在宿舍里为我买饭，她诧异我能吃那么多苦：一二十个女生，住在大通铺的木板上，床都没有。那时啥也不懂，高考时我来了例假，竟一点儿也不在意！

还记得看分那天，在街上卖菜的妈妈和爸爸送我到公交站，车来了，妈让爸看菜摊，她陪我去看分，爸有点儿惊讶。我和妈到县城车站下车后往一中走，快到校门口时碰到一位同乡老师，他高兴地说："改玲，你考发了，490分，全校第三名，第一名比你多三分，第二名多一分！"我晕乎乎地浑身发抖。进校门直奔班主任处，核实消息后，妈妈带我在街上吃过饭后买了一个西瓜，让我抱着送给班主任，作为感谢！妈歉意地说一直没来看过老师。

这次高考，我考出了自己最好的成绩，比平时都好！回家时，妈说怕我没考好想不开，才陪我去看分的！

（写于2019年6月24日）

我把三张大学录取通知书给了陌生人

1983年河南省密县一中只有三个人考到上海,15岁的理科班应届生乔考到同济大学建筑系,文科复读班中的松和我都被华东师范大学录取了,他读政教系,我读中文系。回母校拿通知书时三人碰了头,决定结伴去上海。他俩家住县西,我家离郑州近,由我买票,他俩把大学录取通知书给了我。

那时,只能提前两天买票。我从白寨街(公社所在地)乘车到郑州火车站下车后,排队买票。这是我第一次在火车站买票,也是我第一次独自来郑州。我家离郑州只有二十公里,家人带我去郑州也就几次。

我家住在沟里窑洞时,东院、西院的大人孩子喜欢在院子外的空地上聚集,那是饭场,是聊天、游戏的空间,也是信息发源地。我们坐在石凳上向北望去,能远远地看到马路上的汽车,却极少有乘车的机会。有年冬天,几个小伙伴跟随大人下田干活,天冷,冻得我们直跺脚,有人问坐汽车上会暖和吧?大人说车跑得快,风大更冻人!北边马路就通到郑州,但我们没有人去玩过。

郑州,郑州,小学二年级时很惊讶地得知它是省会!也是这一年吧,爸带妈去郑州看病,顺便带我去逛了动物园。啊!那些老虎,那些豹子,那些猴子,那些红屁股长尾巴的猴子……好好玩呀!我兴奋极了,回家后一遍遍地讲给小伙伴们听。啊！爸妈还买了我爱吃的梅豆角,一咬一口糖水的果子……

小学四年级,我摔断腿后在郑州骨科医院住院两个月,这是我在郑州待得最长的一段时间,躺在病床上不能动,与市面隔了老远。初中时与二姐、三姐又去过一次郑州,本能地打扮自己,三姐说再怎么收拾也显不着咱。那是元旦,我诧异地看到郑州小孩子穿着毛茸茸的衣服。那次,两位姐姐在书店给我买了数学参考书。

1983年高考后我连着去了两次郑州。先是同桌玉和我一起去找二姐夫在郑州大学工作的亲戚,设法打听高考成绩。因高考透支了体力,我竟虚弱到提不起劲,走一会儿就要坐下休息;找到亲戚后,他请我俩吃饭,说高考太辛苦时,我竟回了句“苦中有乐”。再次进郑州是得知我考上大学后,二姐从村里果园买苹果到郑州火车站去卖,赚个差价,我跟去做伴儿并算账,我们刚卖了几斤苹果,秤就被市管会的人没收了。那是把小秤,当年爸妈在陕西做小生意卖水果、卖茶叶的秤,很精致。

也是这次卖苹果,让我知道了火车站的位置,于是,我一个人拿着三张大学录取通知书来买火车票了。

郑州火车站是京广线和陇海线的交汇处,客流量大,买票的人多。我跟随人群排队买票,快排到跟前时窗户却关上了,票卖完了。这时我旁边一位中年男人,看到我手中有通知书便和我聊起来。他是给女儿买票的,他女儿考上南京气象学院了。他说:“明天上午,我帮你买票,下午你来我家取票吧。”然后给我看他的工作证,并把家庭住址及其乘车路线写给我,我就把三张通知书和买火车票的钱交给了他。

第二天下午我到郑州后顺利找到他家。他笑问我是否很紧张,回家挨骂没？我实话实说,没有紧张,也没挨批。他和妻子很热情地接待了我,直夸我独立,说我勇敢能干,让他女儿和小儿子向我学习。

他女儿有点儿内向,后来在火车上又碰到他送女儿去南京报到。那时才知道,他老家也在农村,读书后留在郑州气象站工作,才把妻子从农村带到了城里做临时工。

这位叔叔和女儿在南京下车后,我和乔还有松继续南下,直到上海。我们三个都是第一次去上海,他俩还是第一次坐火车。我们三人是在郑州火车站碰头出发的,我进入检票口后,爸流泪了。这是妈后来对我说的,她说,你爸很少哭的。

妈也曾想让二姐夫送我去报到,终因经济紧张而未成。我上大学带的皮箱,是二姐结婚时二姐夫买给她的;上学时带的一百元钱是爸妈借来的。这笔钱,许久以后才还掉。

(写于2019年8月30日)

吃一个好果咋啦

我至今都不明白,我们一个小小东岗大队为啥会有那么多果园?大队共有七个生产队,其中四个生产队都有果园,大队还有个果园,即全大队共有五个果园。杨岗果园和陈东果园离我家稍远点儿,也不到二里地;我们陈西果园、东岗小队果园以及东岗大队果园一个挨着一个,离我家最多一里地。20世纪80年代中期,我家从沟里的窑洞搬到平地房子时,这三个果园就在我家门口啦!

方圆不足五里地的地方竟有五个果园,这对一帮顽童来说意味着什么?哈哈,那是无尽的诱惑,无穷的冒险和快乐呀!除此之外,一些人家的院子里和崖头脑[①]上也栽有果树,这些果树从花落、小青果冒出就被我们盯上了。方圆几里地哪家哪户有什么果树,我们很清楚。为了吃水果,我们斗智斗勇,充分发挥聪明才智!

一次,我们一群割草孩儿来到偏僻的莲芝爷家,想摘他院子里的杏。我们平日很少来这边割草,据说这里有鬼魂出没。不过对青杏的渴望压倒了我们对鬼魂的害怕,何况是大白天,我们又是一群人!我们早就盯上他家的杏了,杏花败了,冒出小青杏了,杏核变硬,不再是白水水了,青杏有肉可吃了。可是莲芝爷的老娘,我称老奶奶的,

① 方言,即崖顶。

就在院子里坐着，怎么办？小伙伴中的爱芹姑出马了，她家和莲芝爷家更亲，她进入院子，说渴了想喝水，老奶奶带她进厨屋缸里舀水喝，我们几个蹑手蹑脚地进院，噼里啪啦摘杏后迅速撤离，然后数杏，再平分，吃了酸脆酸脆的杏后继续割草！

哎，我熟悉并吃过各阶段的杏、桃、梨、枣、李子、葡萄等水果，偷瓜果不叫偷，只是“吃嘴”而已，颇有点儿孔乙己“窃书不能算偷”的意味。看到我们薅那些还不能吃的果子，大人们会斥责我们“匪手”或“匪力”，会吓唬我们，也会找家长，但也阻挡不了我们。在饥饿年代里，一把青杏、几颗小毛桃还是小伙伴彼此交好的象征，有时为了满足口腹之欲，会有小朋友像鲁迅《社戏》中的人物所言：“偷我家的吧！”

生产队和大队的果园都有专人看守。果园四周有高墙，墙内种满了花椒树，有的嫌花椒刺不够牢靠，还会再堆上荆棘，防人翻墙进园摘果。这也难不住我们，用一根长镰杆，下面套个网袋来钩果子；或者把荆棘挑开弄出一个洞来，然后钻进果园里。这同样需要协同作战，胆大麻利者进园，谨小慎微者站岗放哨，战斗果实仍是共享！

20世纪80年代土地包产到户，果园也承包到户了，大家看护果园就特别精心。一次午休，我妹和同学去杨岗果园“匪手”，正摘得起劲，忽闻一声大吼，抬头一看，一把猎枪正对着他们，一群小毛贼耗子般拔腿就跑，跑到果园尽头跳到一条蛮深的沟里逃走。我妹不敢跳，只有她被捉住了。当问清她家大人是谁，警告她不许再来后也就放她走了。但是，男女有别，护园者对男孩子会更严厉，三姐大儿子光辉薅别人家果园，被护园人认出后追逐不放，说非要他爸妈打他不可，吓得他躲在姥姥家不敢回。

夏秋季节，果园是我们的禁地，又是我们的乐园。因此，20世纪80年代末，当我爸妈承包了陈西队果园时，我好开心呀！哈哈，我家终于也有果园了，我童年的梦开了花呀！

但是，侍弄果园的艰辛远远超过种地。冬日要给果树上农家肥，农肥不能太靠近树根，怕把树根烧死，得把树根四周的土挖开，撒上肥料后再盖上土。春节刚过，要请技师来修剪果枝。之后，浇水，花开了，结果了，生虫了，要打农药；果子稍大一点，就要住在园子里看果子，防备孩子薅。要浇水，就要打水池蓄水；要打药，就要了解相关农药属性；请技师要花钱，抽水、买药也要花钱。果园四五亩地大，光靠我爸一人看护不行，为此，家里养了两条狼狗护园。

最不可思议的是果子成熟时，多少年不来往的远房亲戚竟找上门来了。当场吃也就罢了，吃完还要带走，带着大口袋装一袋子水果；自己来摘水果就算了，还要带朋友一起来摘。爸爸要面子不吭声，或者客气地说"再摘点儿吧"。妈妈起初也不吱声，但心里难过呀：干活时，你们咋不搭把手呢！

爸爸和人合作办石料厂失败，欠了银行贷款，爸妈才承包了果园还债的。从有落果始，爸妈就到镇上、周围石料厂卖水果。早先是有虫眼的果子先落地；随着熟果期的到来，落果越来越多。这时，销售水果就成了一个问题，我二哥、三哥[①]会带些人收购或去郑州卖。二哥商品意识较强，他说："咱这是做生意呀，别老是人情人情的！"他嫌爸妈太大方。

爸妈对自家人又是省俭的。他们会捡落果或卖相不好的果子吃，对子女及外甥们也如此。终于有一天，我大姐的女儿小英，冲着我妈来了一句："恁大一个园，吃个好果咋不中！"妈好像突然醒悟说："就是呀，应该吃好果呀，我五六十岁的人咋还没个十来岁孩子明白！"

爸妈做事一直很卖力。他们承包果园两年后，我家果园就成了典范，乡里的果木示范会常放到我家果园里开。我家经营果园几年

---

① 二哥、三哥：当地习惯称二姐夫、三姐夫为二哥、三哥。

后，退给了生产队，以后树也被砍了，地也碾平了，如今那里已变成住宅区，无半点果园的痕迹。其他队的果园、大队果园，也都没有了影子。

虽然公家的果园不复存在，但是村民自家的果树反而更加茂盛。家家户户门前、院子里都有果树，杏、樱桃、石榴、枣树、无花果树、核桃树，熟透了落到地上，大家也不稀罕了。果树即便长在大路边上，孩子们也不薅了。富裕年代的孩子体会不到“偷”水果的乐趣了，真不知道这是好还是不好！

（写于2019年8月15日）

我的母亲

母亲是在人言中生活的。她与包办婚姻的丈夫实在过不下去了,就在怀着第四个孩子时不依不饶地离了婚。她有五个孩子,全是女儿。离婚而无男孩,这使她在乡村里受到了歧视。

母亲的漂亮在方圆几里是有名的,她娇小玲珑,但绝不温柔娇媚。记忆中她像一位斗士,与风言风语斗,与自己病弱的身体斗,与她不幸的命运斗。再强的女人也有脆弱的一面,母亲也不例外。遍体鳞伤的她,常背地里哭泣,她说如果把她的泪盛起来,早就有好几缸了。

三姐与同姓人相爱,却不为同姓的村民所容,更是被继父毒打。在一个暴风雪的夜晚,三姐默默地离开了家。母亲如疯子一样,从村东头哭骂到村西头,谁都劝不住,就连曾往姐姐身上泼污水的人也恐惧而又怜悯地跑来劝她。母亲是那种愤怒起来不要命的女人,可她保护不了自己的女儿。

母亲的禁忌很多:不许我们随便接受男孩子的东西;不许我们背后"嚼舌头";第一次高考落榜后,我觉得无颜见人,她却说:"人要赢得起,也要输得起。"从此我知道,她不许我输不起。

母亲是个文盲,不懂什么教育方法。她常常对我们讲她的故事:她如何一次次地濒临绝境,又如何挣扎着绝处逢生。当我终于考上一所名牌大学后，平时宁肯自己累死也要让我看书的母亲，却逼着我挑一担菜去镇上卖，要面子的我当时觉得好羞啊，恨不得钻进地缝里去。后来她对我说："我要让你知道挣钱是不容易的，啥时候也不要看不起老百姓。"

女儿们一进入青春期，母亲的心就整日地颤抖。女儿们的恋爱无疑是她的苦难。继父是个保守而暴戾的农民，他视几个女儿的恋爱为"伤风败俗"而横加干涉。这时候，他和几个女儿的对立达到顶点。母亲在丈夫和女儿之间艰难而痛苦地调节着：她深爱自己的女儿，希望她们幸福；但又迫于丈夫的威严，想让女儿们迁就继父。因此，有时女儿心目中的她甚至是继父的"帮凶"，她悲剧性地成了双方的对立面……每个女儿出嫁，她都会突然显得苍老许多，她会几天几夜悄然流泪而不能入眠。

我们五姐妹都反抗过她，甚至恨过她。然而当我们有了小家庭，成了母亲，当在社会上自立、各有成就时，却悲哀而又自豪地发现：她将要覆盖我们整整一生。她如一棵大树，我们仅仅是五根枝条；她如一个万能的上帝，每当我们绝望时总能从她那儿获得拯救自己的力量。

母亲已经老了，现在人们对她更多的是理解，甚至是敬重。但望着空落落的院子，她的心常常是灰暗的。有时候她会告诉外孙们：我们家曾有一间草房，里面贴满了五个女儿的奖状；曾经在黑夜里，她让胆子最小的女儿从村头的树林里一个人回来；她还说，四女儿最喜欢吃她烙的油饼，北京不知有没有……这时候，母亲是温柔和慈祥的。

（1991年5月28日写于北大）

后记：这是二十多年前的旧文，曾公开发表过，具体刊物我已记不清楚了。这几天整理旧物，奇迹般地看到了手写的原稿。二十多年前我说妈妈老了，那时，她也只是年近六十岁而已。这篇文章写好后我请室友陈虹的导师佘树森先生指导。佘老师是研究散文的著名学者，他看后很赞赏，说让他想起他的母亲来。也因这篇小文，我和佘家建立了深厚的情谊，佘老师及其夫人杜阿姨对我关照有加。后来佘老师生病住院，杜阿姨在医院陪护，让我住到他们家照顾读初中的小妹妹。遗憾的是，佘老师还是走了。如今，佘家小妹也早做妈妈了。

现在，我的妈妈已经八十岁了，真正衰老了，她已没有力气走路，住院成了家常便饭，在家里也要吸氧。她有哮喘和糖尿病，这都是无法根治的，为此，大姐住到娘家去伺候她和爸爸。二姐十多年前车祸身亡。父母的生活费和医疗费就由我们其他三姐妹承担，这样的安排应该说是合理的。但是，父亲一如既往地挑大姐的毛病，妈妈也就一如既往地保护着已近六十岁的大姐，家里战火不断。不同的是，我们不再像以前那样怕爸爸了，三姐、小妹和我不断地开导他，让他多看大姐的好处。爸爸也有所改变，当我们三人说他时，他会说“说来说去都是我的错”，可是，过后他仍然会不间断地叱责大姐，对大姐横挑鼻子竖挑眼的。

（写于2013年8月27日夜）

妈妈临终在医院

2014年1月24日，在郑州三姐家居住的妈妈患上感冒，当日服了白寨乡常为她看病的医生的药。1月25日上午，妈妈觉得很难受，三哥开车把她送到新密市人民医院内科。妈是这里的老病人，上半年几次住院，主治医生陈大夫熟悉其病情，妈也很信赖他。看到妈后，陈大夫立即把她安排进抢救室，输上氧气和药水。妈脸色煞白，看情况不妙，医护人员把她送进二楼重症监护室。妈妈在医院待了七天，1月31日，生命终止。

第一日

1月25日中午，我在办公室修改书稿，妹妹来电话。她哭着说，三姐让我赶快乘飞机回去，妈送到新密市医院了，昏迷中，心脏衰竭，快不行了。我马上给三姐打电话，安慰她不要着急。再给妹打电话，要她冷静。正赶上堵车，她痛哭中，无法把牢方向盘，妹夫正从郑州另一方向赶往新密市医院，二姐大儿子刘辉在另一个路口等她。我给刘辉打电话，让他接到小姨后自己开车，控制情绪。之后，我退掉原订机票，买到当夜9点多的机票，晚11点飞机降落在新郑机场，妹妹和三姐的二儿子光耀及其女友接上了我。在去医院的路上，妹说医生要和家属讨论治疗方案，即是否插管上呼吸机。三姐三哥（三姐夫）的意思是不要，怕插管痛苦，怕产生依赖；妹说若对延续生命有利就采用；我说到医院后，先听听主治医生的看法再商量。

陈医生当夜值班，他说：你妈以前也昏迷过，只要输上水，两小时就稳定下来了，但这次是呼吸衰竭、心脏衰竭。他会用最好的药抢救，关键是来不及和家人商量，是否插管上呼吸机？一旦用上，病人对呼吸机有依赖性，对身体也有破坏性，若病人不接受呼吸机会出现意外。三姐说，下午她和大姐进去，见妈的嘴巴干得要起泡了；送进去的饭，护士也没给她吃，想把妈转移到普通病房亲自照顾，让她也见见其他亲人。陈医生说：病人处于昏迷状态，怕喂她饭呛着了；已让护士每隔两个小时注入二百毫升水，嘴巴不会再干裂了。最后，我们姐妹四个反复商量，达成共识：妈仍在重症监护室治疗，用最好的药品，不插管，不上呼吸机。

当夜，三哥让我和大姐留守，我让大姐回家陪爸爸，我在抢救室妈的病床上休息。以后几天家人多次表示要替换我，我一概回绝。平常都是家人照顾妈，快过年了，他们得做准备；我留在医院，能多了解情况。医院每天下午5点钟允许一名家属探视病人。医生每天到重症监护室看望妈妈两次，会把病情告诉我，我再向家人汇报。我每天送四次饭，连带尿片和湿巾，从门口递给护士，医院病号灶会把小米稀饭、鸡汤面叶都打成液体，用针管鼻饲。

第二日

26日上午，陈医生到重症监护室巡诊后告诉我，妈今天指标好了许多，但仍昏迷；下午5点他告诉我，妈醒过来了，对他说“别绑着我，我不跑”。妈有点儿迟钝，要多鼓励她。我走到妈妈病床前，面带微笑叫妈妈，说我是改玲。妈妈望着我，去掉牙套的嘴巴有点空，她连说三遍“改玲”,脸有喜气。我告诉她我昨夜回来了。她问:“你住哪儿?”我说:“住在七楼你的病床上,给你带了条大红围巾,可漂亮啦!这里医疗条件很好,过两天你就能转到楼上病房了。”我说一句,妈妈像小孩子似的“哦”一句。只允许探望五分钟,我回七楼妈的病床上,陈医生对我说,还需观察妈的病情。妈妈清醒过来的好消息,我分别打电话告诉了三姐和爸爸。

第三日

27日上午,陈医生告诉我妈各项指标都不如前一天,吸氧量在“八十八至九十二”,前两天都在九十以上,可能是各种药物刺激的结果。下午三哥三姐、妹妹及其女儿来医院。三哥和妹妹进去探视后出来,妹妹一直哭泣,妈的吸氧量下降到七十多,有两次痛苦地叹息,说很难受。妈对三哥说:“这次的病……”三哥说:“不要紧,提提劲儿就过去了,这里的医疗条件很好。”

第四日

28日上午,陈医生告诉我昨晚上了体外呼吸机,妈各项指标有所好转。估计不习惯,妈很烦躁。下午5点,三姐进去探视妈妈,妈看到她就流泪了。她问妈是否难受,告诉她这样对治疗有好处。陈医生告诉三姐,妈的营养跟不上,看能否找到新乡生产的人血蛋白。经过努力,妹夫与人约定29日早晨8点在新乡医药公司大门口取药。当夜,三姐家大儿子光辉开车带着妹夫去新乡,在那里过夜。

第五日

29日上午，陈医生说指标较好，他已告诉护士拿到人血蛋白后，上午打两针，下午打一针，间隔六小时。快11点钟时，光辉把药送到了重症监护室。下午5点，我进去探望妈妈，把她叫醒，告诉她妹夫买到好药了。妈睁着眼睛，头一抬一抬的，没有和我形成交流，估计还不够清醒。

第六日

30日上午，陈医生说各项指标较好，妈手指有力气，但不记得我昨天下午探视她了。上午10点，三哥开车带着大姐、三姐、妹妹及其女儿来医院送药。原定下午5点钟大姐进去探视妈妈，因其感冒怕传染妈妈就随车回去陪爸爸了。

下午4点，接到陈医生电话后我到一楼大厅门口，看到他坐在轮椅上，家人推着。他脚扭了，请了一周假，病人转交给孙医生，有何要求可告诉孙医生、主任和他。并说妈的病情已稳，脱离危险期了，若想转到普通病房亦可，到普通病房后怕我们心疼妈妈带着体外呼吸机不舒服，但把呼吸机拿掉不利于治疗。我说重症监护室医疗条件好，有二十四小时护理，等过了年，再把她转到普通病房。

当日下午，重症监护室送进来几位病人，医护奋力抢救，探视时间推迟到六点钟。我进去时见妈醒着，右手露在床边，肿得厉害，脸也肿得厉害。我站在右边叫她，她却往左边看。我赶紧到左边告诉她指标都很好(吸氧量达到九十四，常人是九十五)。为了更好地治疗，再待几天，明天春节，我俩一起在医院过年。又告诉她，陈医生脚扭伤了，由孙医生为她治疗。我问她是否难受，她说不难受。我让她左手抓一下我的手指,她的手指蛮有劲的。

护士说怕妈手指肿了,戒指勒手,也怕丢了,她把戒指掰开,把系项链的绳子剪断,把戒指和项链交给我。26日时护士就建议过拿掉,当时觉得不好拿,就没有拿掉。

第七日

1月31日上午8点40分,护士说主任要我到重症监护室门口去。我对同病房的其他家属说,不会有情况吧？他们安慰我,说可能是这两天病人太多,床位紧张,要把老人转移到普通病房。如果要人帮忙,他们帮我把妈推上来。

我到二楼重症监护室门口按了门铃,主任把我迎了进去,说有个情况要告诉我。护士给妈喂完饭,冲针管时回头一看,各项指标迅速下降。他们立即展开抢救,但妈心脏停止跳动了。经抢救心脏恢复跳动,半个小时后再次停止跳动。一个半小时里心跳停止两次,现在只有呼吸。他让我看一下,确认状态。我进去一看,几个医生正在按妈的胸部,就像电视上经常看到的人工抢救一样。主任把我带出来,让我通知家里来几个管事的,商量下是拉回家还是放在太平间。我深吸一口气,说给姐夫打电话问下,不能给姐姐打电话,免得她慌张。他问:“你们家没男孩吗?”我说:“是的,我们家全是女孩。”

我给三哥打电话,他手机占线;我又给三姐打手机,连说两声“赶紧来,赶紧来”。三哥来电话,我说妈不行了,医院问是拉回家还是放太平间,三哥说拉回家。我又给三姐打电话,她电话占线。我给妹妹打电话,让她和大姐说一声,妹妹正在大哭。三姐来电话,我让她和大姐说一声,把上房屋腾一下,把妈放在上房屋的床上。三姐问不到七楼普通病房？我说妈心脏已停止跳动了。

然后,我回到七楼病房,告诉其他病友家属,我们要把妈接回家,并迅速收拾东西。前两天也有一位从重症监护室出来的老人,临断气出院。病房里还有两位七八十岁的老人,大家知道是怎么回事,都不说透。我把牛奶、水果送给别的家属,并把一个红色的祈福灯笼留在病房,他们说需要帮忙,让我言语一声。

(写于2014年2月8日)

母亲与我们同在

妈活在我们心中，妈与我们同在。节日或平常，随时随地都会想起她来。

杭州冬天连日阴雨，有天早晨我在鞋柜里翻出两双鞋垫，一双已纳好，另一双是我带到杭州想自己纳的，却忘掉了这回事。每次回家，她都要给我鞋垫，我、阿潘和女儿的。我来杭州后，听说这里没暖气，她给我做了一床厚被子，装了七斤棉花，我说啥也不愿带来，觉得太厚太重。小时候，妈妈教我针线活，叫我要快，不管毛糙与否，说一开始就肉（慢），以后想快也快不了。

妈心灵手巧，爱干净，家务活做得顶呱呱的。饥饿年代里，她用树叶、野菜掺红薯面粉、玉米面烙饼，把黄豆和小麦、玉米磨在一起擀面条。孩子们每餐吃多少，妈从不限量。我家和其他人家不同的还在调料的使用方面。村人基本上是自制的柿子醋，吃完了就拉倒；我家吃完柿子醋后，还会到街上买醋吃，尤其是买酱油，在村里显得很特别。妈和村里凑合过日子的人不同，她比较“讲究”，用今天的话来说就是注重生活品质。

妈爱美，一直到晚年，她的衣服、床铺都很美观大方。妈做过裁缝，我家的华南牌缝纫机，是全村第一台，妈曾给人做衣服来换工分。妈尽力把我们打扮得时兴（时尚）。20世纪70年代刚流行的确良时，妈就给当宣传队员的三姐做了一条灰色裤子;家在县城附近的婶婶给我堂妹做了件格子衫,用包扣即用布裹着扣子,妈也模仿着给我做了件包扣格子衫。有年春节,妈给我做了仿缎绿色棉袄和同色棉裤,引来许多羡慕;高一夏天,我上身着玫红色衣褂,下面穿一条黄绿色裤子,打一条长长的独辫,就如《红灯记》中的李铁梅一样,这形象给师生留下了深刻印象。妈还是纺花织布能手。她和二姐在白寨集会上买郑州纺织厂淘汰下来的短线头,一点点接成长线,和村人一起做成经纬线,绑机后没日没夜地织布,织成布后还要浆染,再缝成床单,自己用,也送给女儿们。我家的吃穿用度都比其他人家"讲究"。这"讲究"还包括家具和农具,尽量全,尽量好,爸爸很"细法"。他的小推车、镰杆、钉耙用着很顺手、得劲。

这"讲究"是要舍得花钱的,爸妈为人大方,对家人对别人舍得花钱。爱喷空(方言,即聊天)的爸爸,常年在村西头与人聊天,得知村里谁生病了,回家对妈妈说,咱去看看吧? 去吧。妈妈炸一碗油馍,或者送几个鸡蛋去;日子好起来后就到村头代销点买最好的饮料、牛奶、糕点去看望。快过年了,他们会寻思今年谁的日子不好过,主动送两元钱过去。再后来,我们姐妹开始给他们固定的赡养费了,村里人知道他们手里有现金,就有人来借钱。借钱本来是应急的,有的人却迟迟不还,我们有时候会说爸妈,他们仍一如既往,说谁没个难处呀。爸妈重人情,他们以善良赢得村人的敬重,也潜移默化地影响我们为人处事的方式。

妈重视情感表达。我们家是较早给妈过母亲节的。有一年母亲节,妈给我打电话问我"母亲节"的事,她说你们得给我过节,给我送礼物。这就是我的妈妈,对于孩子,她会把需求直接说出来,而不是让你猜心思;她想我们了,想让我们做什么了,都会直接告诉我们,不多心,不生闷气,让人轻松。我的女儿1993年9月出生,满月后,我带她回娘家住了两个月,返洛阳前,我给妈四百元钱。她说你给我这么多钱干什么？你给家里添置东西吧，我告诉别人是你买的，谁都知道。后来，我就把妈妈的指导转化在婆婆身上，我工作忙碌，不能常回去看望她，人未至，礼物到，我会专门给婆婆备上礼物，这礼物是她平时舍不得花钱买的，也是其他人不会给她买的。我也落了个“大方”的美誉。这“大方”来自娘家的熏陶。

妈让我意识到一个女人对家庭的重要性。我为自己拥有豁达智慧、不怕吃苦、不畏艰难的妈妈感到骄傲，我坚信妈妈在另一个世界也必然是幸福的！

（写于2016年5月28日）

寒暑假日伴父亲

甲午马年的第一天(2014年1月31日),我们最敬爱又最亲密的妈妈突然离世,这一悲痛现实彻底改变了我们与父亲的关系。在过去的岁月里,我们姐妹几个都是亲妈妈畏爸爸。妈妈身体不好,是我们重点关注的对象;妈妈通情达理,是我们姐妹几个乃至女婿、外孙们的好朋友。我们所有的人都喜欢妈妈,都愿意讨好妈妈,使她老人家高兴!当然,我们更孝敬爸爸,有时却是怕做得不到位,他会与妈妈生气。在他的观念里,女儿是由妈妈教养的。可是,妈妈的突然离去,让我们猛然从心理上发现了爸爸的重要性,我们开始发自内心地关爱他,体贴他,让他真正地走入我们的心里。妹妹在2014年母亲节时说,从今往后,即便是母亲节,她也给爸爸过。

2014年暑假,我们三姐妹决定带爸爸到远方旅游,同时也带上三姐的公公。父亲伺候母亲十多年,三姐的公公伺候她的婆婆二十多年,他们的老伴都驾鹤西去了,两人都丧偶独居。是时,老爸尚能生活自理,他拒绝去任何一个女儿家,也不要保姆陪伴,更不去养老院生活。本来我们姐妹计划去内蒙古的,又怕内蒙古天气冷,不适合老人,临时改变计划,重游大连。我们往返都乘飞机,在海上乘游轮,坐小船钓鱼。老人很开心,他们都八十岁了,第一次看海,第一次乘飞机,第一次乘游轮,第一次在海里垂钓。两位老人都是瘦高个,三姐的公公有心脏病，怀里揣着救心丸；父亲血压高易晕眩，多年的前列腺炎使他不断上厕所。他们对一切充满好奇，尤其是我老爸，仍以“当家人”的姿态关照人和事，以至于出现越帮越忙的情况。

从大连回到郑州，我又在老家待了几天。村子成了林区生态村，七车道的大马路从村头经过，年轻人在不远的城里打工，村里成了老人和孩子的天堂，熟人亲情、独家小院、鸟语花香，这是日渐稀少的资源。三十年前，我借着高考这一通道逃出乡村。早把异乡当故乡的我，这次在家乡找到了久违的宁静和心安。

2015年8月中旬，我再次回到故乡。我把上房屋的竹床、竹椅搬到院子里清洗，父亲说洗它做甚，又没人用。院子里静悄悄的，猫狗们在杂物间门口你走我来的，也不打闹，是天热么？墙角的花椒红了，荆芥长老了，熟透了的无花果被鸟啄食。偶尔，电视里的声音会响彻院子，是河南豫剧或坠子。我仿佛回到了童年，父亲带我去看露天戏，在冬日的夜晚听盲人说书……

因种种不凑巧，远处去不了，我们只能就近游。妹妹开车带着父亲、三姐公公、三姐和我重游了少林寺。两位老人各带一个小马扎，走不动了，就随时坐下歇息。白天看了几处地方，万历年间少林寺的炒菜锅，僧人头朝下炒菜，练就了“倒挂金钟”；少林寺最早的一处庙，因僧人练功年深日久，把地面踩得坑坑洼洼。少林寺塔林整个被圈起来，不能入内。晚上由我陪着父亲去看“禅宗少林·音乐大典”，演出结束后，我陪父亲上十几个台阶外的洗手间，可能是游玩一天累了的缘故，父亲走到一半台阶时，一脚踩空，人向后仰倒，等我抓住他时，他已跌倒在两三个台阶之外。

感谢陌生人，见我蹲伏在父亲身边，问我是否需帮忙。我见父亲无碍，谢绝了他。另一小伙子见我搀扶着父亲向洗手间走去，主动过来扶着他进男厕，又把他扶出来。感激之余，我有种后怕，所幸父亲第二天行动照常。我逐渐发现，父亲就像一头走向暮年的狮子，接受并习惯了衰老，狂躁的性子日益平和，人亦渐渐慈祥起来。

时隔半年，2016年春节前，我回到故乡过年。寒假里，妹妹开车，我们陪父亲去附近光武陈家庙和圣水寺转了转，又带他去五公里外的树木园去玩，还没转几分钟，他就说没啥看的。春节那天，上午我们给妈上坟，下午村里人来给爸爸拜年，大家围坐在我家大门口聊天。

我请老爷儿们讲讲家族及村里的故事，我们村仅一家姓王，其余全姓陈。老爷儿们从1919年讲到20世纪50年代的合作社。我们家族是做生意的，主要卖盐卖饭，经历过三次大的变故，叫作“三穷”：打死盐巡、三个孩子被绑票、赎回被休的女人及儿子。1949年中华人民共和国成立时村子曾被称为“小台湾”，即难以攻克的堡垒，全村团结一致，无一家被划作地主、富农，村里最高成分是中农。伯父说有几家若放在邻村，非被划为地主不可！喷空中，几位长辈为“历史真相”不断争执（抬杠），有中年人对过去不感兴趣而离开，一位老人问我朝鲜核武器和南海问题，于是大家热议起国际大事来。不得不说，电视打开了中老年乡人的视野，我爸三十多年来每天必看《新闻联播》，现在他腿脚不便，电视更是他了解外界的窗口！

与国家发展同步，我们村子变化也很大。我家大门对面十米处，开发商规划建楼，一百米处在建连体别墅。村里早不种粮食了，乡村记忆逐渐变得遥远，父亲的衰老也在加剧。2016年暑假，母亲离世后的第三年，父亲只能在轮椅上由护工推行。他摔倒了，骨折了，在郑州骨科医院接好骨头回家后，躺在可升降病床上休养，医生定期来家检查。骨头长好后，他怕疼，不下地锻炼，错过了恢复机会，导致肌肉萎缩，失去走路功能，连吃饭都要人喂。他极度排斥护工，不断更换护工；我俩聊天时，他仍会问及阿潘、女儿和婆婆，但不再问国家大事，说话全是短句。他依然喜欢热闹，只是坐在轮椅上听人说话，从未有过的和顺、静默。

在家里几天,每天早晚我推他到村里转一圈。村子里很安静,中央广场有孩子打篮球,玩体育器材,见不到年轻人。我家护工和堂嫂很勤快,把我家门口的一片菜地拾掇得蓊蓊郁郁,胜过父亲年盛时的打理。家里新添了一只小狗娃,才一个多月大,是只母狗,胆子有点儿小,只敢在院子里和门口玩儿。一天下午,我听到它“汪汪汪”地吠叫,声音很急,出来一看,它和猫在楼梯上对峙,它叫,猫也叫,一声一声地示威,互不妥协。小狗怕猫,想从楼梯上跳下来,伸着头看了一会儿,又不敢跳。它很急很无奈,一度跑到楼梯最上边,缩在那里不动。我观察了一会儿,终于明白,大猫回来夺食了。这两天它和几只猫都在外野,一直未看到它们。猫盆很空,我把盛满剩饭菜的狗盆端过去,饿极了的猫扑过去,全力以赴地吞食。这时候,小狗才悄悄地走下楼梯,在离地面两三个台阶的地方跳了下来,继续在院子里玩耍。

小时候听说谁家的狗生了,我总想抱只来养,父亲不同意。听说以前家里养过一只狗,岁数大了“成精”了,会学人哭,家人狠心把它杀了。我家承包果园后,才开始养狼狗护园,罢园后在家护院。有一年院子里拴了两条狗,怕它们撕咬,特意隔开来。但是其中一条老爱挑衅,给另一条狗喂食时,它总要狂吠;它在吃食时,也仍会如此。有时它会挣脱项圈扑向对方,掀起一场恶斗,实际上它是咬不过的,可它仍然挑衅、排斥那条狗。爸说它来家里早,先入为主,估计是动物的地盘意识。

2017、2018年寒暑假,我都回娘家住上一周,父亲身体每况愈下,寂寞的他不断地挑护工毛病。2019年7月底,我要去延安培训,在家只住了两个晚上。7月29日,我记录了“爸爸的上午”,如下:

早饭后,把爸爸推出院子,他让我把他推到路边树荫下,说:“就停在这儿,我就在这儿待一上午。”

我坐在旁边的吊床上,试图从爸爸的视角看其视野所及。

路上有车来往，这是爸爸的热闹。

不断有老人过来，和爸爸说说话。邻居这位老哥，75 岁啦，像是开导我爸，像是和我聊天，又像是自言自语。

老哥：老人不图给儿女做多大贡献，自己把身体养好，不拖累儿女；村里给 65 岁以上老人发空调，免费，这日子多好……

爸爸：你家里的（即屋里人，妻子）去干啥了？

老哥：和婶子一起去掐“老鼠愁”花去了，说是泡酒，揉腿，可轻减（轻松，舒适）。土方儿吧，以前也不懂科学。

爸爸：唉，不胜（如）死了。

老哥：弄不动了呀，给你个绳儿，也挂不到梁上了。人要知足，生老病死，自然规律。

…………

爸爸睡着了。

老哥又问起我浙江农村是不是比我们发达。我说是的，这几年咱这儿发展也很快。

老哥：咱地方好呀，离郑州近，四环、五环都在修，不缺活，当日工当日结。

…………

路人来往，打着招呼。

有风，野风，凉快。

我躺在吊床上也睡着了。

村人废物利用，在树林里、家门口的树上随处绑着吊床，老人、妇女、儿童躺在吊床上聊天。

昨晚，大姐、三姐、妹妹、姐夫、妹夫及下一代都回到老家来聚餐。饭后护工回家月休，大姐顶上来照顾爸爸。

今天上午我在外陪爸爸，大姐在家搞卫生。

爸爸像所有老人一样常觉寂寞，不过，他能在自家养老，有这么多孙男娣女常回来探望，也是好的。

这不，我刚接到电话，我堂弟媳要带二妞过来看望我爸。二妞拿到中山大学数学系录取通知书了。二妞的姐姐，去年考到了中南大学。她们是我叔叔的孙女，叔叔是我爸的亲弟弟，已过世多年。

听说堂弟媳马上回来，爸让我推他回家等候。

（2020年12月5日定稿）

近乡何止是情怯

在我三十一年的婚姻中，我和阿潘春节期间基本上是各回各家，各看各妈！我们婚姻的前十九年是在洛阳生活，女儿随我回姥姥家过年；最近这十二年，我们在杭州，她和爸爸回奶奶家。但是，每年假期回娘家，我都会习惯性地紧张，仔细想想，这种心理反应是从婚后开始的。

我和阿潘1988年国庆节结婚，那年我们是回浙江过的年。第二年春节，则回我家。大年三十晚，三哥从外边带了一袋冰带鱼过来，他拿了几条出来，我和阿潘都说够了够了。谁知道他走了以后，爸爸嫌三哥给的带鱼少，就和妈妈生气。两人拉扯间，把正在灶台取暖的爸爸拉到了地上，这可捅了马蜂窝，爸一把鼻涕一把泪地哭诉。那年冬天，爸与人合伙搞石料厂，以他个人名义贷款，经营没多久就倒闭了，他说自己又老又穷，三哥看不起他。这是我第一次带丈夫回家过年，爸就来了这一出。1990年春节，我借口复习考研，正月初四才回家，爸很奇怪我们为啥不回家过年。

记忆中，爸和妈常吵架。是贫穷惹的祸吧？过年要出油，即用油炸丸子、炸油角、烧豆腐等，爸想多做点给孩子们吃，妈想省点儿油平时吃。爸爸嗓门大，妈妈害羞，怕吵架被人笑话，常躲在窑洞深处号啕大哭，吓得我们也跟着大哭。有时闹得不可开交，还会请双方叔伯或队干部说理。有年夏天，大姐买了一块布料，爸不喜欢那个花色，怒骂大姐，妈护大姐，爸妈对吵。这样的模式一直延续到妈妈去世。那次，为一块布料，深夜在崖头脑说理，像听故事一样，黑压压地坐满了乘凉的人。吵架中，爸爸还曾以自杀要挟妈妈，后来有相当长一段时间，他不再提自杀，因为叔叔和婶婶吵架后真的上吊自杀了。

在这样的家庭环境下，我们姐妹五个一天天长大：对爸爸充满了畏惧，对妈妈深深地同情。而我自小的梦想，就是要保护妈妈，长大了，把妈妈带走！1987年暑假，我大学毕业，当爸又因丁点小事和妈吵起来时，我发声了，勇敢地站在妈一边。爸骂我“翅膀硬了”，妈则保护性地劝我不要和他吵。这次和爸吵架，仅是帮妈妈。而真正和爸对着干，是在2004年春节。郑州是正月初二闺女回门，我们姊妹五个，连带三个姐姐的儿子儿媳、女儿女婿以及下一代，大大小小三十多口人。我娘家正月初二待客，以前是二姐帮妈做菜，再后来是大姐做厨师的女婿主厨，这年仍如此。不同的是，二姐两年前车祸没了，正月初二少了她，很不是滋味。

正月初三是鬼日，我们要去给二姐和姥姥上坟。早起我来到爸妈房间，妈说爸嘟囔了一晚上，说外孙女婿砍骨头把他的案板砍坏了。我心疼妈，先是好言好语劝爸，让他看开。我说二姐没了，我、三姐、妹妹都有工作，您二老老了，只有大姐伺候。“我才不指望她！”爸习惯性地挑大姐毛病，连带她一家人。我也开炸，大声和他嚷。他说一句，我说一句，一声高过一声，绝不示弱。爸以其惯有的话语方式，从他挑着几个月的我到陕西逃荒说起，一直说到他在郑州骨科医院伺候我两个月。他本来是想引起我的惭愧，没想到我竟说：“你娶了我妈，做我爸爸，这都是你应该做的。你养我小，我养你老！”爸气坏了，他说：“我跟你去你学校，找你领导说说理。”我回复得很痛快：“走到天边，也是你没理！”

爸一辈子要强，要面子。爸喜欢说嘴（自我炫耀），我从小乖巧受宠,是他的骄傲。大过年的,我竟和他吵架,用我妹的话说“吵得嗷嗷叫”!爸爸深感丢人,也咽不下这口气,我走后,爸爸在床上躺了几天。这年“五一”,我给家里打电话,妈说爸想起这件事就长吁短叹,说我竟和他对嘴,一点儿都不让着他。

对于爸爸,我们的感情都很复杂。他的严厉、多疑、动辄嚷嚷乃至以死要挟,我们都深恶痛绝,各以自己的方式来抗争,我则以逃离的方式,离他远远的。但是,有一天我们却惊讶地发现我们身上也有他不好的一面,于是又自我反省并修正,尽力走出这种模式。

渐渐地,我们也理解了爸爸。说白了,终其一生,他都在找存在感,想让大家把他放在第一位。

如果说爸曾是我们家一只大老虎的话,如今这只老虎确实已经老了,他连个人生活都不能自理了。但是,禀性难移。

2018年夏日,我正在课堂上,他连着给我打了三次电话,我都按掉了。连上四节课后,我大汗淋漓地打电话过去,他用微弱的声音说他快死了……暑假回郑州,外甥光耀接我,说姥爷和他爸吵架了,我不相信。回到家里,听三哥跟我复述爸爸和他吵架的过程,我哈哈大笑。爸爸能吵架,说明他身体还健康,脑子还管用!原来三哥在村里主持会议,爸爸打他电话,他未接,如是者三。于是爸让护工推着他去找三哥,并再次发挥其能言善辩之特长,歪理说了一套又一套。

不知道这次回家,又可以听到爸爸什么故事!

（写于2020年1月21日）

追忆“磕头孩儿”

空而寂的春节！2020年春节比“革命化春节”时期还要空寂！故乡大年初一全村人相互拜年，初二后的走亲戚皆因疫情猖獗而全部叫停！

以前我们村过年还有“磕头孩儿”。大年初一清早，听到大人在窗外的咳嗽声，孩子们立即穿上放在枕头边的新衣服，洗脸吃饺子后，拎个小布包或塑料袋，叫上邻居小伙伴，商量好路线，先去村西头？村东头？还是南头那几家？挨门挨户要糖去啦！

几个小孩儿喧闹着到人家门口，不用敲门，这一天所有大门全都敞开，直往里闯就是！听到“嗒嗒嗒”小鹿一般的脚步声或小鸟一样的喧闹声，主家早就端着糖盘，或者抓了一把糖，一人两颗或三颗地分给他们。若遇到生分一点儿的孩子会问：“你叫啥呀？”“恁大叫啥呀？”“你这衣服真好看！”“这头发梳得真俏！”听到答复后，会感叹：“咦，谁谁家的老二都长这么高了！”“谁谁家妞儿真齐整！”孩子听到赞美，心里美滋滋的。遇到相熟的，或者同一族亲的孩子，主家会多发一两颗糖或者外加一个小炮仗。这孩童的心就格外甜，他会把自己多分到的糖、核桃或炮仗告诉家里大人。对孩子而言，这糖、这核桃、这炮仗便是他们初步领略到的乡村人情世故，也是其人生教育的第一课，他们从所得中领略到各家之亲疏，也以此判断各家经济状况及出手大方或小抠。主家发糖的大人也会逗弄相熟的孩子，一见他们进屋就戏谑："快磕头快磕头！"或者说："咦，跑了一上午，才弄了恁些儿（即少）糖！"磕头儿是没人磕的，甚至连"新年好"之类的套话也不说，要糖就是目的！全村二三十户人家转一圈下来，塑料袋或小布包基本上满了大半，这是自己挣来的！那骄傲，嗨！自己的新衣服也在全村炫耀一遍，这喜悦，嗨！像火花一样滋滋燃烧呀！

那些年，小学放寒假时，老师总会说春节不许到别人家要糖，那是旧的风俗习惯。可小孩子爱热闹，也嘴馋，怎会不去要糖呢！怎会不过那盼望已久的年呢！

到了大年初一，就可以穿新衣服了，就可以挨家挨户要糖了，可以放鞭炮了，可以走亲戚了，可以天天有好东西吃了……啊啊，腊月啦，腊八啦，小年啦，二十七蒸馍喽，二十八贴花花，二十九出油锅，三十包扁食，大年初一，撅着屁股作揖……年一天天靠近，期待之心日益亢奋！要过年啦，大人也格外骄纵孩子，比如从缸里舀水喝，失手打碎了碗，腊月打破东西不吉利，孩子真担心挨骂，妈妈赶紧把碗片收起来，安慰孩子说："快过年了，你大不会厉害你的！"据说一哭哭一年！这渴望欢乐之心多强烈！

因此，进入腊月，各种禁忌复苏！孩子们被种种教导：要出油炸东西了，不能喝水，喝水费油！三十夜吃饺子，要先捞出三个还要带点水，端到厨房门口祭奠："今天是大年三十了，俺爷俺奶，俺爹俺娘，她姥爷姥姥，都吃饺子吧……"说完从高往低倒饺子汤。三鬼四神，饺子要三个。祭奠时先喊谁也有亲疏，如是爸爸祭奠，先叫的肯定是爷爷奶奶；若是妈妈祭奠，先叫的自然是姥爷姥姥！三十夜是要熬福的，睡得越晚越有福。三十夜还要把剪刀、针藏起来，大年初一不能动剪刀，否则老鼠会咬烂衣服。初一凌晨鞭炮四起，鞭炮越响越富有……初一不管家里脏乱成什么样，上午不能扫地，若扫地，得到下午两三点以后，那鞭炮屑、纸钱屑、糖果皮、爪子壳撒满地上，都是财呀！这禁忌造就的种种神秘,这春节的仪式感,使孩子们亢奋喜悦而又好奇陌生！

“磕头孩儿”是陈西村第一拨拜年的人,在他们回家之后,大人们开始相互走动啦。也是叫上邻居,邻居基本是族亲,三五个晚辈去给长辈拜年,也不说“万事如意”之类套话,只絮家长里短或见闻,一年收入如何,谁年前出车被罚啦,家事村事天下事,就是喷空。说着说着,下一批人来了,屋里坐不下了,先来的腾地方,就去另一家坐坐。一直到午饭时候,各自散去！午饭后,又有一拨拜年的,这时候出来拜年的,往往是年龄比较大,辈分比较高的,上午他们在家里接受弟、侄、孙辈拜年,现在他们要去给自己的长辈或比自己年长几岁的兄长拜年啦！其拜年话题主要是身体状况,年长者如枯木,如残烛,话不要多,不能久坐,意思到了即可。而对所有拜年者,主家无不热情招待,糖果、瓜子、香烟,一应俱全,全是最好的,这是门面呀！

而我家,每年春节,从大年三十夜开始,拜年者络绎不绝。爸妈年事高,辈分高,年轻时又爱管闲事,有点威望。他们会早早准备好糖果和香烟。烟自然是女儿、女婿们送的,爸爸用最好的烟招待客人,喜欢和他逗趣的孙辈小伙,每年早早来,直叫爷爷撒烟,撒最好的烟！

如今这些都成过往！2020年春节,即便无疫情,爸爸也不会和人逗趣了。那么爱喷空的爸爸时而清醒时而糊涂,大部分时间在沉睡,只会问一句答一句,点支烟往嘴里放都放不准。

这个春节,家里外头都着实空寂！春天快来吧,气温高了,爸爸可以出去晒太阳,我们也都可以自由出行随意玩！

（写于2020年1月26日）

那漫长漫长的归家路

一直想写那次漫长的回家路，一直想写二姐，开了很多次头，都写不下去。做过许多次梦，梦见二姐。有一次梦特别清晰，大年初二我们娘家大团圆，在院子里开了几桌麻将。一院子的人都在玩，二姐也在，她喜欢打麻将，但是妈还是依照惯例叫她去帮忙，说："州玲你还老小哩，还玩！"我似乎明白和我们在一起的是二姐的魂儿，二姐已离世，但是，即便是她的魂儿和我们在一起，也仍然要干活！

这就是我的二姐！二姐在我家，永远都是干活的！她是妈妈的左右手，我们家的顶梁柱，农活、杂活、苦活、累活都是她做，她既是主劳力，又是家里的牺牲者。

二姐没上过学，是她那个年代少有的文盲。我初中时见她拿着铅笔，在本子上认真写自己的名字，也写其他字，她还会算一些简单的加减法。为了生计，她曾和妈妈到镇上买肥猪肉回来炸油，也曾带我去郑州卖苹果，还去卖过菜，这都是要计算的。我家大姐初中毕业，二姐为啥没读书？妈说先是她不喜欢上学后又错过了上学年龄，她还要带我，也得倒杂，再后来就是壮劳力一个……大姐是和姥姥生活在一起，因此二姐在我家是实实在在的"大姐"担当！

二姐的担当不仅是吃苦耐劳，任劳任怨，帮我们所有人，她还是我们家难得的好脾气！她永远都是温和的、笑眯眯的，她以自己的勤劳善良和付出赢得了全家人的喜爱。爸爸常以一个“州”来称呼她,在我家只有二姐才享有这一字之亲昵。二姐也是我们姐妹结婚时唯一娘家待客打发的女儿,爸妈曾希望二哥(二姐夫)入赘,我家院子那么大,其中就含有二姐的一个院落。后来二哥(二姐夫)虽未上门入赘,二姐和娘家仍很亲密。她大儿子刘辉户口曾落在我家,从小学到初中,吃住也都在我家。有一年三姐腿摔伤了,二姐来伺候她,她的二儿子刘洋也转学到我们镇,兄弟俩又先后在我们县城读了高中,后来刘辉考取了郑州的大学。

但是天有不测风云,就在刘洋高三的第一学期,二姐出车祸了。那是2003年,那年的教师节和中秋节在同一天,两个儿子都要放假回家。为给孩子改善生活,二姐骑着自行车去割肉买菜,在回来的路上,她站在路边等着,等无车时穿越马路,却被一辆靠边疾驶的大卡车剐倒,司机试图逃逸被人拦住了……那时我还在北大读博,接到三哥电话,他让妹妹说,妹妹哭叫:“快回来快回来,坐飞机回来,咱二姐出车祸啦!”我问,人没伤着吧?妹不得不说实话:“人在太平间……”我完全蒙了,气急败坏地给阿潘打电话,他慌里慌张地问我,最后建议我坐火车,火车车次多,而飞机不一定有机票。我马上又给博导打电话请假回家,商老师怕我出事,通知师妹赵丽华(即赵赵)送我去火车站。在车站,赵赵帮我买了最近的车票,阿潘又来电话问我购票情况,我仍是对他吼吼吼的。赵赵见状说潘哥也是担心你,改玲姐不用这么大声嚷嚷;又说这么大的灾祸,家里人肯定都乱了,你是家里文化程度最高的人,你不能乱了。非常感谢赵赵,她的提醒、她的定位,使我得以在全家人的悲痛欲绝中保持一份清醒和理性。

但是,二姐是迄今为止最让我们家人疼痛的亲人之殇!在她之前有姥姥,在她之后有妈爸,但他们都是寿终正寝,唯有我的二姐,死于非命,令人猝不及防!

生命就是死亡唇边的笑。那是多么漫长的一次回家之路、奔丧之路呀！夜车，硬座，从北京开往西安的列车路过郑州，一分一秒，那么慢，孤独、悲伤、痛苦。硬座车厢里那不熄的灯光太扎眼，附近聊天的声音太刺耳。我第一次体会到灾祸发生时，和亲朋好友在一起是多么重要。坐在我身边的是一位年长者，在铁路上工作，他看我不吃不喝，看我烦躁不安，关心地问我是否有心事。我简单告诉了他，同时把我的疑惑和担心也告诉他：要不要把二姐出车祸的事告诉二老，尤其是我的妈妈？感谢这位陌生人，他静静地听我讲述悲伤，又拿他的经历为例，建议我告诉父母，说：一则纸包不住火，长痛不如短痛；二则不落埋怨，免得老人日后埋怨你们瞒他们。

深夜，我一出火车站，大姐和三哥的姐姐就接到了我。第二天早上我去医院，在太平间拉开抽斗，只轻轻摸了一下二姐最外边的头发，不忍心去看她的脸，不愿意记住她那另一个世界的陌生面孔！我去找医生了解她送来时的情况，我说只是想知道她走时是否痛苦。医生说，就送来时的惨状来看，应该是一下子就过去啦！

苍天呀，难道真的是好人不长寿吗？小时候，我常恃宠要性。一次天黑二姐让我挡鸡窝，这本是我每天的任务，她一说反倒显得我不懂事了。于是，我向她挑衅，不依不饶，还要扑去打她，姥姥拉都拉不开。二姐大我七岁，我哪是她的对手？她只是舍不得打我。在气头上的我曾恨恨地对她说："等你老了，撅着屁股走路，我一下子把你掀倒！"但是，善良的二姐，竟没活到弯脚驼背的时候。

二姐对我们全家每一个人都很亲，她有恩于我们所有人。二姐走时46岁。她对我们的重要性更多地体现于她离世后。妹妹有孩子时，妈对妹说，若你二姐在……妈老了，三姐说，若二姐在……妈走了，三姐哭着说，你去吧，二姐会伺候你的……爸老了病了，我们又说，若二姐在……

（下午始写，担忧父亲。傍晚，父逝，大哭，续写，2020年2月29日）

看到了春生的故乡

第一次清明节返乡,我们以祭奠父母的名义相聚。借此,我看到了复苏的故乡,与两个月前的荒寒完全两样。清晨、上午、下午,随便走出门去,路边、田野里、林中到处都是新生的春芽,草在绿,花在开,空气的味道是干爽的清新,故乡的春竟是这样的!干黄枯草边突然冒出一片葱绿来,那么分明与闪亮。触手可及全为野菜,茵陈、藿香、蒲公英、枸杞尖、艾叶、苟棒、面条棵,都正当时。蒲公英是一片一片的,有新生的黄嫩,也有往年生的返绿,带点紫。新从地里冒出来的枸杞芽最肥嫩,藤条上的芽儿,多年生的藤条吸了地气才变绿,自然没那么大的春气催肥芽儿了。喜人的是藿香,它一蓬蓬地泛绿窜嫩,掐着它一根根的叶茎就像在捡一窝野鸡蛋。它的药香味比艾草叶子淡一点,比香椿浓重得多。

香椿极为珍贵。小时候,我们吃大长叶子的香椿,盐渍后,在割麦天当菜吃。在洛阳时,我从老家带过香椿,叶子虽不如从前大,但也不是现在超市里卖的嫩芽。今春我买过两次香椿,每次一小把,炒鸡蛋吃,舍不得似的,颇想念老家的香椿来。这次回家,真正过了把挖野菜瘾,也过了把折香椿瘾。昨天下午,我和三姐三哥去父母家里,搬来梯子,又用镰杆,把两棵香椿嫩芽的大部分都掰折下来,足足有十把。听说我想带野菜回杭州,三哥的嫂子和侄媳妇采了许多藿香、枸杞尖,还把自家香椿树上的嫩芽全掰给我。嫂子说:“你离家远,也没啥给你捎,暑假回来时杏都罢了。”另一位嫂子不仅用镰杆把自家高树上几簇嫩叶折下来,还把她刚放在冰箱里的一把藿香拿给我。邻居家婶婶给我割韭菜,送蒲公英,说你离家远,也得不住家的力;我、三姐和妹妹昨天一起挖野菜;大姐和她女儿今天还给我们送来了三大包野菜,茵陈、枸杞尖和晒干的蒲公英;三姐的邻居还送来土鸡蛋;听说女儿爱吃饼,三姐烙了饼……这么多,只好各选一些放在箱子里,满满的亲情、人情、故乡情呀,我手上还拎着一箱土鸡蛋和一包野菜,就这样回到了杭州。

在萧山机场打车回家时,穿着防护服的女孩负责调车,看到我车里塑料袋装着的野菜,她好奇地问,这是做清明粿子的艾草吗?不,是做藿香正气水的藿香。她蛮惊讶地把我俩的一问一答转述给另一个工作人员。嗯,我师妹晓萍也曾惊讶藿香叶可食。

这次回家,我还去看了新密市袁庄乡的油菜花。我先是从朋友圈里看到油菜花的图片,前天上午祭奠完父母后,妹妹下午开车带三姐和我去游玩。到那里才知道这个地方叫“乱石坡”,从小就听妈妈说起的地方,离我姥姥家很近,虽然不属同一个乡。真没想到,那个省级贫困镇进行品牌化经营,只种谷子和油菜后反而脱贫致富成为标杆,山区小米成品牌,油菜花成为旅游景观,一扫世代贫穷之面貌。那里的泡桐树也是美的所在。泡桐在我家乡,实在太普通了,我似乎从未把它当作花树欣赏过。小时候曾捡拾落地的泡桐花瓣,只为吸吮花嘴那丁点的甜。有次和堂妹爬树折花枝,被父亲训斥恐吓,说再发现我们爬树就不让我们上学了,把我们赶出家门讨饭去。

哦,那么厉害的人也会死!大前天夜里,三哥三姐从机场接我回家后,我再次向他们感叹。那一路,我是叹息复叹息,一直唉声叹气:父亲走了三十五天啦,这个事实必须接受。以前我回村子,第一站必是父母家。这两年回家,怕他激动,何时到、何时走都不敢告诉他。

告诉他何时回，他会一直等着；尤其是不能提前告诉他何时走，他会哭个不停。妈妈走时，我说在大门口看不到她坐着等我的身影了。爸爸走了，家里大门紧闭，空无一人。车子从父母家大门口开过，一直开到三姐家，我住在三姐家。

翌日清晨，我们回到父母家里，大姐、二哥、护工打扫院落，我走进父亲卧室，为那张空床拍了照；又习惯性地爬到房顶平台上，打量院子，为院子里那盛开的泡桐树、杏树和樱桃树拍照。远眺四周后，坐在小凳上，沐浴着阳光，开始参加学校的视频会议。这会议从9点钟开始，也就半个小时光景吧。我听从家人召唤，坐车到墓地，边走边开会，最后是在墓边林子里开完了会。来到墓前，供品已摆好，新冠肺炎疫情下，只是内亲到场，三鞠躬，礼毕。我特意落在最后，单独给爸妈三鞠躬，叮嘱他们：不要吵架，在这边已经吵够了，到那边就好好相伴吧，相依为命……

4月5日午饭后，我把行李放到车上。三姐说，啥时候再回来？我眼酸了，往常这话是不会说的，寒暑假一定要回来的。三姐的大儿子开车，妹妹和我并排坐在后边。妹妹说暑假回来吧，爸不在，咱们正好一起旅游。妈走后，每年暑假我们姐妹都带爸出去旅游，但是没几年，他腿不行了，也就带不动了。车子开着，路过父母家，大门紧闭，独怆然而泣之。尽管在上午，我和妹妹、妹夫还来过家里。

只有在离别时，才再次体会到：这次的离别正如这次的归家，都与以往不同，这是父亲去世后的第一次回、第一次走。至此，我的双亲已到另一个世界。

2017年夏，妹妹的公公离世；2018年初夏，三姐的公公离世；2019年初夏，我的婆婆离世；2020年初春，我的爸爸离世。从此，我们五姐妹娘家、婆家都无老人在了。老人走了，我们被推向前，也一步步走向衰老。我们该如何为自己将至的衰老做点准备？！

（写于2020年4月5日）

“地信”与“暖味”

梅雨季，大地丰茂，万物速长。有些生长，很莫名，难言好歹。比如这些怪模样的蘑菇就吸引了我，它们有毒否？不去管它，我只拍照晒图，表明我看见了它，至于它有无看到我，那是它的事！

它们勾起了我的回忆。年少时在山区姥姥家，雨后田里会冒出白嫩白嫩的蘑菇，也是这样一窝窝的，像一家人似的，有大有小，我和小朋友常惊喜地采呀采，放到草篮里带回家洗净后撕开下面条吃。那味道的鲜美，口感的细腻，至今记忆犹新！它还有个奇特的名字叫“地 xin”，不知道对应的汉字是什么，窃以为若写成“地信”也蛮好，从大地深处发来的信，多棒！

饥饿年代里，我接受的基础教育很不完备。我喜欢读书，各种故事书，凡能找来的一定要设法找来读了，读完后和人交换，就读得很快，好多字的读音都是连蒙带猜的。我曾把不认识的字统一叫作“啥”字，竟也蒙对了“傻”字，一次又读出“啥子”时，我三姐听到了，指正是“傻子”。有的字则是看得不细心，把相似的字当作同一个字了。一直到高中，我都是把“暧昧”读成“暖味”的，至今仍觉得“暖味”的音与意都很好！29岁时，我才写对了“燕子”的“燕”。女儿叫柳燕，取自阿潘的故乡“柳城”和我就读的“燕园”，我是怀着女儿在北大写硕士论文的。写女儿名字时，阿潘才惊讶地发现，我把“燕”字写成草字头了!

我上高中时,已经恢复高考了,和所有农家子弟一样,我的身上也寄托着全家人的希望。爸爸只要在街上碰到公社文教组的一位叔叔,就会打听有没有课外辅导资料。这位叔叔是我叔叔的同学,我叔叔早就离世了。爸爸曾转告我文教叔叔的话:“小学没学会的,到了高中还是不会。高中没学会的,到了大学也不会。”意思是说知识“一遍过”,某些东西学过了,以后就不学了,故不会的仍是不会。这话有一定的道理,我就经常遇到学生不会用标点符号的,句子写不完整的,还有研究生不会写请假条的。这些应该是小学阶段就要解决的语言表达问题。

不过,我从来不嘲笑学生,而是指出其问题,要其多注意,并马上改进。同样,遇到北大某校长念错别字之事,虽觉丢面子,但能理解他说的“所受教育不全”。我很反感那些上纲上线的嘲讽和责骂,这种求全责备中不乏戾气和狭隘的优越感。

(写于2020年6月29日)

二、上海：丽娃河畔

大学时的不适应

20世纪80年代的华东师范大学中文系老中青力量最为齐备，开出的课程，齐全且质量高。此外，它的全校通识教育也很前沿，文史哲艺体美俱全。在全校公选课中，我选了“交响乐欣赏”和“美术概论”。“交响乐欣赏”由上海音乐学院的一位非常美丽的女老师讲授，在电教楼二楼阶梯教室里，二三百名学生一起听她讲德彪西、巴赫、贝多芬，场面颇为动人；教我们“美术概论”的老师也是一位女老师，让我们从幻灯片里看各个时代的陶器。但是，刚从中学应试教育中走出来的我们，对大学生活颇多不适应。

大一新生基本上都会对“文学概论”发怵，我们也不例外。我们用的是以群主编的《文学概论》，教这门课的老师是一位工农兵学员，社会主义现实主义是绕不过去的，政治与文学的关系很敏感也很纠结。作为课堂学习的重要内容，他安排学生观看苏联电影《第四十一个》，分组讨论文学的阶级性与人性的关系。一个白俄军官和红军战士在荒岛上相爱了，当白俄的轮船到来，军官高兴地迎接时，女战士在他身后开了枪。20世纪80年代初期，在思想解放的大背景下，这位老师也试图恢复文学的独立价值，他设置的议题具有一定的前沿性。碍于其知识结构，加之表达不好，有同学强烈要求换老师，系里接受建议，这门课就让夏中义老师来上了。

其实，从中学到大学，知识体系是有断层的，学习方法也要重新调整。如何尽快适应大学生活？辅导员查建渝老师请人做过讲座，具体运用时则又不同，学生的文化积淀和审美素养也参差不齐，如何因材施教对教师也是一个考验。张文泽老师教"中国历代散文选"，他讲《论语》中的"暮春者，春服既成，冠者五六人，童子六七人，浴乎沂，风乎舞雩，咏而归"，问孔子最向往的生活方式是什么？他点名让我回答，我一脸懵懂，只有沉默。啥叫生活方式？是生活态度吗？要知道高三时，我们的榜样是身残志坚的张海迪，潘晓给《中国青年报》的来信引起轩然大波，"人生的路啊，为什么越走越窄"。至于"日常生活审美化""审美日常化"或"诗意人生"，这些词听都没听说过，吃饱饭也才几年，审美、诗意离我们有一定的距离！

除"文学概论"外，语言类课程，低年级学生也是怕的。好在我们遇到了朱川老师。新生入校时，她作为教师代表致辞，"我姓朱，属老鼠"，发音标准，音色圆润动听。她讲授的"现代汉语"课，我们都喜欢听。普通话测试也由她负责，测试很简单，读一段《荷塘月色》的课文，她在宿舍里一个个辅导过来。第二学期的"古代汉语"课是一位年龄比较大的男老师上的，没上几节课就被同学要求换掉了，后来得知他竟是位著名的古文字专家！大一第二学期还有一门"BASIC语言"，全年级同学基本上都选修了，还到机房操作过高大笨重的机器，但是那些编程把人弄得迷迷糊糊，于是又大面积地提出退课，系里也同意了。现在看来，这在一定程度上反映了我们的无知和畏难情绪，其中也夹杂起哄、闹着玩的心态。

再就是政治类课程了。上党史课的老师很努力，只是许多内容都是中学学过的；为增强真实感，老师还带我们到中共一大会址参观。令人耳目一新的是"政治经济学"，由青年教师华民主讲。华老师讲课新颖而锐气，教学内容凸显了经济学的特色，为了让我们了解股票，结合中文专业特点，建议我们看电影《子夜》。针对当时的物价，他提议水费和日用品都应涨价。他还革新了考试方式，除闭卷考试外，增加调查报告和面试，我选了调查报告。暑假以我们大队的石料厂为个案进行调研，写出了我人生中的第一份调研报告。在非专业课中，我最喜欢华老师的课，还记得他讲课时眼睛发亮的样子，在路上碰见，他也会主动和学生打招呼。

教育学、心理学和"形式逻辑"也是必修课。师范学校一般都会开设教育学和心理学，却未必开设"形式逻辑"课。华东师范大学对学生进行思维训练，显示了它对理性思维的重视。我们对大前提、小前提还能弄清楚，对"白马非马论"就颇为纠结了。所有课程中，我这门课的成绩最低，只有六十三分。多年后我才知道这门课成绩都不好，系里把四十分算及格，估计我的成绩也是拉上来的。而大面积低分，竟与老师的着装有关。那位日本海归教师，喜欢穿西式紧身裤，他个矮身宽，西裤绷得紧紧的，女生不好意思抬头看他，学习效果受到影响。

20世纪80年代是改革开放的年代，我们喜欢有全新观点的老师，但是如何新，老师们也在探索。2017年，毕业三十周年聚会时，刘大伟老师发言说，他当年上"语言学概论"，压力很大，有些新理论还未消化透，就急切地讲给学生了。这可能是自谦，也可能是事实。其实，对年轻学子来说，太深奥的学问，往往会听不懂。老师若能深入浅出，有激情地讲课，有情怀有才气，我们就喜欢，就追捧，对他们的课不仅不逃，还要去抢位置占座。很幸运，这样的老师很多！

（写于2019年7月24日）

大学时，我喜欢的课

华东师范大学的中文系全称为中国语言文学系，它和北大不同，未把学生分为汉语班和文学班，而是在通选语言学和文学类必修课基础上，以选修课体现学生兴趣。我喜欢听“语言学概论”，语言和言语的区别，能指与所指之间非一一对应，组合与聚合关系，刘大为老师讲得津津有味。但是，心怀作家梦的我更喜欢文学课。

文学课分中国文学和外国文学。倪蕊琴老师教外国文学，她是苏联留学生，温和、从容、优雅。冬日，她走进教室后，放下手袋，拿掉围巾上课，她对托尔斯泰主义的分析、对《复活》中聂赫留朵夫负罪感的解析深刻而细腻。在她的引导下，我开始读陀思妥耶夫斯基的作品以及解冻文学。那时记下了众多“斯基”的名字，考试前宿舍同学互相提问时，“斯基”仿佛飘满空中。

华东师范大学的中国文学训练更为系统。除了中国古代、现代、当代文学史等必修课外，自《诗经》以来的历代作品赏析课也是必修课，之后，才是系列选修课。中国文学作品赏析课，通过对经典作品的解析，不仅提高了学生审美赏析能力，还为文学史的开设打下了文本基础，有效地避免了文学史教学中作品赏析与史论概观孰轻孰重的矛盾。

周圣伟老师教唐诗宋词，他背驼得厉害，讲课却自有风采。他吟诵陆游的《书愤》,“早岁那知世事艰”,把“艰”字拉得很悠长,仿佛一声叹息,道尽世事沧桑。周老师的板书也漂亮,听他课时我笔记上的字会相应写得好一些。遗憾的是,一位女研究生来实习,讲授白居易的《长恨歌》,干巴巴的,没有味道。再上课时,周老师仅是吟诵其中几句“上穷碧落下黄泉,两处茫茫皆不见”“此恨绵绵无绝期”,哎,所谓“言有尽而意无穷”“境界皆出”就都有了。真想请他再给我们讲一遍《长恨歌》。

李振潼老师高大丰仪,教我们“戏剧欣赏”课。他曾在茅盾同名小说《子夜》改编的电影中扮演为吴老太爷看病的医生。“电影赏析”课由李亦中老师讲授,其父是20世纪30年代著名导演桑弘,改编过张爱玲的作品。在华东师范大学,有两门课是要抢座的。一是“《红楼梦》研究”,在文史楼101教室上课,任课老师郧瑞平生于1928年,时年57岁,她对《红楼梦》人物命运体察深,情感投入深,激情洋溢的授课中常泪流满面。她谈到人物性格与服装色彩的关系时,顺带指出有些学生不会色彩搭配。她也会谈一些不如意的事,比如她的文章未被录用,后来发现一位年轻编辑把它改头换面后刊发了。

二是许子东老师的“八十年代小说研究”,大四上学期开设,也很抢手。许老师是钱谷融先生的研究生,我们进校前一年(1982年)他毕业留校。大一时,他给二班同学讲授“中国现当代作品选”留下了好口碑。他人帅课好,还在校报发表小说,我们崇拜他,连带关注其演员妻子陈燕华。许老师上课随意风趣,一次他瞥见后边的黑板上写有“许子东”三字,就调侃道:“快看,后边有反标!”他谈到刘心武的教师身份,说教师的职责使其小说总在劝谕。他谈自己的学术道路,《郁达夫研究新论》出版后,他不想再做郁达夫传记和年谱,“那等于把猪身吃了再吃猪头猪脚,把全猪都吃了”。

1985年被称为“文学方法年”,各种新理论、新方法勃兴。宋耀良老师讲的“原型批评”使我受益匪浅,而让我重新反思大学生活的则是夏中义老师。大三时,夏老师开了门“文艺批评”课,这应该是其专著《艺术链》的内容。他谈到在厦门大学参加林兴宅老师用系统论方法研究阿Q性格的会议情况,老一代学者有质疑,他是支持的。他以司汤达为自己写的墓志铭“活过,爱过,写过”为例,谈文学纪实与虚构的关系。当我明白虚构之重要性后,很遗憾知道得太晚,否则我的大学生活会改写。中文系学生很容易观念化,在书本中先验地体会人生、认识社会,常把自己搞得很痛苦。出于破解“认识自我”的困扰,我还喜欢上“文艺心理学”。教这门课的老师姓赵,她要求我们写课程小论文时不得用随笔式的语言。我的学年论文是分析陀思妥耶夫斯基《白夜》中的人物心理活动,毕业论文题目是“论文学欣赏中的假定心理”,也都是赵老师指导的。

大学时,老师们也教我们做学问的方法,如何查资料,如何记卡片,如何写文章。但是,处于青春苦闷期的我们,对如何度过自己的人生更感兴趣。我们渴望老师能提供我们认识人生、解决困惑的观点,而不是纯粹的掉书袋式的学问。有温度的学问是关乎人生的。

（写于2020年5月5日）

大学时,我喜欢读的书

1983年刚上大学时,对该读什么书,并不清楚。我们宿舍的凤和丽是山东人,她的一位老乡,周末常来和我们谈莎士比亚,其毕业论文写莎翁戏剧,他大段大段地背诵着台词,我们一脸的崇拜。受其影响,我开始借阅《莎士比亚全集》,有些剧作,比如《温莎的风流娘儿们》,看着甚觉无聊,不知莎翁为何要写它。后来听系里老师说不必强读名著,就没把莎翁的全集读完。

华师大的读书环境很好。除图书馆丰富的藏书外,系里给每个宿舍发了一批作品,供大家随时阅读。九舍一楼有个小书店,专卖新书,老师们常光顾那里,会向我们推荐新书。大一同学间流行读《邓肯自传》和《傅雷家书》,我不仅自己看,还寄给外地同学。大二时,复旦的三位研究生在电教大礼堂讲叔本华的人生悲剧、尼采的超人哲学、弗洛伊德的性本能与无意识,我们又读起叔本华、尼采和弗洛伊德的书来。我生吞活剥地读了《精神分析引论》和《梦的解析》,不仅在日记中大段大段地分析自己,课间还测试同学,让他们随意写词,听课时还抓老师语误、笔误,想发现"真实的人"。但是自我、他人皆丑陋,令人难以忍受,就终止了这类分析实验。我们正值青春萌动之时,"认识你自己"是人生命题,文化反叛、文化批判又正盛行,也就常把"丑陋的中国人"挂在嘴边。

尼采的“超人”哲学，记得最多的也是其语录，“世界上最孤独的人也就是最强有力的人”。20世纪80年代的个性解放使我们尊奉孤独者和特立独行者，但是“到女人那里去，带着你的鞭子”又令我们反感。对尼采的认识，我主要借助于他的自传《瞧，这个人》。1987年4月，我陪历史系老乡梅到上海六院看病，她感冒老不好，校医院开了转院单。那是一个下午，化验单一出来，医生就在走廊里给她安排了临时床位，我一边陪她打点滴，一边阅读此书。后来医生说梅得的是脑膜炎，还让我签了一张病危通知单，又提醒我通知学校和家长，我这才醒悟过来，放下书到电话亭打电话。夜里同学来换我回去，我到邮局给梅家里发了电报。那夜大雨滂沱，我从邮局出来一圈又一圈地找公交车，就是找不着。深夜进入校门，独自一人走在空荡荡的校园里，想起患脑膜炎病逝的小学同学，突然害怕起来。

大四时，萨特的存在主义流行起来。我从班里男生那儿买来了他们从出版社批发来的萨特的《存在与虚无》、波伏娃的《第二性》；我们还成立了读书会，认真讨论，说着“存在先于本质”的话。对于“女性主义”这个词，还比较陌生；对它的真正体会和运用，是在我婚后去北大读研以后。

除了这些理论书，我读得最多的还是小说。中学时我文理均衡，为了读小说才学了文科。我自以为读的书不少，入学军训时，厦门女孩黄逸敏约我散步，在丽娃河畔的杉树林里，她连问了几本书，《基度山伯爵》《约翰·克利斯朵夫》，我都没看过。大一第二学期初春，我们班宋德义、胡龙霞约了童珊、黄逸敏、陈梅青和我去游南翔，他们津津有味地谈着一些作品，使我再次意识到自己和城里娃的差距，回校后就赶紧去读这些没读过的书。

大学四年，除了中文系课程要求读的古今中外小说外，我也有自己的作品谱系，《约瑟芬与拿破仑》《呼啸山庄》《飘》《荆棘鸟》《情人》，这些“爱而不得”的作品，直接对应我的情感生活。我考上大学后，那位初恋也参了军，先在金华，后又调至杭州。两人明知身份个性差异很大，又都很不甘也很不舍，激情耗散在写信中，在信中论战，讨论，分手，继续。最后，在毕业前夕，复员的他从故乡来到上海，把按时间顺序装订起来的厚厚的“情书”付之一炬。场景颇为戏剧化，我拿着一本普希金诗集，朗读着其中一首焚烧情书的诗歌，他把“情书”点燃——生活在模仿和延续文学！他是拿破仑，我是约瑟芬皇后，只有我才能驾驭桀骜不驯的他；他是希刺克里夫，我是凯瑟琳，他比我还像我；他是神父，我是麦琪，他凝聚着我年少的爱；他是中国情人，我是法国女孩，到了衰老之时，他还爱着我——强烈而永恒的爱，彼此灵魂上相当，纯真永恒的初恋，是那时的爱情观。

大一第一学期，就爱情问题，我们宿舍认真讨论过。老家在上海的丽说与经济地位有关，我们不同意，集体和她辩论。一切在时间中改变。大四时，丽从游戏对象那里带回荔枝，我们无所谓地吃着，怀着作家梦的我们会把生活体验当作素材积累，把自己和身边人作为对象来观察。我写过一篇小说，梅说有《情人》的味道。

《情人》刚出版，学校图书馆就有了，我看后全宿舍的人也都看了。毕业前夕，我们还看了洁本《金瓶梅》，是从系办公室孔繁初老师那里借的。听张惠芬说孔老师手头有刚出版的《金瓶梅》，我就去借，起初他不肯，最后答应一次借一本，我们看完后再去换另一本，就这样我们全宿舍的人把这套书看完了。

（写于2020年8月23日）

看电影与蹭舞会

华东师范大学的校园文化活动极为丰富。大一入校没多久，系里举行演讲大赛，先以班级为单位比赛，再进行年级大赛。二班钱晓征以其《故乡在呼唤》脱颖而出，她以骑在牛背上的辍学放牛娃为例，呼吁重视乡村教育的急迫性。大二系里的演讲大赛上，她演讲的题目是“女性，你再往前走一步”，呼吁女性自我解放；和她同台演讲的有位1984级女生，强调坚持自我即便孤独也无所谓，其题目就叫“孤独”，之后我们宿舍就以“孤独”为其绰号。大一时的演讲比赛上，我好像是呼吁公德，“敢于制止不好的行为”，一连几个排比句倒也有气势，只是我把“他”读成了第三声，大家憋不住直发笑，自然要被淘汰。

上大学之前我一直说方言，普通话测试时朗诵《荷塘月色》中的一段，我测试了两次才通过，因此对普通话说得好的人很佩服。大一时，中文系组织朗诵大赛，三班张建英荣获第一名，她朗诵了郭小川的诗歌《春天的后面不是秋》，她个头娇小，声音标准且甜美，在舞台自带亮光。2007年“五一”，我们毕业二十周年返校，她再次登上舞台，朗诵了宋琳老师为这次聚会写的《丽娃河》。该诗很美，不仅写出了校园风景的美丽，还写出了20世纪80年代的青春精神和气质风貌，尤其是“这里，在上海的一座开明的学府/我学会了赞成，或许更重要的（如仁者所说）学会了不赞成/丁香花美，有毒的夹竹桃更美”。

这种敢于说“不”的自我表达，正是20世纪80年代和五四时期相似的历史精神。中文系还有赛诗会，全年级集中在电教礼堂，统一给题，在指定时间内完成并上台朗诵。后来写《中国可以说不》的宋强就是在那次赛诗会上引起我的注意的，他很洒脱地走上主席台，自信满满地读了自己的诗，宋琳点评说这是“生活流”。“夏雨诗社”一直是华师大重要的文学社团，产生了诸多著名诗人。

中文系有各种文艺演出。系文艺委员是位1982级女生，上海人，其女高音堪称一绝。有次比赛，有校外人士参加，她正深情地唱着西洋咏叹调，声音突然闷哑，被一口痰堵住，令人紧张，她却屏住气息，生生逼出响亮的声音，瞬间掌声如雷。大三时，一上海交大男生求爱不成，到八舍捅了其读心理学的同乡被抓。学校加强管理，在八舍三楼设门由宿管阿姨把守，男生不得自由出入。有男生不满，遂把宿管阿姨编入话剧，大叫“开门”，引起台下学生的共鸣。我们刚入校，每月生活补贴十九元八毛钱，大一下学期又加了十元。假期除外，学生结队游行以示抗议，还有人到办公楼与校长理论。大二学校不再要求学生统一做广播体操，改为跑步签到。秋冬跑步出汗到哪里洗澡？女生把腿跑粗了怎么办？有人贴大字报，有人把破鞋挂在梧桐树上，也同样引起关注。

彼时看电影成为高校新风尚。中国电影正在崛起，学校成立了电影协会。许多电影首映式就在学校大礼堂，影片及场次都很多，不仅周末，不仅晚上，其他时间也都有电影放映，同学、老乡之间互请看电影。学校把一周电影表排出，集体购票有优惠。为了看午场电影，我们会提醒老师早点下课。大礼堂周围经常有人拿着钱，问：“票子有吧？票子有吧？”在校礼堂，我们看了第三代导演谢晋的《牧马人》，第四代导演吴天明的《老井》，第五代导演陈凯歌的《黄土地》、张军钊的《一个和八个》，还有美国意识流电影《推销员之死》等令我们惊讶的片子，其他电影，比如《阿Q正传》《骆驼祥子》《悲惨世界》《复活》

《这里的黎明静悄悄》《音乐之声》《幸福的黄手帕》等也打开了我们的眼界。大二英语摸底考试，我们宿舍平均分数名列年级第一，查建渝老师奖励我们每人一张《飘》的电影票，我们在南京路上一家电影院观赏了这部风靡全球的电影。朱川老师的丈夫在上海电影译制厂工作，她会弄点内部片票子，我们辗转得来，也兴冲冲地跑去观影。译制片中童志荣、乔榛等配音演员的声音令我们迷醉。电影在我们精神生活中扮演了重要的角色。大四实习时，我班周俊明发誓看遍上海所有电影院，而我毕业时给同学留言中有这么一句话："没有电影就没有生活。"

刚进大学时，高校兴起了集体舞。班级、年级都在跳，一群人手拉着手，随着录音机里放的《金梭银梭》转着圈："太阳太阳像一把金梭，月亮月亮像一把银梭，交给你也交给我，看谁织出最美的生活，啦……"继而交谊舞兴起，慢三、快三、华儿兹，伦巴、恰恰、迪斯科。班级、系学生会都请人教跳舞，我们在宿舍、舞会上努力练习舞步提高舞技。每到周末，河东食堂饭桌一拉，录音机一响，食堂变成舞厅。有时班级会发票，有时没票，舞会里的人听到有人敲窗，打开窗子把人拉进去。除了在校内跳，还会到校外跳。大四我常和同舍华结伴去舞会，一次遇到交大学生，有男有女，彼此留下宿舍号码和姓名，他们写信说周末来跳舞，我们事先帮他们买好票。还有一个周末，我们去交大跳舞。在舞会上遇到其他男生，谈起交大，我们知之甚少，他们以为我们是低年级学生，优越感满满地吹嘘其大学经验，后得知我们也是毕业生时表情颇为尴尬。哎呀，那时还有女生告知异性舞伴虚假地址者，不乏恶作剧的意思，当时也不管妥与不妥。总之，青春的躁动在寻找释放。

（写于2020年8月28日）

“社会不是中文系”

现在得说说我们的辅导员查建渝老师了。查老师是“50后”,上海人,家住淮海路,父亲是位老革命,旅美作家查建英(笔名小查)是其堂妹。读大学前,他做过青工下过乡,1979年考入华东师范大学中文系,毕业后留校做辅导员。我们入学前,他研究了我们一百三十三人(1985年后接收专升本两人,共一百三十五人)的档案,开学后要每人以“我”为题交一篇作文。查老师是一位坚定的改革者,这里只谈他对我们的最大影响,那就是观念上的变革。新生教育中,他反复强调上大学首先要完成心理上的断乳,希望我们成为有独立思考、有爱心、有大格局的人。

每周一次的年级会,基本上就是他的分享会,分享新信息和新体会,来改变我们看世界的眼光。他讲“第三次浪潮”,谈非洲大饥荒,用录音机播放 *We Are the World*,让我们拥有人类意识和全球化眼光。他所有的假期都在考察和调研。从对越反击战的老山回来后,他告诉我们许多战士和我们年龄相仿;去深圳考察后,他向我们描述那里活跃的经济和快节奏的生活,他说在深圳地上掉五毛钱不会有人捡。这是什么概念?我们学校食堂最贵的菜,大概也就四毛钱!

读万卷书,行万里路。查老师有意识地培养我们的文人情趣和素养。从大一开始,他就组织全年级春游和秋游,春天带我们去苏州,秋天去金山海边。这也是我第一去苏州,第一次看到海。春游、秋游中,他还给我们拍照、分发照片，有时连钱也不收。我们年级曾在丽娃河划船赏月过中秋，每人分得半个月饼；也在操场上开过中秋联欢会，在明月和路灯的照射下，同学们吟诵着“明月几时有，把酒问青天”，“江畔何人初见月？江月何年初照人？人生代代无穷已，江月年年只相似”等经典诗句，体会宇宙的苍茫悲凉。他还组织我们到校外看演出，长征剧院的院长沙叶新是我们的系友，我们在那个剧院看了几场话剧，印象最深刻的是反映知青生活的《WM》，回到宿舍，我们重复着“抓鸡吧，抓抓抓；杀鸡吧，杀杀杀”等台词。他还鼓励我们听音乐会、看画展，甚至还带我们去看了场服装表演，这也是我第一次看服装秀，第一次看到男模特。

查老师在高度和格局上打开我们的视野，对我们的平时生活也关心备至、细致入微。那时城乡教育的差异还没有现在这么大，我们一半同学来自乡村，刚过上吃饱肚子的生活。上学不用交学费和住宿费，一学期的书费也只有十元，上海大学的消费比农村高很多。我上大学时才戴上了手表，是我二舅送的礼物。入校时每月给学生十九块八毛生活费，1985年涨价后，又增加肉贴十元；男生每月发粮票二十四斤半，女生二十二斤半。这些钱，这些粮票，女生吃饭基本够了，男生却不行，还要买饭票。大一刚入校时，有男生每餐只吃一份五分钱的青菜，查老师发现了，在年级大会上反复强调要注意营养，有困难者可申请补助，如有急用钱者可向他借。他那里就成了周转站，有男生借借还还的，我们毕业时，他把剩下的借条全部烧了。

查老师不仅向任课老师了解我们的学习情况，还深入宿舍，我们八人一个宿舍，全年级多达十七个宿舍，他都多次走访。大一冬天，有女生在熄灯后点蜡烛读书睡着了，燃尽的蜡烛烧了蚊帐引起火灾。失火之后，查老师并未止于集户批评教育，他一个宿舍一个宿舍地走访，和学生讨论这件事。他教育我们如何辩证地看待这件事，安全意识不够要批评，努力学习的本心要尊重，同学经济损失如此大，大家能否施以援手？唤醒爱心以育人是其恒定的做法，这份爱可以是对遥远非洲的同情,也可以是对身边同学以及陌生人。大三时,我和其他同学响应号召去医院献血,查老师送给我们每人一本泰纳的《艺术哲学》,扉页上有他的题字:“献给英勇献血的同学。”

在引导我们多角度看问题的同时,他更强调同理心。某个假期,他受系里委托遣送一名学生回家,这个高年级女生无法自控地拿别人东西,他没有从道德层面谴责她,而是结合其成长环境来分析其心理原因。同样,上海交大男生因爱生恨发生喋血事件后,他也走访宿舍和我们讨论分析。我们一百三十五名学生,个性各异,自视甚高,又敢想敢干,做事难免没谱,糗事自然不断。有人打架,有人挂科,有人作弊。大一时校纪规定不许谈恋爱,后来不提了,有人被求爱苦恼醉酒了,有人偷食禁果怀孕了。学生毕竟年轻,以后的路还很长,如何在适度的范围内保护学生,是他最为费心劳力的事。据说每次开学生工作会议,他都要舌战群儒般地争论。对他顶住压力为我们制造的宽松环境,我们早已习以为常,甚至不当回事。随着年龄增长,我们渐渐开始逃会,有一次我们全宿舍八个人竟无一人与会,听说他当众质问:“601在哪里?”又有一次,不知学生做了哪些出格行为,他实在忍不住了,担忧地感叹道:“社会不是中文系!”当得知大四他将不再做我们的辅导员时,同学们都很留恋,教室里啜泣声不断。可是即便不做我们的辅导员了,他仍然关爱着我们。

我们毕业后,他在国内国外经历了其他岗位,做得都很好。自2008年始,他开始全职做公益,是崔永元主持的“爱飞翔——乡村教师培训”的上海发起人。他说中国有五千六百万留守孩子,他们的父母到城市打工了,陪伴他们的只有祖辈和老师,培训老师要对这些孩子负责。至今,我们已毕业三十三年了,查老师不仅能和我们保持持久的精神对话,还仍然是我们精神的引领者。他定格了辅导员的形象,我也因他而敬重这个岗位上的所有老师。

(写于2020年8月29日)

咕咾肉与大扒[①]

大学对一个人的再造不只在精神层面,还有饮食习惯和生活方式。20世纪80年代的华东师范大学,其精神生活和物质生活都有着“大上海”的丰富和高级。华师大的伙食可谓丰盛。主食以大米为主,早餐有包子、稀饭,午餐、晚餐都是米饭,米饭呈块状,女生每餐二两,男生四两。上海人称包子为“肉馒头”,五分钱一个,肉多,汁水浓。渐渐地,我们也学高年级同学,把肉馅拨到粥里当菜吃;也有人不吃皮,把皮留在餐桌上。

华师大对我饮食习惯的改造主要在于把吃饭就菜改为以吃菜为主。上海菜放糖有甜味,菜色繁多,尤其是肉食,全是我在北方没有看到过的,红烧狮子头、红烧牛肉土豆、大扒、咕咾肉。最贵的是大排,一块带骨或不带骨的猪肉,刚入校时一毛九分一块,后来涨到三毛钱,再到三毛五分,再加五分钱的青菜,一共四毛钱。而我最喜欢吃的是咕咾肉,肉裹面粉浇酱汁,酸甜味。1987年毕业后,我在饭店点过这道菜,要么烧得太老,要么太甜,要么太酸,要么面粉太多,再也没吃到华师大咕咾肉的味道。那时受经济条件限制,鲜有人天天

---

① 大扒,即大排,20世纪下半叶很多上海的餐馆菜单上都将大排写作“大扒。”

吃大扒、狮子头。我舍习惯凡有外地男友来,每人打一份好菜聚餐,算是待客。

除一日三餐外,华师大还有下午点心和宵夜。每天下午3点钟,八舍楼下会准时出现一位胖姑娘,三轮车上放着点心托盘,有面包、蛋糕、蝴蝶酥、桃酥、椒盐饼、咖喱角。我们围着她,这个一只那个一只地指着,有时她忙不过来或者反应慢了,我们会用塑料饭菜票点她手,票尖刺手会痛吧,她会孩子气地拿饭票还击。我喜欢吃椒盐饼和咖喱角,为的是独特吧,我在老家吃到的为数不多的点心都是甜的。咖喱角黄黄的,里面包着肉馅。食堂的土豆牛肉也常放咖喱,上海食品中的咖喱,估计是国际大都市的历史痕迹,是华洋相处中红头阿三的贡献。华师大的夜宵同样也是丰富的,包子、蛋糕还有吐司。吐司类似炸馒头片,裹了鸡蛋的炸馒头片,这也是中原没有的吃法。晚上下课、看电影、夜自习后,我们会去食堂买点夜宵吃,然后再在校园里漫步聊天,或者回到宿舍继续熬夜。晚上睡得越晚,早上也就越起不来。

开学或有老乡来时,我们会动手做点儿吃的。每人回校都会带点东西,我带过红薯,惠芬带过年糕,凤带过海鲜。我们宿舍有两个做饭天才——菠和凤,菠正恋爱,基本待在男生宿舍。凤做得多点儿,无论多么累,只要说到做饭,她马上就有精神。再者就是外校同学或老乡来了,其他同学会自动让出宿舍。一群人饭后或者打牌,或在校园和长风公园逛。在宿舍做饭,用煤油炉会有气味,电炉是违禁电器,这两者也都比较贵,并非每个宿舍都有。我们几乎人手一个的电器“热得快”,有长有短,短的插进饭盆里下面条,长的插进热水瓶里烧水。为安全起见,学校会突击来检查,有时一抓一个准。大三时,八舍三楼宿管阿姨在门口支了一口煤油炉,收加工费。那年暑假曹敏回宁夏,要乘二三十个小时的火车,她做了蛋炒饭,有意多放盐,把饭炒得很干,以备路上吃,后来得知她自己没吃多少,反被邻座的路人吃了。那时我们常拿粮票到后门换鸡蛋,一斤上海粮票换一个鸡蛋,一斤全国粮票抵十斤上海粮票,全国粮票很金贵。

20世纪80年代,华师大前门、后门都有小吃店。前门的美味餐厅有冰霜,有凉面,皆是消暑佳品。冰霜是把冰刨成霜末,有一次我连吃了两杯,店员很骄傲地问,你们老家没有吧?冷面是把面条煮熟过水后,浇上芝麻酱,放几根绿豆芽。冬天主要吃汤团和锅贴,汤团是黑芝麻馅的。肥大香甜相当糯,周末午觉醒来或者晚上,有人感叹:"想吃汤团了,我去买,谁还要?""我两只""我三只",不一会儿就端回一大茶缸的汤团。锅贴,金黄筋道的边角,要趁热蘸醋吃。不过还是后门小吃更多,有阳春面、云吞面、雪菜肉丝面、大馄饨、小馄饨等。后门还可吃大餐,最吸引人的是三黄鸡。毕业时,翟宜疆请几个同学去吃了一次。翟那时堪称"吃货",但凡心情不好,就去大吃,在他看来,没有吃解决不了的问题。

彼时与口腹之欲相关的还有两毛钱一瓶的橘子汁,四毛钱一块的冰砖。穷呀,冰砖常买半块。2000年暑假,我在上海大师姐家里用餐,用面包片沾融化的冰砖吃,只一口,我就叫道:"好像当年的光明牌冰砖呀!"确定就是"光明牌"后,我专门吃了一整块,圆了当年的冰砖梦!

大二时,我们班举行男女混合篮球比赛,我跌倒摔伤了腿,耽误了英语课,责任感极强的小黄老师要我去她家里补课,并给我吃其女儿的巧克力,这是我第一次吃chocolate。那时常来我们宿舍的一位日本留学生,六十多岁了,每次带包奶糖来,分给我们几颗后又带走,同舍人告诉他中国人的礼物是不带走的,再来时他就入乡随俗地把整包糖留下了。今天我们都在控糖减肥,看到那个时代的吃吃喝喝,心情是不是有点复杂?

(写于2020年8月30日)

那些号叫的人

“浪里格浪里格浪里格浪”“哎哟哟哎哟哟”是电影《海滩》里的号子。《海滩》是一部反映工业文明与乡村文明冲突的电影。海滩上一座座工厂拔地而起，年轻渔民一个个当了工人，兴高采烈。老渔民依旧过着捕鱼生活，但是，由于污染，他们捕获的鱼却越来越少。其中最典型的一位，当他捕到鱼时就会唱起“浪里格浪里格浪里格浪”；当他空手而归时，就发出忧伤的“哎哟哟哎哟哟”。此电影一上映，这两种号子此起彼伏地迅速传遍校园，是戏仿也是戏谑。1986年盛夏的一个夜晚，我和同屋的惠芬散步到河西，我习惯地叫了一声“浪里格浪里格浪里格浪”，毛主席像下的草坪上一群喝着啤酒的男生竟集体回应“哎哟哟哎哟哟”，惊得我们拔腿就跑。类似的声音还有很多，一次我们正在文史楼上课，听到走廊里有男生大叫一声：“鬼子六！”全班人哄的一声笑起来了，我舍也把这个绰号送给了宿舍老六建华——我们喜欢制造一些声音，借机释放情绪。

20世纪80年代的大学生，天之骄子呀！人们看到他们戴着校徽，或者听说他们是大学生，都会投以羡慕的眼光。大学生的优越感、精英意识和使命感都很强，在新与旧、现代与传统的冲突中自然地选择了“新”和“现代”，也就自然要批判乡村的愚昧和落后。《人生》放映后，李劼在讲座中呼吁：“高加林，你再往前走一步！”力挺高加林选择了县城同学黄亚萍。彼时，来自华师大师生的诗人群体，亮出了“城市诗”的旗帜，夏雨诗社社长宋琳的《中国门牌：1983》、刘小波的《雨披》表达了都市情绪，呼应的是20世纪30年代现代派诗歌的传统。我和许多同学一样，全方位地接受上海这个大都市的洗礼并迅速城市化，我们逛街、买衣服、听讲座、看电影、看录像、看美展、听音乐会，我们溜旱冰、旅游、跳舞、喝咖啡……

女生们越来越洋气，服饰、发型、形体都发生了巨大的变化。没有不喜欢逛街的女生吧！我们逛街的线路基本上是在中山北路的校门口乘67路车，买两站五分钱的票到中山公园，再乘20路车到西藏中路下来，一家店一家店逛过去，再逛“一百”（第一百货商店）、“十百”（第十百货商店），一直到外滩；或者穿过西藏中路到淮海路的一家家店。高年级后去淮海路比较多了，知道它更能代表上海人的品位。撞衫？不怕的，那是个主张个性而不排他的年代。我有一件两用衫和老萍一样，一件外套和建华相似，一件大衣和文丽一样。不知道是否受了电影《街上流行红裙子》的影响，大三、大四时，女生普遍爱穿红色的衣裙，1986年我买了件大红呢西服，1987年晚春，我上身着明黄色长款毛衣，下搭一条鲜红弹力裤！

我们还学会了化妆，在自己白里透红的年轻健康的脸上涂脂抹粉。市面上刚刚有简易粉饼、口红，我们就买了来用。跳舞前化妆，逛街时化妆，连上课前也化妆，每一次上课就像是一次公开表演，总是在课前五分钟冲进教室。面膜刚刚上市，软管的，要用手挤出来，我们对着镜子，认真地寻找皱纹，把面膜均匀涂在想象的皱纹上。我们减肥，用塑料布包着小腿提踵，希望小腿出汗而变细。我们学会了矫情，在电影院里真诚地起哄，在路上看见一丁点脏东西就捏着鼻子走开。我们还学会了逃票，那些查票人总是混迹乘客中，汽车行走几站了，才走到你身边，慢悠悠地戴上红袖套，让你拿出车票来。看你拿不出来就问你为何不一上车就买票，这时他用留着长指甲的手指撕下一张全程票让你补。当然他是以上海人的得体悄悄地做这一切，不会使你难堪。如果惊动了身边的人，也无所谓，和自己不搭噶的事，人家基本上不管不问。也有人要酷，故意把补好的票用嘴衔着，做出一副桀骜不驯的样子。这自然是做给别人看的。

但也不只是做个姿态，深层次的观念也发生了变化。至今我不明白，1986年夏季，我怎么会穿了几个月的拖鞋去上课？6月的某日，助教进修班的一位同乡得了一笔稿费，七十元，我们一起游上海植物园。在寂静的竹林里，我们要弄小聪明调侃对方，呼号着“浪里格浪里格浪里格浪”“哎哟哟哎哟哟”，肆无忌惮的声音惊飞了阵阵鸟雀。午餐时分，老乡豪气地点了许多美食，我却每样只尝一点点。见我如此，他只是淡淡地说：“等你以后挣钱了就不会这样了。”嗨，我又何尝不知道生活之艰辛呢！他又哪里知道“淑女”般用餐，正是我的城市化表征之一呢！

我曾经在一篇小文中说过，大学四年，1983—1987年，适逢上海都市文化复兴与繁荣，这直接影响到我们这代大学生的文化认同与自我建构，我们基本上把上海的一切都视为现代的、进步的，而把乡村当作封建的、落后的。而我自己，对来自乡村的旧我的告别相当彻底，我仿佛是把自己自然、质朴的乡土之根全部截去了！当然，这种有意识地割断，必然会带来迷失和痛苦乃至虚无。但是，如何剥离假面，弥合分裂，则是在后来相对传统和封闭的军校生活中完成的。

只是“此情可待成追忆，只是当时已惘然”。

（写于2019年7月23日）

南方入门仪式

我们每个人都有自己的故事,每个人都有自己想要的生活,每个人都有自己的问题,相信这次聚会,你们都和我一样受益匪浅。

自2007年3月以来,我深深体会到“事与愿违”这四个字的含义。20世纪80年代的大学教育给我们这代人打上了深深的烙印,步入中年的我们即便染上尘世的喧嚣,即便很“入世”,但是渴望自由、喜欢浪漫乃至漂泊已经渗入骨髓,成了这代人挥之不去的特征。因此,一旦寻找到离开军校的可能性,我就先斩后奏,不顾年迈的父母以及姐妹们的劝阻,毅然决然地舍弃他们引以为傲的副师级待遇,离开自己独当一面的单位。

我要到哪里去,哪里是我下半生安身立命的地方?我给自己选了三个城市:北京、上海、杭州。它们都和我有着千丝万缕的联系。上海,那是我读本科的地方,它打开了我的梦想,奠定了我人生的基础;阿潘是浙江人,杭州是他和女儿都想生活的地方;北京是我的最爱。大学毕业后,我在北大继续学习,前前后后度过了七八年的日子,我想把那种“诗意地栖居”的生活永久地延续下去。但是,当我把简历投到北京、上海、杭州的一些高校后,只有杭州愿意把我作为人才引进,与人才引进配套的是一笔可以解决居住问题的房补安家费以及基本的科研启动费,要我去的学校中文专业刚刚起步,学术环境也不如人意。问题的关键是我还没有做好到杭州生活的心理准备。

我北大的一位恩师，他的家乡毗邻浙江。他说久居北方的他每次回到故乡，都有种受伤的感觉。他还援引鲁迅的事，说鲁迅离开浙江后几乎没有回过故乡。他担心我不能融入杭州的生活，担心我在那个学校会很痛苦。我北京的一位好友，她的丈夫是浙江人，对杭州有较为深刻的了解。好友转述她丈夫的话，说杭州人对河南人很有看法。三四月份我曾两次南下杭州，杭州两所欲接纳我的学校领导都有意无意地提到我“河南人”“北方教授”的身份，校级、院级领导尚如此，一般老师的地域偏见就可想而知了。

春意迷离的3月，我曾乘坐出租车在杭州漫游，也曾独自一人漫步在黄昏的杭州街头，想以步行的方式触摸这座城市。但是，即便是置身于杭州最大的书店，想到从此与北京分离，要在陌生的杭州生活，不由得泪流满面。我不知道我该如何和这个城市建立内在的联系，如何才能进入这个城市，乃至喜欢这个城市？回到洛阳，我更是絮絮叨叨地向亲朋好友诉说我接受杭州的艰难。见我如此难过，本来就反对我南下的亲朋好友甚至劝我不要转业，继续原来的生活。实在不行，就待在家乡的大学或果敢地到北京闯一闯。但是，我很反感他们说这些，我再次把所有的挽留都视为阻挡，我任性地发着脾气，我埋怨他们在我冲锋陷阵时拖我的后腿，我霸道地向他们索取安慰和鼓励。

冥冥中真有上天的安排？这次聚会竟成了我进入南方生活的一个仪式。借助它，我找到了进入杭州的路。得知我要迁居杭州，所有的同学都说好、太好了，实在是好。“上有天堂，下有苏杭”，杭州的好似乎毋庸置疑，似乎是不用说的。但是，你们是我的同学，是我精神上的兄弟姐妹，你们说好，那就意味着我的选择得到了你们的认同和支持。你们用各自的语言，为我构筑了一个可亲可感的杭州。杭州不再是一个陌生的城市，杭州是我同学的故乡，是我的朋友们频繁造访的地方。

毕业二十年了，我们从事的职业不同，生活方式上也有差异。这次聚会，你们向我敞开了生活的多样性和多种可能性。我曾和查老师、曹敏、黄逸敏、杨小红、汪晟等人有过较为深入的交谈。查老师耐心地听我讲述这些年的生活，我们谈到虚无与信仰、激情与理性、常与变、命运与人的自主性等重大问题，针对我面临的种种困扰，他给了我极为具体的建议，涉及生存与发展的方方面面。曹敏在高校工作八年后到社会上任职，她谈起低姿态生活的收益，建议我走向社会，多和人打交道。杨小红完整地给我讲述了她这些年的风风雨雨，在历史需要她发言，她义无反顾地站出来担当一切时的所思所想。汪晟和我一样，仍然秉持“生活在远方”的理念……

给我感触最深的是来自加拿大的黄逸敏。当年她是个有点儿神经质的女孩，写诗，迷恋电影和舞蹈，喜欢萨特的存在主义。还在新生军训时，她就直接对我说我们做朋友吧，后来我被她拉到中山公园的录像厅看过多场电影，被迫倾听她的各种奇谈怪论。但是，十八年的海外生活使她去掉了矫情和伪饰，她变得切实而可爱。她对我说在国外只要前五年坚持下来了，日子就会好起来。她让我明白了必须进入一种生活时，坚持是唯一的捷径。还有其他在国外扎根以及在国内不断变换职业的同学，他们都把挑战自我作为生活的常态，他们勇敢地面对生活，把生活经营得有滋有味。从他们身上，我获得了应对转折、应对变化的勇气和力量。

啊，人在旅途，人在旅途！

（写于2007年5月5日）

水流过总会有痕迹

一

2011年8月6—7日，我们大学同学在西湖后湖小聚。起初是深圳的艾玲和山东潍坊的永红想来杭州，当时我是校友召集人，上海同学开了一辆面包车过来，浙江五位同学都来了，江苏、山东、江西、安徽等地的同学也有来的，算上孩子有四十几个人。大家住在西湖后湖民宿别墅群里，五分钟就能到湖边。当时天气预报说有台风，从美国回上海探亲的何琦、发起人艾玲和永红没来。唐龙尧第一天回岳母家，我第二天要搬家，我俩分工各陪一天。

这次聚会，自始至终，我和唐老鸭（即唐龙尧），我们杭州的两位同学都收到了太多的感谢。其实，应该感谢大家，感谢大家的盛情参与和投入。正如施琴名单所列，从策划到组织到执行再到后期制作，非常自然地，我们形成了一个功能齐备的团队。而且，大家都以专业精神主动担负某种工作或者对待自己的分工。组织者、主持者和后期制作者就不用说了。我们的财务总监黄琴，几次向我“汇报”收支情况，不厌其烦地誊写细目，还谦虚地说：“做行政的习惯了清清楚楚。”天气预报说6日有台风，为安全起见，我们通知大家不要开车。

得知我为用车担心，程绍毅带司机5日夜里就入住酒店。也是台风的缘故，我们没敢订龙井村的具体茶室，7日上午天气却是出奇地好，胡御夷一句话就打消了我的顾虑，她说若去龙井，中巴车跑两次就行了。6日午餐，酒店怕中堂太热，把两桌人安排在两头的房间。但为了方便交流，御夷建议就在中堂，这样晚宴才有了更好的氛围。

活动之前，我们仅有一些意图，至多是一个框架式大纲。但是，我们同学太有才、太有创意了，大家的即兴表演不仅契合主题，还形成一个个高潮！“七夕”晚宴中，两桌人交错敬酒，红酒的炽烈把曾有的记忆和牵挂燃烧成狂欢。首先拉开爱的表白之幕的是陈爱国，他说大学时最遗憾的是没有女生向他示爱！于是，我们决定弥补他的遗憾，在赵秀凤的指挥下，几个女生统一口径：“陈爱国，我爱你！”当年毕竟不太熟识，刹那间似乎难以洗涤彼此间的矜持，集体叫了“陈爱国”之后就笑翻了，只好重来；叽了“陈爱国”之后依然笑翻，赵秀凤连忙建议把口号改为“陈爱国是帅哥”，才终于成功。各种表白后，是晚宴高峰：陶联明夫妇、陈爱国夫妇的结婚仪式，主持人徐建华郑重地问他们每一个人“无论贫穷，无论老病，无论丑陋与否，你都愿意嫁(娶)他/她吗？”我们听到的都是真诚的“我愿意”，证婚人王富银说出了大家的心声：愿你们白头偕老，愿你们的生活像老酒一样越来越醇厚！经过多年的婚姻生活，再听他们的表白，戏谑之后的神圣还是很能打动在场的每一个人！

热闹之后，我们来到会议室，由王富银和施琴主持，开始了一场别开生面的晚会，准确地说应该是交流会。这么多年来，我好像第一次和这么多大学同学进行心灵的交流和沟通。在自我陈述中，我们不仅知道了大家的现状，更了解到大家的过去、目前的精神状态和对未来的忧思。这么多年了，我第一次知道我们宿舍的曹敏原来是学理科的，知道了胡御夷的名字果真蕴藏着国家抗争外寇侵略的历史。我们这代人多少都经历过贫困的物质生活，王富银考取大学后，借遍全村才借到五元钱的报名费；胡御夷的父亲被打成“右派”后下放到安徽农村，她在大学里熄灯后点着蜡烛用功，却因疲劳引发了火灾，这时同学们对她伸出了援助之手，至今她还保存着一些大家捐助的菜票、饭票（她啜泣着说至今她都对同学存有一份报恩之心）；赵秀凤说考上大学后她才第一次坐火车，以前到过最远的地方就是县城，谈到她当年对上海生活的漫长适应期。

徐建华说20世纪80年代给我们提供了阶层流动的机会，现在的通道并不如那时畅通。但他更多地谈到了中年危机，他说对于生活，似乎是看透了，又似乎没有看透，缺乏激情。这一切源自三年前他们的社长去世，使他得以反思自己的生活：生命中什么是最重要的，钱与权是否能成为衡量成功的尺度？基于一年来颈椎不太好的缘故，陶联明的语调较为低沉，他说未来十年压力可能较大，儿子要上大学了，双方老人都到了七八十岁。所以，他喜欢与乐观的人打交道，希望自己能够乐观地生活。冥冥之中像是安排好了的，施琴给我们讲述了她乐观豁达的生活，在国外生活了八年后，她回到上海，换了八份工作，国企、民企、外企、私企全都待过，最近四年一直待在一个公司搞营销，营销对象往往是“70后”“80后”老总，作为“60后”，她不觉委屈，反以能够说服他们购买产品而有成就感。她说在工作中觉得委屈了，那肯定是自己做得不够好。现在她的生活依然很有激情，每天即便是加班到晚上9点，第二天仍然兴致勃勃，以至于公司里的小年轻们都很羡慕她这种状态。李奕蓉说自己是教研室里最年长者，他们单位很和谐，彼此之间能说心里话，这一点得到了陶联明的赞许。黄琴和胡御夷一直都在做管理工作，她们明确表示都能把单位工作和家庭生活处理得很好。御夷说她做了十年办公室主任，培养了几个总经理。一旦回到家里，就变成了小女人，能够不让工作影响自己的生活。

与她们一样，如何扮演好女儿、妻子、母亲等角色，也是我所关心的话题。好在我一直从事自己喜欢的教育工作,在我看来,我们这代人身上都有着比较强烈的理想主义色彩,社会责任感也很强,尤其是在人到中年、衣食无忧之后,需要不断地回顾过去,思考精神自我,锻造强大的内心,来抗衡外界的一切变化。曾不断变换工作,最近几年才安顿下来的陈爱国回顾了自己工作的经历,他说站在不同的立场上,个人、公司、政府、国家对事情的看法是不一样的,我们试图超越什么,但又在无奈中遵循这一切,或许人生就是这么一回事。严肃的话题中,令我们开怀大笑的是陈爱国夫人小王的陈述。她说她主要讲一下陈爱国,她提供了两人之间侦探与反侦探的细节,最后真情告白,她渴望了解陈爱国的一切动向,希望融入他的所有生活中。她说我不需要你那么卖命地工作,不需要你买排屋,很怀念以前那种没有钱两人却长相厮守的快乐……

虽然职业和经历的差异使我们的言说方式、关心的话题有所不同,但是,从每个人的身上都能看到我们自己,我们是谁,从哪里来,到哪里去。座谈时,赵秀凤说当年我们许多人都默默无闻,彼此间并不了解,尤其是对外班同学,真的很不了解。反倒是毕业后的一次次或大或小的相聚,使我们熟识起来。施琴的总结最有代表性,她说这次聚会使我们意识到彼此之间需要深刻的交流,每次聚会不一定要一百多人聚在一起,这样小规模的聚会也挺好。其实,无论是在西湖边漫步,还是在茶室喝茶,这样的交流都一直存在着。曹敏见缝插针地为我们普及养生知识。王美凤对双方老人和弟妹的照顾令我们想起山东毕竟是孔夫子的故乡。黄建华一如大学时期的沉静柔和,沧桑的岁月又给她添了一层优雅,使得异性建华对她赞不绝口。大气的市政协委员张萍、坦诚的宣传部部长王富银、大局观念强的仲坚,充分显示了浙江同学的热情和凝聚力。我们下一代之间的交流也很成功,他们有他们的方式。

最后,要感谢的是同学间的宽容和理解。无论是8月6日下午的西湖漫步，还是7日上午的喝茶，具体实施时都有不周之处。游览西湖的人实在太多，大家边走边商量，决定走人少的地方，可是避雨之后，陈、陶两家还是走散了。接到走散电话，施琴、仲坚都异口同声地把右边说成了左边，施琴在电话告知路线后还颇为职业地说了声“谢谢”，引来一阵笑声。7日上午的喝茶地点有小小的变动，曹敏、秀凤与我也来来回回地寻找了几次，最后是黄建华出来迎接我们。但是，无论是迷路、改变行走路线，还是变换喝茶地点，大家都表现出随遇而安的豁达，以及景随人到的娴雅——正如大家在聚会中不断重复的一句话：重要的不是到什么地方，而是和什么人同行。有这样的理念，相信我们后会有期，再次相聚相逢！

（写于2011年8月14日）

二

2013年“五一”，武汉同学发起了毕业二十五周年聚会，我三四月份在北京培训，想趁“五一”回河南老家探亲，没有参加。这之后，小范围、跨地区聚会成为常态。2014年11月10日，逮了个周末，我们在浙江余姚四明山深处，一个叫作柿林（仕林、峙岭）的古村落相聚。该村落形成于元末明初，据说开村者是《梦溪笔谈》沈括的后人沈太隆。这块曾被宋徽宗赐名“丹山赤水洞天”的风水宝地，除其丰富的历史文化资源外，还盛产有名的小红吊柿子，季节更替中，银杏、红枫也渐次上演它们的美丽。

与历史和自然相得益彰的，还有建构历史、欣赏自然之美的人类。受《余姚日报》编辑仲坚的邀请，北京、武汉的同学乘着火车、飞机而来，上海同学驾车飞驶，浙江同学不用说了。东方出版集团的社长、总编徐建华带来了他的新书《来自森林的孩子》。北京和武汉分别来了两位同学，各有一位同学正处人生低谷，自己或家人饱受疾病折磨，也各有一位老同学伴其出游。相聚的模式仍然是白天游玩，晚上座谈聊天。多次相聚，同学配合默契，大家习惯性地开心着：有新作问世，我们做粉丝状；同学正值人生低谷，我们相伴一起走出。年过半百，我们都经历过或多或少、或深或浅的生老病死，深知活在当下保持开心习惯之重要性。

为见到更多同学，2017年毕业三十周年纪念活动，时间延长到三天，2017年7月15日至17日，分两个地点举行，即上海母校和江苏同里古镇。15日在母校举行纪念会，别出心裁的是三组采访，一对兄弟、一对闺密和一对夫妻。兄弟选的是作家李洱和宋强，主持人问其大学有什么遗憾，如果重新进大学会如何？宋强说旷课太多，这对他后来的发展还是有影响的。李洱表达了同样的意思，他第一次参加纪念会，进入会场，音乐响起来，他一下子就泪流满面了，他背诵了苏联作家作品《日瓦戈医生》中的一段，情深意切。钱晓征和徐静这一对闺密，手拉着手走上舞台。她们说当年她们也是这样走在校园里，钱晓征说徐静这个人很难搞，其男友、丈夫都难搞定她，唯有自己能搞定她，徐静或许会被其他人吸引，最终还是会回到她身边。当主持人分别问王海天夫妇是谁先向对方示爱时，我第一次知道竟是小菠先向海天示爱，他俩是我的同班老乡，王海天还做过一班班长。

纪念会上，查老师欣慰地说，我们年级一百三十五名学生，无人犯经济错误。他还分享了教育扶贫的理念。16日下午去江苏省同里古镇游玩，晚上石榴分享了在西双版纳的扶贫体会。毕业三十年纪念会上，主持人反复强调的“年过半百”这个词，它所开启的种种情感记忆、人生命题乃至介入社会人生的话题，比如下一个十年的生活节奏以及意义、意愿与兴趣等，都需要细细品味和深思。毕业三十年返校参加纪念会，我们宿舍决定穿旗袍与会，这也是一个创举，当我们身着不同旗袍亮相时，同学们的眼睛都亮了，有人说朴实的601宿舍如此出人意料，令人咂舌。

相聚既是调整也是加油。2018年8月24日夜,我正在办公室电脑前码字,微信里跳出了一段文字外加声音,石榴说她第二天就要从云南飞到杭州,北京、上海、山东及本省闺密先后都会到达……呀呀呀,这是上天送来的意外之喜呀,我快速地切换生活模式,赶紧调整状态和朋友们相聚。

我先是和石榴去衢州参加张惠芬女儿的婚礼。她女儿、女婿哈佛硕士毕业后,回女儿爷爷家办婚礼。过后,“两张”和我回到杭州,与来自余姚的仲坚、潍坊的马永红、上海的李弈蓉会合,六人游过西湖和湘湖后,张惠芬回常州娘家,李弈蓉回上海,剩下的四人在西湖边骑行。在“纯真年代”喝茶后,马永红去上海看望女儿;我和仲坚、石榴从一家民宿换到湖边宾馆居住,第二天上午拍完照片,我送石榴去萧山机场……

2018年是我们大学毕业三十五周年,感谢老同学把我从暑期闭关工作的状态中打捞出来,享受这短暂的轻松快乐。相伴的几天,我们交流了各种各样的话题,他们给我很多指导和启发,我要像他们一样,以开放的心态,随时出发,随时更新自己。我们虽然天各一方,经历了生活交给我们的一切,却能一如既往,认真而又豁达地生活。在此,还要感谢“舅子”唐龙尧的陪伴,大学时,青涩的男生渴望爱情却无女生青睐,这位男生安慰同舍人说他家有姐妹可供大家选择,于是他有一个绰号叫“舅子”。

(写于2018年8月24日)

三、洛阳：戎装步履谷水西

我们把区队长的碗藏了

不得不说,我和洛阳外国语学院还是有缘分的。洛阳外国语学院即洛外,全称是中国人民解放军外国语学院。1983年高考成绩出来后,我已经报过志愿了,大表姐听说我没报洛外相当惋惜。因此,1987年5月,爸爸把我毕业分配的信拿给大表姐看,见洛外到华东师范大学要人,大表姐说,好好好,在洛外做老师好!

大表姐的丈夫是郑州信息工程学院的一名军官,这个学院1983年刚从洛外分出去。1987年洛外成立了全军第一个中文系,阿潘到华东师范大学中文系招老师,也回浙江招生。他来过我们宿舍,我们宿舍的凤毕业论文研究现代汉语,我们班的梅也有意向去洛外,她们一个是山东人,一个是安徽人。阿潘很实在,向她们客观介绍了洛外以及河南的生活情况。河南籍有两位男生也想去,但成绩不好,阿潘没要,谈定的只有河南女生丽。那时分配还算公平,一个省里的单位,按成绩高低来选。我本意回郑州,不知道哪些学校要人,同舍姐妹设法向负责分配的丁老师打听郑州招人单位,丁老师不说,我们就一个个学校去试探。郑大中文系要人吗?去年同县老乡有分到郑大政教系的。当得知郑州只有中专要人时,我就和家人商量是去洛外还是郑州的中专。这就有了我爸去找我大表姐拿主意的事。

于是,我向丁老师表明了想到洛外的意愿。这时阿潘已回浙江招生了，丁老师让我给他写信，自我介绍。因未见过面，让我寄张照片，叮嘱我把字写好一点儿……报到后我才知道自己被分到文学教研室了。

开学后，我正和办公桌对面的周敏教员说话，看到一个小伙子走进来，人蛮精干的，和周教员打过招呼后，又快速地离开。周教员问我，认识他吧？我迟疑了一下。她说，这是小潘，是他把你招进来的。那一年，全校从地方大学共招来八位教师：中文系三个，两个是华东师范大学的，一个是华中师范大学的；一个是北京师范大学体育系的，另外三个政教的来自河南省内的大学；还有一位研究生是复旦大学国际关系专业毕业。我们被编成一个教员班，由一名党员做班长，和六十名中文系新生一起军训，我和丽住进女生宿舍。军训一开始，耳边反反复复响着两句话：迅速完成从学生到教员的转变，从老百姓到军人的转变！

军训长达一个月，每天都是军歌、列队训练，有时晚上也会训练。如果看电影，也是看革命电影，各种战争片。一切行动听指挥，基本上都是集体行动，即便是到食堂吃饭，也要排着队去。再就是整理内务训练，每个人一床一凳一床头柜，整齐划一，反复练习叠被子，四个角都要方方正正的。如果叠得不好，内务检查时被子会被拉开。高考后录取到军校的新生，可塑性强；我们教员班的队员，在大学自由散漫惯了，就极不适应。尤其是第一周，非常难熬。周末，我去洛阳工学院找老同学松。我们高中一个班，又考进同一所大学，又分到同一座城市工作。我向他讲述军训中的种种不适，他为我竟爆粗口而惊讶！

那时，我脾气很大，或者说难以驯服。一次出早操回来，发现我的被子被拉开了，我立马朝我们班长发火，尽管知道是队干部拉的，与他无关！但是，我最受不了的，还是队形训练。踢正步是体力活，我和丽都走不好，走不好就要挨区队长批。这位区队长，来自干部处,类似于人事处干事一样,我们的指标和档案什么的都经过他那里,成立新生大队后,学院把他临时抽来训练我们。军训时,他对我说指标已满了,接到请示有个排名前十的人想来。我们就说那要!我估计是在周转的环节中,把我和其他人的信息搞错了,我记得自己是年级第四十二名,在全年级一百三十五人中也就排个前三分之一而已。

队干部对新生和新教员的训练是有区别的,相对而言,对我们新教员比较客气。但是,我们动作做得不规范,区队长也是要嚷嚷的,我和丽被他这么吼着,觉得好没面子。于是,在一个中饭时间,我俩就把碗柜里区队长的碗藏起来啦!我们吃着饭,看他一个人在那儿转呀,找呀,就是找不着他的碗,那叫一个痛快!后来怎么告诉他的,已经记不清楚了。总之,他并未生气,反倒被我们的恶作剧逗笑,还和其他同事讲起,闻者无不大笑!

新生大队要在“十一”进行阅兵比赛,是驴是马都要拉出来遛遛的!可能怕我们拉低成绩吧,在选取阅兵人员时,我和丽被淘汰。我俩拎着录音机,播放进行曲,看其他人踩着节拍走。在军训后期到阅兵前有野营拉练项目,半夜紧急集合,单程要走二十公里,往返四十公里,对此,我也没印象。还有一次违纪,当时我并不自知。一个周末,我和丽去找阿潘诉苦,部队有不成文规定,谁招来的兵谁负责。他也是地方大学毕业后才入伍的,很理解我们,聊得晚了,我和丽就各自回教员宿舍去住。第二天才知道队长曾问女生我俩回来住了没有,大家都说睡着了,不清楚。队长也没再追究此事,或许是睁一只眼闭一只眼。还有射击训练,我的枪法之不准,也成了笑话。

这一个月的军训,让我们初步体会并见识了军队的做法。

(写于2019年7月22日)

“学生不会原谅你糊弄他们”

1987年国庆节新生大队阅兵结束后，我回到“五系三教”，从事现当代文学的教研工作。五系即中文系，有三个教研室，一教语言教研室，含写作；二教古代文学教研室，含书法；三教为现当代文学教研室，含外国文学、文艺理论。我在三教任教，作为新教师的第一课，却是一教的贺季萱教员给我上的。我和语言教研室的小夏、小孟联系密切，一教的王珏教员邀请贺教员给小夏和小孟谈话，我就跟着一起来听了。

贺教员简单介绍了自己，她在香港长大，接受的是英式教育，大学是在中山大学读的，后来王力先生调到北大任教，她又转到北大中文系。再后来，她与丈夫一起来到洛外英语系任教，中文系成立后又调过来教授现代汉语。她讲了在外语系任教的体会，她说：学生可以原谅一个教师水平差一点儿，不会原谅老师糊弄他们，你是否认真备课、认真授课，学生能感受到；有些年轻老师讲起理论来头头是道，却无法落实到具体作品的分析中；一篇作品没有任何参考资料，你能写一篇有深度的分析文章，就表明是合格的中文系毕业生。她的这些话，对我触动很大，我尽力按她所说的去做，后来又把这些话不断转述给年轻教师和学生。

我在三教做周敏教员的助教，听她讲课，帮她改作业。周教员在上海长大，20世纪50年代在复旦上大学，是“老北大”。她和丈夫华星白教员是大学同学，大学毕业后到北京参军，在备战备荒中转战云南等地工作，粉碎“四人帮”后才调到洛外任教。周教员对待工作认真严谨，对同事和学生很热心，我俩办公桌面对面，她像母亲一样关心我的一切，我人生各个阶段的选择都有她的引导与陪伴。

我们教研室主任陈镇生研究外国文学，也是位“老复旦”。此时，中文系给全校外语类学生开设了通识必修课“中国古代文学赏析”“中国现当代文学赏析”和“现代汉语”，我们教研室拟自编“中国现当代文学欣赏”教材，吴维平教员牵头。吴教员是河南大学1977级毕业生，主讲文艺理论。一天上午开完编选会，他开了个书目，让我去借书。以前曾听闻单位会让新人打杂，这就是吧？我直接拒绝！为缓和气氛，周教员小声对我说：系资料室有的。下午，阿潘拿着书目默默去把书借了来，放我桌上。

教研室决定，让我在李迎丰教员主讲的“现当代作品赏析”课上讲两次课，一次讲徐志摩的诗，另一次讲冰心的问题小说。作为对新人的培养，备好课后要在教研室试讲。哎呀，我第一次试讲竟没通过！李教员说我对诗歌的音尺分得不对；周教员说我讲课声音不自然，拿腔拿调的；吴维平是针对内容提的批评吧，记不清了……我在办公室哭啊哭，午饭也没去吃！之后，继续备课写讲义，又一遍遍地对着镜子练……

我去上课时，阿潘、小孟、小夏、小宋等年轻教师就像啦啦队一样在教室后边坐镇。尽管大四时母校已安排我们在初中实习过一个月了，但毕竟现在是大学讲台，第一次上课还是蛮紧张的。我早早地站在讲台上，值日生带队进来，他还没敬礼，我啪地先给他敬了个礼，吓得他赶紧向我敬礼并报告。开讲了，我仍然很紧张，话筒离我有点儿远，也不敢伸手往跟前移点儿。阿潘发现了，从教室后边走上来帮我移了移话筒。可能是在下边练得多了，内容也熟悉了，或者是徐志摩的诗能引起青年学子的共鸣，他们听得很专心。第一次课结束时，学生们竟报以热烈的鼓掌，还有学生放出了我的声音！为学外语的需要，学校给他们发了小录音机，有学生录了我的课。这对我真是莫大的鼓励，我初次体会到了上课的喜悦。

第二学期，我独立上课，讲授“中国现当代作品赏析”。每次备课，反复读作品后，还要看相关论著，阅读人大复印资料上的相关文章，把最新研究成果吸纳进来。最初的讲义写得很细，连过渡句和玩笑话都要写在稿子上。鲁迅的《阿Q正传》，八开纸的讲义写了四十五页，第一年讲过了，第二年再讲，讲义仍然从头写起。每次课要讲三遍，分别给一系（以俄语为主）、三系（以英语为主，法德西）、四系（以日韩为主的亚洲语系）学生讲授。每块内容第一次上课，周教员基本上都会来听，下课后进行评点，好在哪里，哪里还可以补充，并就某个问题一起讨论。如果说讲课就是一种表演的话，这表演也是充满遗憾的。好在同样的内容要讲三遍，还有完善的可能。在外语学院讲授中文，有点边缘，为了自证或征服学生，我备课、讲课就很用心。就这样，算是把通识课的讲台站稳了。

对中文系首届本科生（1987级），我只上了三次课，即用不同批评方法解读同一作品《伤逝》，记不清是在吴维平还是潘伟军的课上分担了一个单元。我独立给中文系开课要到研究生毕业后了。1993年6月研究生毕业，9月底女儿出生，1994年春季给1990级学生开了门选修课“中国现代小说流派研究”，以严家炎《中国现代小说流派史》为参考书，这是我上得最失败的一门课。大四学生的水平已经相当高了，我因带孩子没时间备课，对各个流派的作品研究不够，除了讲张爱玲外，学生基本上不听。但是，到了1994年秋季，我给1991级学生开设“先锋派小说研究”时，就不一样了，马原、余华、格非、孙甘露等人的作品我很熟悉，我研究生同屋的邵燕君和陈红是学当代文学的，她俩的毕业论文都是研究先锋派的，先锋派的作品我基本上都读过。我选用的参考书主要是陈晓明的《无边的挑战》。这门课,我加大了学生参与的力度,总论和结语部分由我讲,作家作品由学生发言,我来点评,这种讲课模式成为我后来开设选修课的固定模式。

开设“先锋派小说研究”时,李迎丰教员做我们教研室的主任,她惊讶于我又开新课。对于讲课、开新课,我有自己的考虑。洛外是全国语种最多的外语院校之一,高考成绩是重点大学的分数,加上军校封闭式管理,周末学生上街也有名额限制,并非每个人每周都可以出一次校门。学生的绝大部分精力都用在学习上,这保证了学习质量。但是学校毕竟是在洛阳,他们可以接触的文化信息与北京、上海等大城市的综合高校相比,还是受到限制的。出于怜悯,出于责任,我有意识地把一些新观念、新方法传授给他们;同时,我也把开新课作为逼自己学习、保持学术状态的一种方式。20世纪八九十年代之交,我受韦勒克、沃伦《文艺理论》和一本谈西方批评方法的书影响很大。前者把文学分为外部世界与内部世界,提出内容即形式;其文本理论,主张从声音、文本和象征三个层面分析作品的整体意义。后者更加凸显了现代批评方法,对俄国形式主义、精神分析批评方法、原型批评方法、结构主义批评方法、解构主义批评方法有具体运用,我都尝试着使用,并贯穿在授课中。

在这种理念的统领下,我除了给洛外的学生讲“现当代文学史”必修课和“现代小说流派研究”“先锋派小说研究”等选修课外,还开设了“比较文学”必修课和“金庸小说研究”“沈从文研究”“影视概论”选修课;给比较文学研究生开设过“学科前沿”“中外文化交流史”等课程;还给全校学生开过“影视赏析”选修课;给翻译学研究生和全校外国文学类研究生开过“文学赏析与批评”课;在学校申请了编写研究生教材《文学欣赏与批评》的项目,采用案例教学法。2007年上半年我的转业申请获批准后,我坚持把这门课上完,最后一次课有学生录了音,并把U盘送给我留作纪念。

对课堂的重视，对新现象、新观点的关注，成了我的教学特点。2007年下半年到浙江理工大学任教后，讲授“当代社会与文化热点研究”的老师到教育部挂职，讲授“大众文化概论”的老师到美国教汉语，“救场如救火”，我接过这两门课的教学任务。因要带研究生，我还分别开了两门研究生选修课，即“当代艺术与文化思想”和“时尚传播与文化研究”。通过开新课，我不仅扩充了知识，还更加了解当下年轻人及其流行文化，也形成了新的学术兴趣。但是，这也会带来一种弊病，那是止于课堂表达的“满足”，限于浅层次“观感”而乏深层次的学术思考，导致“述而不作”。

作为一名教师，如何与学生相处，我也经历了漫长的学习和摸索。1995年在洛外中文专业的“先锋派小说研究”课上，我希望学生能就某一作品进行个案研究，有学生习惯了总括性的研究，他罗列了某作家的多部作品，我当场追问他是否读过这些作品，令其难堪。这届学生毕业二十周年返校，在座谈会上我为当时的举动而道歉。总的来说，年轻时一度为严格而严格过，年长后对学生更多的是肯定，在引导启发的基础上提出切实建议，尽早发现学生的闪光点并把它放大，促其成为特点。在加大对学生管理的过程中，我也收获和见证了师生双方共同成长的快乐。年轻学子朝气蓬勃，他们思维活跃，永远有新的关注点，教学相长，对教师也是一种促进。我蛮享受教师这个角色的，学生们极少有苦大仇深的表情，他们洋溢着快乐的面孔和青春活力的身姿，很有感染力，会让教师心态保持年轻。身边永远是青春洋溢的年轻人，福气呀！

（写于2019年2月20日）

如水如山之二老

在洛外工作时,就想写周敏教员。我很幸运,走上工作岗位后,遇到的第一位导师就是她。1987年10月,军训结束后回到系里,我做周教员的助教,我们的办公桌挨着,面对面备课、读书、写作,交流范围逐渐扩大至生活、社会、家庭、女性体验……无所不及。我们朝夕相处,课间休息时一起打乒乓球,晚上也一起在办公室,或备课或看录像带。

周教员勤奋刻苦,认真严谨。作为复旦大学中文系1957级的高才生,她的学术基础很扎实,她在1982年调到洛外前,在云南昆明某部队做情报整理工作。不知道是因为老一代学者的特点,还是以往的工作经历,她非常注重资料建设工作。她给中文系学生讲授中国现代文学史,油印了许多阅读材料,即作品,发给学生;要求学生阅读作品后写读书笔记,即小论文,每篇都改,虽然我也参与改作业,但大部分还是她批改的。有一次,她批改作业时语气重了点,怕伤害学生的自尊心,于是涂掉重写。

更令人感动的是她开设的"电影赏析"选修课。起初她在开"鲁迅研究"还是开"电影欣赏"之间拿不定主意,我建议开后者。那时还没有电影赏析教材,她从镜头语言开始准备,一点点备课,自编油印材料。她有很多同事在北京工作,她请他们帮忙,录了许多电影录像带;还成立了电影兴趣组,和学生一起看电影,指导学生写影评,参加全国征稿大赛。受其影响,有些学生以电影研究为其终身专业,比如在英国纽卡斯尔大学任教的余琼、在解放军艺术学院任教的詹庆生,其研究都为学界所重。后来,洛外接受外军汉语培训任务,周教员和现代汉语的一些教师调到了外训部。作为初创者,她到北京、上海等各大高校调研、听课,开始筹备新专业的建设,开设新课,她的"现代文学"课和"电影赏析"课换成由我讲授。但是即便不在一个部门工作了,我们的交往仍然很密切。

大概在我进入三教一个月之后,我们开始聊其他话题。她对我谈了同事们对我的观感,也帮我分析其他同事,引导我观察周围人事。渐渐地,她成了我的人生导师。我是否和阿潘确定恋爱关系、何时结婚、婚后是否考研、我评副教授、生孩子后是否考博、博士毕业后评教授、评上教授后是否转业以及转业后的地方生活……我所有的困扰、选择、生活体会和工作设想,她都会耐心倾听,并帮我分析。我未意识到的,她会提醒我并提出建议。我和阿潘热恋时,她提醒我不要沉浸在两人世界中,还要和其他同事多来往;当我在讲台上站住脚后,她建议我要考研;我怀孕时,她挖来荠菜包好馄饨送到我家里;她还自己做豆沙,请我吃豆沙包;研究生毕业三个月后我做了妈妈,初为妈妈的我极为焦虑,人母与自我、母性与妻性、工作与生活纠缠在一起,理也理不清,而我一难过就会习惯性地去找她。好几次夜里,周教员陪着我在偌大的校园里一圈圈地走着,等我情绪平息后送我回家;她还和阿潘聊天,告诉他不应以传统母亲的样式来要求我,说我有自己的追求;当我为精神生活所累,在日常生活中过度放松时,她对我说我有两张面孔,一张世俗的,一张精神的,她希望我在世俗生活中适当放松后重新确定新的精神目标,并帮我规划……

有些单位资历老、级别高的同事会以其权威无意中限制年轻人的发展,洛外中文系没有这种现象。或许这就是军校特别强调的传帮带,但是,周教员最重要的一点还在于她与年轻人交往时很热情、很主动。她不仅把她的开课、研究设想告诉我,有段时间还一直听我的课;后来,我们不在一起工作了,若有段时间未见了,她会主动和我联系,一直到她退休定居北京后,无论是我在北大读博,还是我又回到洛外,转业到杭州,只要想我了,她都会主动给我来电话,问起我的工作和生活;她还会发电邮和微信,有时我忘回复了,也没关系,她一点儿都不生气;她和我在一起,即便开导我,也从不说教;她还会把她在生活中的困扰告诉我。总之,她让人非常放松,让人发自内心地亲近她,想念她……

我们之间更多的是忘年交的情谊吧,她给我讲过她的成长故事,一个上海姑娘在复旦大学遇到了自己的白马王子(华星白,即大华),其中她也有过做电影演员的机会,大华本来被推荐读研究生的,最终,他们这对20世纪50年代复旦中文系的高才生双双入伍。他们的两个女儿,一个比我大一岁,一个比我小三岁,一个在北京工作,一个后来去了广州又移民美国,我们也都成了朋友,她们曾向我“控诉”爸妈为了工作如何“忽略”她们,以至于影响了她们的生活观与择偶观,以及如何“悲哀”地发现她们也成了与爸妈一样的人……

2014年10月26日,我到北京招聘新教师,特意去拜访他们。当老同学把我送到她家小区门口时,华教员绅士地帮我拉箱包,他们还记得我没有方向感,路上多次给我打电话指路后,仍然分守在小区两个门口等我。当我远远地看到周教员走过来时,眼睛一下子就湿润了,我提醒自己,这次一定不要当她的面流泪。这次见面,我很欣慰地得知,华教员竟学会做饭了……2009年的一个夜晚,我在北京工作的研究生夏培顺陪我去她家,这是我南迁杭州后第一次见她。一看到她,我竟像在外流浪的孩子见到妈妈一样哭个不停,眼泪怎么都止不住,搞得周教员也哭起来。

2016年,听说她来昆山分校,我匆匆赶去和她见了一面。这一别，又是多年。在我的心目中，在我所有同事和众多学生的心目中，周教员都是我们精神上的妈妈，而且是那种全方位的妈妈。周教员，至今我仍然用当年你给学生批改读书笔记的方法为学生批改作业，对待年轻老师，我也希望能像您对我们那样……

周教员的丈夫华星白教员，老家在镇江，毕业那年本可以读研究生，作为家里的长子，为养家为报国，才和周教员双双参军入京，随后在云南等地辗转，只是粉碎“四人帮”后，军校急需教员，他们才从云南调到洛外。华教员曾任基础部汉语教研室主任，中文系成立后在五系三教任教。华教员教授古汉语，出版了《孙子稗疏》《训诂释例》等专著，他授课严谨，深入浅出。他和周教员一样，都很重视学生的课下练习和第二课堂实践，即动手能力。受其影响，有学生走上了古汉语研究的道路，在中国人民大学任教的青年长江学者朱冠明在接受采访时就谈到了这一点。

为了服务国家发展战略，也为凸显军事特色，中文系申请了军事情报学硕士学位点，华教员是这个点的负责人，他和周教员合作出版了《信息整合教程》，为军事情报学学科建设做出了巨大贡献。他退休后，经过张晓军等教员的建设，这一学位点升格为博士点，现已培养博士多名。

周教员和同龄人称华教员为“大华”，缘于他身材魁伟，身高一米八以上，把军装穿得板正妥帖。相对于周教员的平和亲切，华教员不苟言笑，自有一种威仪。华教员深受校内外教师的尊敬，与其严谨认真、原则性强有关。学校号召大家学习用电脑，每个系限定名额培训五笔输入法，谁也没想到从事古文字研究的华教员不仅积极报名，还在培训结束后，义务培训系里的老师，普及推广电脑知识。就像给学生授课一样，他认真备课讲课，布置练习，还考试，谁也不敢懈怠。最让人惊讶的还有一件事，系里有位老师报考军事情报学硕士，其写作试卷，华教员给了个不及格。这样的事，在今天看来，似乎难以想象。

即便在二十年前，这种事也只在北京大学等几所高校才会发生。

与周教员给予的藤蔓般缠绕、水一样氤氲的爱不同，华教员的爱属于山一般硬朗、寡言至贵的父爱。这父爱甚至是严苛的。进洛外后，过了许久，我才知道他和周教员是一家人。起初，我对他就像对待父亲一样，有点儿畏惧，随着时间的流逝，因为周教员的可亲可爱，也就和他熟识了，渐渐地注意到他在以自己的方式关爱着系里的年轻教师。大概是1988年第一学期结束后，他对我说，其他系教员反映中文系新来的教师讲课不错。听到此话，我仿佛得到认可一样心里踏实了一点儿。

我婚后读研，放假回到洛外的当晚总是和阿潘去看望他和周教员，他们也常请年轻教员到家里吃饭。记得有一次，我和阿潘给他带了瓶汾酒，我们知道他是会喝点儿酒的，但第二天他又把酒退给了我们。1993年，我硕士毕业后回到洛外，重新适应军校的一切，加之初为人母的不适，生活黯沉无光，学术寂然无声又觅不到出口，一度以琐事麻痹自己而不自苦。当我把这沉没感告知华教员后，他说你不会的，你只是还没找到新的突破口。一时间，我又对自己重拾信心，不再绝望。

华教员的生活极有规律，他常年在办公室读书研究，按时锻炼身体，冬天也不例外。他多年冬泳，身体素质很好。但是在1998年3月的一天，飞来横祸，他下班后在校园打了牛奶，正骑车前行，一学车者见前面有人，紧急刹车，却踩了油门，把他从自行车上撞得飞了起来，后脑撞到车前铁杆上，又脸朝下摔到地面上，头部出血，人失去知觉，在医院里昏迷了二十多天。奇怪的是，他的手指会习惯性做出敲击键盘的动作，说道："回车！"他清醒过来后，又继续任教。这次车祸估计给他留下了后遗症，对他的记忆力造成了破坏。晚年他得了阿尔茨海默病，情况越来越严重，在北京还比较寒冷的初春，他走失了一夜，直到第二天上午才被找到。这次住院，他没能挺过来。

2018年2月2日晚，我住校值班，接到噩耗，我们敬爱的华教员仙逝，彻夜难眠……我很欣慰地得知，华教员走时很平静，周教员说只要爱在心中，何处都是天堂！愿华教员安息！愿我们敬爱的华教员永得快乐！

（写于2018年2月3日）

似兄似姐三领导

1987年6月我入职洛外中文系时，语言、古代文学和现当代文学还是三个教研组，统一由教研室主任陈镇生负责；1987年下半年，中文系成立，简称五系，三个教研组升格为教研室，分别由谭习朴教员、江景志教员和陈镇生教员负责；后来和研究生大队合并，称为二系；1993年6月，我研究生毕业返校工作时，三个教研室主任已由"50后"的李宗江、张晓军和李迎丰接任，他们比我大十岁左右，是系里的骨干力量，李宗江和张晓军还做了系主任。作为学科带头人，他们各自撑起学术一片天；作为领导，他们给了我很多帮助和指导。

我和李迎丰教授同属现当代文学教研室。李教员是河南大学中文系1977级学生，读大学前就是军人，中文系成立前与阿潘是政治教研室的同事。她是郑州人，爱好写作，有军人范儿，做事利落，声音洪亮，文章亦有豪放派的特点，受到洛外学报主编赵德远的盛赞。她为人坦率，乐于助人。1987年秋季，她为我找什么样的男友出过主意；1988年秋季她去北京大学访学前，还叮嘱我和阿潘入党的事；访学时帮我打听北京大学研究生的招生信息。我们教研室曾在她家里聚餐，一家带一个菜。她先生是院医务室主任，反复提醒我们不要喝火锅汤。她做教研室主任和校督导来听我的课后，建议我讲课更加聚焦；我给本科生开设"金庸研究"选修课，采取讨论课的方式，对此，她也有不同看法。在汉语拿到了学位点后，她也整合全校的力量，申请到了比较文学与世界文学的硕士点，那时她先生已调到北京，解放军艺术学院（简称“军艺”）也给她发来了上调函，但为了学位点建设，她迟迟未去报到。2005年7月，我博士毕业后回到洛外接任比较文学与世界文学导师组组长，误以为她在军艺已带研究生了，就让另一位同事接替她带学生。这个决定很草率，至今想起仍觉得愧疚。但是，她却大人不计小人过，就像以往包容我的任性一样，关爱着我。

张晓军教授是河北人，本科毕业于洛外的英语系。他酷爱中文，1987年中文系成立后，来教古代文学，后又师从复旦大学章培恒先生攻读博士学位。张教员多才多艺，擅长乐器，京剧唱得有板有眼；他还写得一手好书法；他的乒乓球也打得相当棒，其他系组团来和我们比赛，阿潘常和他一起双打，我在一旁观战。周敏教员离开洛阳到北京前，专门交代我，说他极为善良，完全可以信赖。1987年上半年，中文系成立之际，他和阿潘一起到江南购书，其博士论文的打印稿，阿潘帮了点儿忙，书出版后的第一本，他珍重地送给了阿潘。后来他转向军情研究，不仅带硕士、带博士，还做了系主任，只是中文系更名为军情系了。系里有军情专业、国际关系专业，还有信息专业，中文被再次边缘化。这也坚定了我离开军校的想法，2007年中文系本科停招，我也趁机转业了。之后，我们多在电话中联系。2019年7月，中文毕业生毕业二十年返校，我和李迎丰教员受邀回去参加聚会，我们和资料员王清珍一起去看望张主任，他叮嘱我注意身体，不要在中年耗损、掏空了自己。

李宗江教授是黑龙江人，本科在洛外学的俄语，硕士毕业于北大中文系汉语专业。他瘦高个子，嗓音带磁性。他由教研室主任升为系主任时，一度想让大家凭自觉参会，行不通后就再次点名。他反复强调，学术研究要认准目标深挖下去，不要东一榔头西一棒槌。21世纪初，我给系里交了考博申请，他去找阿潘，问他知道不，说一个家庭里女同志学位太高好不好？阿潘告诉我这些时，我有点惊讶，领导考虑得这么周详！我考取博士后，北大要调档案，干部处给北大发函阐明不放的理由，怕干部处说话不到位，他亲自过目后才让寄走；北大不给定向生安排宿舍，我若租住，能否报销，报多少，全由他与学校交涉。印象最深的还是2003年春天，因“非典”封校，北大图书馆照开，门口有红外线消毒，我日日进馆，查阅旧报刊，有时一连几天都找不到有用的材料，人很颓丧，一度怀疑论文选题和读博的意义，对是否染上非典也无所谓。我写电邮告诉李主任我可能得了忧郁症。他赶紧给我回信说，春天很美好，北大校园那么美，要多走走……后来他调到基础部做主任了，但我评职称和转业，作为老领导，都请他帮过忙。我转业到杭州后是否做系主任，是否做学院负责人，问他看法，他说：“你这个年龄正好是做事担负责任的时候。”

2014年7月6日，我在微信中转发了一篇文章《20世纪50年代的教授分级与史学大家》，我写了几句话：“放假了，在办公室静心修改书稿，为诗人兼学者陈梦家在五六十年代的悲惨命运而感叹；观现实，有感于绩效考核和聘岗给同仁的心灵冲击。特从一师长微信中转发下文，可谓借他人之酒杯浇个人之块垒也。”微信下有人留言：“人生总有无奈时，阿玲女神亦如之。愁酒难浇块垒去，云卷云舒任由之。”私聊中得知是李主任，多年的领导工作，使他意识到了我可能遇到的困境，故慰之。

这就是领导，永远关爱着你的领导。但是“二李一张”与其说是我的领导，不如说更像我的兄长和长姐。我们前后同事了二十年，天各一方也有十多年了，我希望自己也能像他们当年对待我一样，对待身边的同事，尤其是年轻人。

（写于2020年9月21日）

想要出走的时刻

2019年7月16日，我在微信群里看到一则寻人信息：14岁女生被父亲批评后离家出走，与家人失联。此前有一则报道：千岛湖某9岁女孩被一对房客拐走，这对男女把女孩杀害后自杀。这一惨痛悲剧引发了社会对青少年离家出走这一话题的讨论。我们该如何避免这一悲剧的发生？首先，我们必须正视这一现象的存在，可以说，在某个年龄段，某个时刻，某种心境下，我们都会有离家出走的念头，我们想象着有一个和家不一样的地方，给我们自由，随我们的心意！

对我而言，我非常感谢我的闺密们，在我漫长的青春期、漫长的心灵成长中，由于她们的陪伴我才屡屡走出情绪低谷。我和中学阶段的闺密琴与玉，不仅共同经历了一些事，假期里我们还能住在对方家里，一起聊天、干活，或找同学玩，或去亲戚家玩。成长中这样的空间很重要，你总有些秘密不愿让家长知道，你觉得家人不理解你，他们好庸俗好保守呀，你想过自己想过的生活，想成为和他们不一样的人。于是，一旦和他们发生冲突，就想离家出走。走到哪里呢，无非是同学或亲戚家。

20世纪80年代末，我们收到在陕西生活的二舅的来信，问其大儿子是否回河南老家了。表弟买了条牛仔裤，被二舅批评后离家出走了。表弟并未到我家，我们好着急，觉得二舅对孩子管得太严了，穿条牛仔裤不算啥。好在很快又收到二舅来信，大表弟找到了，他在同学家住了几天后回家了。另一个亲戚的孩子离家出走，则与我直接相关。二姐的大儿子对其高二分班不满意，让二姐给我打电话向其老师求情，其老师是我中学同学。我让外甥接电话，问明原因后开始教育他，第一应遵守分班规则，第二可以直接去找老师谈看法……后来，听妹妹说这孩子独自去开封转了一圈，有车票为证。我很惊讶，没想到他受到的刺激这么大。外甥6岁就住在姥姥家，我看着他长大的，很亲，可能说话就太随意了。

再一个"出走"的例子是我女儿的。彼时，她13岁，对离家出走充满浪漫想象。我在2006年的一篇短文《女儿是个"理想主义者"》中有记录，全文如下：

> 吃过早饭后，13岁的女儿说要独自上街逛逛，12点钟回来。我同意了，问她带多少钱，她说不带钱带着月票卡就行了。我还是建议她带点钱，并说她出去时顺便把我的一双皮鞋带到大门口的保养店，让人护理一下，回来时取回来。她已经戴上手表，拿好月票卡，准备穿鞋了，却又说不上街了。
>
> 她说要离家"出走"。
>
> 我问："出走到哪儿呢？"
>
> 她说到校园里，并叮嘱我，12点前她若还未回来，就让我先吃饭。我又同意了。
>
> 她边穿鞋边说，不走路了，要骑车在校园里转转。又自言自语地说，在校园里能转到12点吗？
>
> 我说多转几圈，能转到12点，并说她好久未去读书广场了，可以到那儿看看。
>
> 女儿出去很久都未回来。

我给妈妈打电话，妹妹接的电话。妹妹“五一”回去看望妈妈了，我说我很想回家，但是女儿哪儿都不愿去，让她替我给妈妈二百元钱，让爸妈买点东西吃。我和妈妈聊了一会儿天，又和妹妹聊天。她说她有很多电影票，还有音乐会的票，原来准备我们回去后，她请我们看电影、听音乐会的。我说再问问女儿看她是否愿意回去。

昨天女儿还说她特别想看章子怡演的《茉莉》，说拍了三年了，才上映。还说她怎么不住在郑州呢，因为5月22日郑州有“超级女声”海选，她特别想看。

给妈妈打过电话后，我就往我办公室打电话，问女儿想不想回郑州看电影、听音乐会。一听说老姨(即我妹)有她想看的《茉莉》电影票，还有音乐会票，女儿立即说要回郑州去。我说把她送上车，老姨在郑州接她，因为第二天我要忙开学的事情。她又说：不，你不回去我也不回去。我劝说她去住几天，反正作业已经做完了。她说再考虑半个小时，却没再给我来电话。

快到中午12点时，我打电话要她回家吃饭。回家后，她问我怎么知道她在我的办公室。我说你还能去哪里？就把易卜生的《娜拉》、鲁迅的《娜拉出走以后怎么办》和张爱玲的《走，走到楼上去》等作品内容简要地给她说了一下。然后问她为什么不愿一个人回去。她说那谁照顾我？我说你自己照顾自己啊！你可以住三姨家，他们全家这几天都住在郑州；也可以住在老姨那儿。她不吭声。我又说，你前几天不是一直嚷嚷着要随旅游团去海南吗，一个人连郑州都不敢去，还说要去海南？可见，想的与做的，理想与现实相差很大。人不仅要敢想敢说，还要有能力做。女儿的回答出乎我的意料，她说：你不知道我是一个理想主义者！我笑了。

近两年来，女儿不止一次充满神往地对我说她想离家出走。每次听她这么说，我都会告诉她这并不是一件好玩的事情，有人贩子，独自生存很艰难。今年“五一”，她要求独立的愿望尤为强烈。丈夫阿潘要去青岛疗养，可以带家属，她不愿去，却鼓动我和她爸爸一起去。她说你们就放心地走吧，我一个人会照顾自己。没办法，我只好在家陪着她。但是，经过今天这番较量，我明白了她的独立程度，她也对自己有了一个认识。我想她可能有一段时间不会再提“出走”了。

（写于2019年7月16日）

小姐院与寡妇院

2007年4月，我的转业报告批下来了，历时二十年的军校生活即将结束，随之而来的是一场浩浩荡荡的送行活动。“铁打的营盘流水的兵”，以前有人离开，多采取集体送行的方式，大家聚在一起吃一次饭作罢。是因为阿潘和我同时离开吧，我们教研室的人轮流做东，各请全教研室人一起吃饭，为我们送行。阿潘的朋友、我的朋友，我俩共同的朋友，也都为我们送行。

我的闺密，同事王、黄、胡、何等人，觉得在洛阳相聚还不够，就趁校运动会期间，决定到附近的山西走一遭。我们先到山西磨滩住了一晚，继续向西挺进，目标——皇城相府。从磨滩乘坐火车到晋城后转乘汽车，沿河边大道行驶，突然，一座城堡式的建筑群出现在眼前，雄浑壮观，令人震惊！我们到附近的家庭旅馆安置行李后，就走进皇城相府认真参观起来。

皇城相府是康熙帝的老师、清朝宰相陈廷敬在老家的府邸。相府规模宏大，共有院落十六座，房屋六百四十间，面积三万六千五百八十平方米。这么多楼房和院落，分布得错落有致，其设计依山就势、随形生变。相府自成一体，古朴庄严，有内外城，分别建于明、清，浑厚坚固。河山楼内有井、碾、磨，并有暗道直通城外，聚甲藏弩，护城保庄，抵御外侵。外城城门外高达八米的御书楼上有康熙帝御赐的“午亭山村”石刻匾额及对联“春归乔木浓荫茂,秋到黄花晚节香”。外城内有大小石牌坊两座,铭刻着“德积一门九进士、恩荣三世六翰林”之功德。外城中的前堂后寝、左右内府、书院、花园、闺楼、管家院、望河亭等应有尽有。整个建筑布局,尊崇礼制,等级森严,主人与管家、男与女住宅井然有别。

皇城相府除其整体结构外,吸引我的还有两个院落,一个是小姐院,另一个是寡妇院。小姐院是专为其家族少女居住而建的院落。陈家12岁以下的女孩住在绣楼一楼,12岁以上的住二楼。小姐们在东厢房对弈抚琴,在西花园娱乐消遣,如果想看远方,那就得登上望河楼。当我登上望河楼时却惊讶地发现,小姐院的屋顶是没屋脊的!这是对“男尊女卑、上下有等”的封建等级观念的体现,小姐们在家庭和社会中地位较低,就只能住这种规格较低的“卷棚顶”建筑。

相府南边的一个院落,导游称它为“寡妇院”。寡妇院的正门不开,因为“寡妇门前是非多”。它紧邻着相府最大的花园——止园,可以在楼上观看,却不能到那里游玩。陈廷敬守寡四十五年的妹妹、其二儿子陈豫朋的长女陈静渊都曾居住在这里。陈静渊去世时年仅23岁,她17岁嫁给父亲同僚好友的儿子,不料婚后两年,年轻有为的丈夫暴病而死,她携子回娘家,吟诗课子。其父以“命中注定”来劝慰她,给她居住的楼房取名为“悟因”,意味“悟却前因,万虑皆消”。但是,万虑哪能轻易消除掉,陈静渊终抑郁而逝!

小姐院与寡妇院,让我对古时女子不能自由生活、无法掌控自己的命运深表同情,也为我们这代女性能够享受独立和平等而骄傲。在望河楼观看小姐府邸的屋顶时,我曾让同伴以此为背景,为我拍了一张照片,以示抗议。而在皇城相府附近的家庭旅馆中,我和女友们仿佛要释放这两个院落带来的压抑,肆无忌惮地谈论着女性话题。

胡姐问王姐,他们夫妻是否常在资料室中私处?王姐很惊讶,说你怎么知道?胡姐说听另一位女友说的。于是王姐老实交代,一次夜深时分，他们夫妻为一点小事闹得不可开交，她很生气地跑到办公室睡觉，丈夫追了来，采取床头吵架床尾和的方式，想以做爱方式解决矛盾，她当然拒绝，拉扯推辞中听到有人开门，瞬间灯光亮了——原来是图书馆馆长和夫人从办公室回家，经过他们办公室听到有声音，还以为进了窃贼。说到夫妻间的小秘密，美女黄姐感慨地谈到了自身变化，45岁之后，乳房日渐失去弹性，欲望渐渐变淡。我们安慰她毕竟年轻过，毕竟比同龄女性显得年轻……

这次旅游中还有好多有趣的事，比如毛巾误会和赶火车。黄姐和何姐住一个房间，我和王姐、胡姐住隔壁大房间。黄姐到处找其毛巾找不着，说明明挂在洗手间啦……找啊找，终于找着啦。原来是何姐把它当作擦脚布啦，她说看这条毛巾蛮新的，以为是家庭旅馆的，这把有洁癖的黄姐气得嗷嗷叫！我们听到了她们的对话，也想象到黄姐的反应了，却不敢笑出声，直憋得肚子疼！再有，我们离开晋城回洛阳时，为赶火车，四个人从出租车里下来，一路狂奔，终于赶上车了！奔跑的激情和惊魂未定，与那些天马行空的聊天，也让我难以忘怀！

这次旅游还有一个感受：一个人与一个地方的相遇也是要缘分的。我在洛阳住了二十年，真没想到在其不远处，有一个只需九元钱火车票的地方——山西晋城，竟有那么一处奇特的地方；而同游这里的，又是和我闺密般的同事。这也是一种缘分！

多年同事成姐妹！祝好，我的天各一方的姐妹们！

（写于2013年6月）

洛外的味道

2017年初,女儿从伦敦大学毕业回到杭州,一家三口走在小区里,我突然有种身在洛外的感觉。

洛外的感觉就是踏实吧。洛外像一个村庄,那里的住户彼此熟悉。老师们都住在一个大院,随着晋升,我们不断搬家,邻居就比较多。1987—2007年,我在洛外二十年,搬了七次家。住在八号楼时,和日语系的瑞做邻居。有次他到青岛开会,其夫人敏在天津读研,阿潘晚上就住在他家陪其儿子帅帅。我读博期间,敏每次做大菜都要给我女儿送一份,女儿饱了口福,有一次在电话里问我:"妈妈,你啥时候也像帅帅妈妈那样能做出好吃的?"

洛外的军人在洛阳普遍有种优越感,当地女性找对象,会首先考虑洛外的男性。在洛外,许多事不用自己操心。工资、房子是按参军年限自然调升的。孩子读书也不用操心。适龄儿童可以上洛外幼儿园,我女儿不到两岁就去上托小班了,她上小班时我们搬到了八号楼,与幼儿园一墙之隔。每天早上她在院子里做操时,我和阿潘会在窗前找她的身影。女儿小学时就读矿四小,初中去了拖一中,这两所学校都和洛外对接。清晨,孩子们上学早,干教食堂会为他们专开一桌早餐。院内有两个乘车点,有校车接送孩子们上学。洛外曾有过养牛场、养鸡场,高级职称者每人每天两瓶牛奶或者酸牛奶,每人每月五斤鸡蛋，每家还有一片菜地可以种菜。

在洛外，生活有保障乃至优越，教师只管教书育人、静心做科研即可，学位、职称，不仅组织会考虑，年长的同事也都会提醒你。我1990年读研、1997年访学、2001年读博，周教员、黄姐和王姐等都是鼓励的。洛外人在外读书是常态，军人两地分居很自然。洛外的生活堪称安逸，教学压力并不大，中文专业并非每年都招本科生，我每周上四节课是常态；女儿小时，我和阿潘每学期会有一人无课。职称晋升看学术，但职称并未与工资直接挂钩，它对生活的压力就远不如地方大学。可是，当年我是不安于此的，唉，副教授—教授—退休，闭着眼睛就能想象到以后的生活，我不愿意！

是来自地方大学的缘故？对洛外，当年我是很不认同的。作为技术型军事院校，它比起野战部队来说相当有文化、相当人性化了。但是，你正走在校园里，有战士走过来，敬礼后告诉你要注意军人风纪，你赶紧检查周身，哦，原来是没穿袜子！穿军装、配凉鞋，要穿袜子的。对学员的军人风纪要求就更严了。除此之外，还有其他规定，比如地方大学自由恋爱已经蔚然成风了，军校还不许学员恋爱。1987级（首届）中文系有两个学生，男生来自江苏，女生来自浙江，都蛮有才气的，他们没有像个别同学那样把恋爱限制在地下状态，而是敲锣打鼓般地公开进行，系里先是处分了男生，两人不服，示威般地在公共场合搂搂抱抱，结果都大四了，男生被开除，女生毕业后被分配到了云南。

洛外的会议多。1987年“十一”军训结束后，我第一次参加系里会议，那是下午的会议。午休时我睡过了头，等我一觉醒来赶到会场，主任正好宣布会议结束，好不尴尬，自此养成了提前到会场的习惯。系里的会议还好，务实，针对性也强。学校干教大会基本上两周一次，各单位列队进入会场，听领导讲话或专家做军事讲座。有时觉得和自己关系不大，就带一本书或者一份报刊来看，或者和同事说悄悄话。如果太过分了,自然会挨批。

印象很深的一次会议,是领导通报对某个教员的处理。这位小语种教员到地方大学读研,毕业后没返回学校,反而到外企工作。学校三番五次做其工作,她不仅不回来,还说我不再是任你们摆布的教员了。当时,这位教员的妹妹也在洛外读书,领导说姐姐的事由军事法庭定,其妹妹要另当别论。领导没有一棍子打死,大家都信服。在洛外,也不是想走就走、想留就能留下的。素养不好的人,是留不下来的。和我一起入伍的某地方大学毕业生,他经常不参加系里活动。有一次他又不请假离校,领导追问,他说父亲去世了。他老家就在洛阳附近,系里到他老家慰问,发现是谎言,第二年就让他转业了。与我们一起入伍的另两位教员,也因参加某个街头活动被转业。

只是外边的世界太精彩,1987—2007年,中国经济、文化、生活发生了巨大的变化,洛外人基本上仍过着从家到办公室两点一线的生活,和外面的反差太大了。不过,洛外许多人离开,原因不只是院内的生活太沉静,而是对洛阳或者河南不认同。洛外就像一块飞地,直属总参,和洛阳、河南都没有隶属关系。尤其是来自江南发达地区的干教,他们各种调动,设法调到北上广;或者等孩子大了就转业,河南是高考大省,要考个好大学不容易,不能耽误了孩子的前途;实在走不了的,就等退休。军队有规定,退休可以退到孩子所在的城市。

洛外,那时是留不住人的。当然,这几年军人待遇高了,另当别论。只是随着办学目标的改变,军人指标越来越少。是留是走,根本由不得自己。十年前教员们设法转业,现在是组织动员转业。到了2018年,洛外合并到郑州信息工程大学,成了它的一个校区。我的同龄人要么退休了,要么转业了。

洛外,毕竟是我生活了二十年的地方。1987年洛外成立中文系,我参了军;2007年,中文系停止招生,我转业了。在洛外,我基本上是间隔三四年就到外边学习一次。来杭十多年了,夜半醒来,有时不知身在何处,还以为又在外边进修了。

对洛外,我有着家一样的牵挂和思念！我希望它好！

（写于2019年7月25日）

洛阳牡丹驴肉汤

"在周末长长的睡眠后,恰好有老同事发来牡丹照片,我仿佛一下子觅到了多年前闲适的气息。洛阳牡丹甲天下,每年4月15—25日牡丹花会期间,洛阳公园、街头、马路中心地带全都花团锦簇,城内郊外游人如织。此时,我的亲友也多会来玩,每每在外边公园奔走劳顿,回到我所在的学校,妈妈会说看看你们牡丹园的花儿就可以了。洛外除了马路中间地带种满牡丹外,还有六十亩大的牡丹园,凡外边有的品种基本上都有。花开时节,梦中都能闻到那股甜美的味道。牡丹之后,还有芍药竞相开放。"——这是我2015年4月19日写下的话。这时我已离开洛阳近八年了。隔着八年的时光重新打量洛阳,游子的情怀赋予她更多的美丽和温度,也改写着当年对她的印象和评价。

多年前的多个"五一",我好多外地同学来游洛阳。那时牡丹已谢,芍药、月季开得正旺。我陪她们游玩,循其眼光重新打量周边,忘了是在何种情景中,我说过这样的话:"游客是小城的骄傲。"她们都说,洛阳可不是小城。

是啊,九朝古都,哪能言小! 彼时,我相信生活在远方,远方更远也更大。人到中年,经历了地方生活的种种磨砺后,很怀念当初在洛外、在洛阳的那份闲适、安逸和从容。2019年暑假回洛外参加学生毕业二十年聚会，整个洛阳城就像一个大工地，地铁站、高架桥同时在建，洛阳在腾飞，在变化！但是，无论它如何变化，其丰厚的文化底蕴，其基本生活方式还在，比如早餐喝汤，经过一波波养生热的催化，比当年喝汤还要讲究。

7月27日晨，得知我回到洛外，已在绍兴安家回洛外度假的老邻居瑞，邀请我和他们全家去喝驴肉汤。这次喝汤，给了我全新的体验，我惊讶于驴血竟是白色的，店家能把凝固的驴血切成凉粉一样的薄片。一份驴肉汤搭一份面饼，把如宽面条一样的熟饼放进滚烫的驴肉汤中，嗜辣者可放油炸辣椒。夏日，一碗汤下肚，汗出，满身舒畅。冬日喝汤，暖胃，浑身热乎。

到洛阳，早餐喝汤，是其特色。汤者，有肉汤和豆腐汤。肉汤，有牛肉汤、驴肉汤和羊肉汤，各有名店。多年前，我曾到洛阳附近的孟津去喝羊肉汤，据说那里的高汤传了上百年，不知真假。总之去喝汤者多，有跑百里专门去喝者，去晚了，就喝不到了。

洛阳比郑州湿润，但毕竟在北方，空气干燥，喝汤既能满足身体对水分的需要，肉、馍、葱花等也能补充人体所需之营养。久之，则成瘾。据说有人从外地回洛阳，先喝碗汤滋润肠胃后才回家的。

洛阳有名菜叫水席，是唐朝的皇家菜，共有二十四道，其中，汤汤水水居多。而邻近城市郑州，则以胡辣汤闻名。前两年有位郑州小同乡在杭州读书，想喝胡辣汤，他妈妈给他寄了可以开水冲泡的胡辣汤粉，聊以解思。他与我分享，说中学时每日早餐喝一碗胡辣汤，出一身汗，真得劲儿！

当年我在洛阳时，对喝汤没啥感觉，反倒是阿潘由不习惯到喜欢。一次同事打牌过了饭点，决议到外面喝汤。阿潘只能吃微辣，同事恶作剧，故意给他那碗多放辣，吃得他稀里哗啦，大家直乐！

（写于2019年7月27日）

"结籽"在杭州

2020年第一天,阳光明媚,我和阿潘先地铁后公交再步行到杭州植物园顺便看了林风眠旧居后,赴山外山新年第一聚。之后又和几位洛外老同事参观了黄宾虹旧居和"五四宪法"历史资料陈列馆(栖霞岭馆区)。

在夕阳落山之际,沿西泠印社向白堤游览。这段路我曾经很熟悉,2007年7月—2011年8月,我和阿潘常在这里散步。那时我们陪读,先是在庆春路青春坊租住了一年,女儿在孩儿巷的启正中学读初三;后来又在麒麟街镜瑞弄租住了三年,女儿在凤起路十四中读高中。女儿考上大学后,我们就搬到下沙自己的房子里了。我和阿潘都在下沙大学城上班,活动范围基本上在高教园区,除了陪外地来客,或到西湖边喝茶,平时少有时间来西湖边漫步。2019年曾在西湖边开过两次会议,湖边漫步也是匆匆的。

今天来自长三角的洛外人在杭小聚,大家聊得较多的还是当下,当地的生活,还有教育,因为大家多在高校工作。洛外似乎退得很远了,真的成了过去。2018年洛外撤销了编号,成为郑州信息工程大学的一个分校。我的同龄人或者比我还小一点的,要么转业,要么退休,曾经辉煌的洛外就这么化整为零啦。这次来聚会的,多为当年的同事和学生,有的熟悉,比如来自上海、绍兴的同事,有两家曾做过邻居;也有耳闻而未谋过面的,这次也见到了,比如沈志兴老师,他是获得诺贝尔文学奖的作品《我的名字是红》的译者。在洛外时,有一年冬天我到北京出差,买了这本书,阿潘说译者就是本校同事,土耳其语教授。这本书读得我要跳起来,多元叙事真假难辨,还有细密画什么的!

洛外出过好几位著名翻译家,2018年电视节目《朗读者》曾采访过的号称“诗译英法第一人”的北大教授许渊冲先生,1971—1983年曾在洛外执教。除此之外,我印象较深的有三位。一位是法语教授潘丽珍老师,上海人,人很优雅美丽,是周敏教员的好朋友。她翻译了法国名著《追忆似水年华》七卷本中的一卷,她告诉我译书时被法国人细腻联想折磨的痛苦:“无穷无尽,我都要跳起来了!”英语教授孙致礼翻译过《傲慢与偏见》《呼啸山庄》《老人与海》等作品,我和他较熟。我写过他翻译的《傲慢与偏见》续集《彭伯利》的分析文章,也给他翻译学的研究生讲授过“文学鉴赏与批评”课。后来他迷上了摄影,我看过他拍摄的天山照片。大概是2007年4月的一天,他正在牡丹园拍照,我晨起散步路过,他给我拍了几张照片,我选了其中一幅,我第二本书《文学史的探索与思考》出版时用了这张照片。还有一位俄语教授石枕川先生,儒雅清瘦,说话永远都是轻柔谦和的。他有个残疾儿子,块头很大,经常独自划着轮椅在校园里转悠,据说他会多种外语。又听说,石教授因家庭原因常住办公室。后来得知他是位翻译家,我们读的《复活》《父与子》等都出自他的笔下时,我颇为惊讶。

…………

洛外确实是一所好学校,它奉行的是精英化教育。军校的纪律,框定了青春期学生要把绝大部分精力和时间用在学习上。

关于洛外,要追忆的很多。洛外出来的人,虽像麦粒散在野地里,也仍然在生长、扬花、结籽。在任何地方、任何土壤上,都能尽一份力,结一份果。

(写于2020年1月1日)

四、北京：未名倒影

怀念闲聊的日子

20世纪90年代初,我们喜欢而熟悉的几位老师都住在北大校内或附近的几个园子里,漫步中的邂逅或去他们家拜访都极为平常。那时我们喜欢集体行动,往往是同一个导师或者同专业的师兄妹一起,呼啸而来呼啸而去地群集在老师家。我们的理由是,即便挨训也有更多的耳朵分担;更何况那些类似于沙龙一样的聚会本来就要人多才有氛围,才能呛出思想的火花,才能激出感性的沉醉!由于所学专业的缘故,我和我的师兄妹们常常到温儒敏、钱理群、陈平原、曹文轩等老师家,在他们家里闲聊不同的话题,聆听各种趣事和教诲。

钱理群老师和陈平原老师都住在蔚秀园,他们家里也都有过类似于沙龙式的聚会。刚开始时,钱老师家好像是在举办他的研究生的读书会,每周一次。我们专业其他老师的学生听说了,也陆续来了。每人一次,轮流坐庄,谈自己最近读的书或思考的问题。然后是自由谈论,或者辩难。发言者基本上都较随意。即便有准备,也少长篇大论;虽有辩难,并不恃才傲物,全是与人为善的友好,是真正的交流和磨砺。那时候大家喜欢听钱老师总结,但更喜欢与他争论。刚开始时或许是对立观点的双方各有几人参战,到了最后,就成了钱老师和某一个学生的辩论。钱老师总能在学生中发现某人对某个问题的敏感或擅长之处,于是其他人就成了呼应者或观摩者。钱老师还爱谈他的研究,他说他的生命与研究同在。那时钱老师刚做过一次手术,正以研究走出生命的低谷。他给我们看他记在各种纸片上,在不同地点和时间写下的关于曹禺戏剧的只言片语,向我们示范了对一个研究对象连续思考的过程。多年后,直到在他告别北大的最后一学期的授课中,我才知道他的导师王瑶先生也是这样,长期关注一个研究对象,在漫长的岁月中一点点完成学术积累。

每周一次在陈平原老师家的聚会,是我们专业的学生自己提出的,希望他给我们开"小灶"。那时候他还未带研究生,我们之所以向他提出这个要求,得益于他课堂上的一个观点。那是他第一次讲授"现代学术史"课,他说学生在课堂、讲座上学到的东西总是寥寥无几,应该在老师身边耳濡目染。具体表述我也记不清了,大概可以用"熏陶"这样的词来概括吧。隐约记得是每周三的下午,我们去他家聊天。周三上午他有课,和钱老师几个人合开的"二十世纪中国小说史"。作为"休息",他用下午的时间来满足我们的要求。因为住房小,来了客人,夏晓虹老师也没法工作,就和我们一起喝茶聊天。没有固定的话题,信马由缰,聊到哪儿是哪儿。那时他在指导一个日本东京大学的博士生,有一次那个学生给我们做了一个报告,讨论作品中的北京人力车夫。习惯了20世纪80年代那种宏观研究的我们,对他的选题,都有点诧异,还有那么一点不屑。于是就选题和方法,陈老师对日本学者和中国学者的研究做了比较,让我们意识到中国学者做研究的某些不足之处。那时候,我们都面临着毕业论文的选题,陈老师就一再强调问题意识,他说研究对象并不等于要解决的问题。但陈老师谈论较多的并不是所谓的学问,而是穿衣、旅游、逛书店、读书人的气质,以及北大女孩在银行或邮局为什么那样"理直气壮"地不排队等"琐事"。

相对而言,我去温儒敏老师家的次数更多。温老师是我的导师,又住在未名湖边的镜春园,来去很方便。有时到湖边散步,就会拐到他家里去坐坐。心情不好时，也会到他家去，只是随便谈点什么话题，郁闷消除了，就走了。温老师家很温馨，师母养了两只猫，一只白色的波斯猫“白白”，一只黑色的中国猫“狼狼”。“狼狼”耳朵聋，喜欢卧在人的怀里。温老师一边用手摩挲它，一边用温和的语调和我们说些做学问和做人的话。他从不空谈道理，而是根据我们读书做事中遇到的具体问题，及时引导。温老师对我们多鼓励少批评，即便批评，也是点到为止。他对我们的宽中有度，对我们的尊重和爱护，其难能可贵之处，在我带研究生后才有更深的领悟，这是另一个话题，在此不再赘述。

那时我们还常常去讲当代文学的曹文轩老师家。曹老师住在东门外的老中关园，从我们45号楼骑车出发，十分钟就到了。那时候的曹老师在课堂上谈思维也谈创作，但创作仅是他理论辨析中的例证。课下，他似乎要有意淡化学者身份而更喜欢谈论创作。有一年元旦前夕，我混杂在他的研究生中，吃着据说是曹老师挑去了尾部某根刺的鱼(曹老师很得意，说这样处理过的鱼才称得上美味)，听他谈小说构思——在教堂旁边打工的民工的故事，后来知道了那部小说叫作《山羊不吃天堂草》。还有一次，我们喝着凉白开，神往于他童年的家乡，饥饿的年代里他竟吃厌了鱼——没有油，只能清煮。在曹老师讲述的各种抓蟹捞鱼的故事中，他对黄鳝的描述给我留下了深刻的印象：蛇一般肥硕的黄鳝蠕动在坟墓边。这样惊悚的意象使我至今远离粗大的黄鳝。沉浸在小说构思中的曹老师两眼发光，神态是迷人的。但是，日常话题却不是曹老师的强项，尤其和人刚刚见面还未“开聊”之际，他寻找话题的努力，反让人觉得歉意和不好意思。我们宿舍有他的一个弟子，她说，每当这个时候，她就来个角色反转，检查她开给曹老师的武侠必读书。那时有歉意的总是曹老师，他为自己没读或读不出弟子所期望的效果而不好意思。

…………

在我们成长的年代里，这些个性各异的老师，各以自己的方式雕琢过我们的灵魂。他们的研究对象和治学方式虽有所不同，但对人格的重视却是相同的。和他们聊天，随便谈点什么，都会有种精神提升的感觉。现在，和老师们的交流更多依赖于文字。看他们的专著或者随笔，了解他们的学术研究和人间关怀；给他们发E-mail，写点像样或不像样的文章，让他们了解我们这些老学生现在所关注的问题。如今，我还是怀念那些闲聊的日子。那些浸润和提升我们人格的日子，像一切不可复得的珍宝一样，随着岁月的流逝，令人永久地珍爱。

（写于2006年4月3日）

1992年暑假去敦煌

1992年暑假后我们就要读研三了。那时北大给每位研究生四百元文化考察费，我们就用这笔钱闯西北了。我和同班同学邵、阅及其男友芳从北京出发，一路西行，先以兰州为中心，北京——兰州——西宁——张掖——嘉峪关——酒泉——敦煌——武威——兰州；从兰州返回时，兵分两路，阅与芳从兰州到武汉回芳湖北老家；邵和我则自兰州——西安——洛阳，邵在洛阳玩了两天后，独自回了北京。两年后，在新华社任职的她，因公务沿这条线路重走了一遍，她在给我的信中说：一点味道都没有，还是我们一起游玩有意思！

有趣来自有意思！那是实实在在的一次穷游呀，尽管那时还没有“穷游”这个词！应该是邵萌发的西游念头吧，其男友坚是反对的，他担心邵的身体吃不消，说喝着凉白开跑那么远！总之路途远条件差。确实如此，我们坐了两天一夜的硬座车到兰州。途中实在太困了，就在座位底下垫上报纸躺一下。

但是，最能体现那个年代特点的，还是我们在兰州、西宁、敦煌、西安都有人接待，有的是同学、同事，有的是从未谋面的校友，照应着异地来投奔的我们。这接待是实实在在的，提供自家的食宿，安顿和温暖了我们长途跋涉的疲惫而又惶恐之身心。

一出兰州火车站，我们就东张西望，只见一利索男子阔步走来，这该是坚辗转托的在兰州考古所工作的校友，前来接迎我们了。我们在兰州游览了刘家峡水电站后，乘火车到西宁，去青海广播站找阅在川大的同学。这位同学和阅一样都在恋爱中，她们的恋爱也都遭到了家长的强烈反对，但是她们也都顶着压力爱她们所爱。西宁同学让男友去和同事挤在一起，把他的住处让给了我们住。

在青海，我们看了天湖、塔尔寺、青海湖。离开西宁后，乘长途汽车去敦煌，途经张掖去嘉峪关，再从酒泉至敦煌，我们也先游览了鸣沙山（月牙湖），然后去看莫高窟。我们按兰州校友提供的线索去找在莫高窟实习的考古系一位研究生，他妻子热情地给我们做饭吃，他给我们做导游，带我们参观，一个窟一个窟地讲解。但是，彼时这些历史文化对我的吸引力远不如在鸣沙山滑沙来劲。当我们从敦煌至威武再回兰州时，又饥饿又疲惫。再次找到兰州考古所校友，他妻子辛勤地给我们做了西北特色的面食，用大拇指搓出来的猫耳朵。在兰州与阅、芳分开后，邵和我乘火车去西安，到一所军校住在我的老同事家里。按照同事设计的旅游线路，我俩游了兵马俑，爬了古城墙，还爬了华山，然后回到洛阳。邵住在我家里，阿潘陪她去了龙门、白马寺后，她就回北京的家了。

现在觉得很不可思议。因为那时是靠书信联系的，万一别人没有收到信呢？那时的人出差也少，休闲娱乐的场所也极少，来人直接去单位或去家里基本上也都能找着。我要说的还有那时真胆大呀，敢于冒险。

在西宁时，听说有个地方叫天池，是火山爆发后自然形成的。但是那里的交通很不便，汽车只通到某个地方，接下来我们搭拖拉机，步行到村子下边，沿着山路爬行。当地初步开发了旅游，有小孩牵着马驼着我们上山，旅游部门在山上搭有帐篷。我们住在帐篷里，山高而冷，下雨后寒气逼人。起初，看那天池中的小虾有趣，它们体量虽小却长了许多年。我们渐渐受不了那烧沸了仍生着的水，或胃疼或膝盖痛,就赶紧下山。下山后听说雨天泥石流,路不通了,就只好租住在队长家里。谈好食宿费后,我们强烈要求吃米饭炒菜,以慰又饿又冷的胃。那晚我们住在一个大通铺上,半夜听到一点儿动静,我大叫一声:"是谁?""我!"原来是芳要起夜!白天已打听清楚这家大儿子在西宁工作,家里除了队长夫妻就是他们七八岁的小儿子,可心里还是不踏实。

第二天早上我们就去路口候车,碰上一位老教师。他给我们讲其教书的故事,他曾用白桦树皮装订成本子给学生写字;又说如果知道我们昨天来村里了,一定请我们免费吃住在他家。聊归聊,车极少。有车过来,我们伸手摇摆,车直接开过。过了许久,又来了一辆,仍不停。眼看快中午了,再搭不上车,又要住一晚上,我们直接站到路中央。终于一辆货车停下,把我们带出大山,到可以搭车回西宁的地方。我后来和妈妈讲这件事,她很担忧地说万一你没影(失踪)了,我到哪儿找你?而我们去天池,阅在西宁的同学也没敢告诉其家长!

有了从西宁到天池的经历打底子,从西宁乘公交去张掖的二十七个小时就好接受了。长途汽车四面漏风,过祁连山时下冰雹,还半夜抛锚。我又冷又困直打盹,身边一位穿羊皮袄的老伯,将半个衣角搭在我身上,我知其好意而不嫌其味;再由敦煌至威武,戈壁沙漠,四顾茫茫,长途车渐停,男女按性别分列车边方便;在陕西博物馆、兵马俑,我们向售票员出示学生证并求情,得以半票参观;登临城墙,我和邵扮成中学师生,以一张票入内;吃饭时会让人多加点儿汤。

我和邵还爬了华山。我们爬了整整九个小时,在山下租了手电筒,趁天黑往上爬。随时组队,有人往上走,有人歇息,和后来人结伴,永远不会落单。手电筒发出的亮光,绕着山路一圈又一圈,没个头儿!走走停停,到山顶时,东方露出了鱼肚白,我们租了大衣,看到了日出——绚烂的,一下子就跳出来的太阳!

兴奋过后,我们才发现照相机丢了,华山牌的。

下山时，四处悬崖峭壁，那个险呀！如果在白天，真不敢爬！再往下走，即便是到了山脚下的宽路上，腿不会打弯，小腿肚还是痛，遂明白上山容易下山难之含义。

这是我迄今为止最长的一次游历，前后一二十天，横跨甘肃、青海、陕西、河南四省。在甘肃省只能一段段乘车、住宿，走得也慢；在张掖，街上的标语“吃吃吃、住住住、睡睡睡”抓人眼球；在几个核心地点，体会也深。还记得在塔尔寺转法轮，身着枣红色衣服的喇嘛集体诵经，声振屋宇，我们要拍照，被制止。

去青海湖时，阅的西宁同学帮我们找了一辆小车，司机周末赚点外快，也方便我们随时停歇。我们在草原上采野花，玩飞盘。临近青海湖的路上，两边站着藏族孩子，手里挑着一串串细长鱼在卖，这是青海湖的鱼，因寒冷长得极慢。与我们在天池捉的小虾一样，个头小，年龄大。在青海湖附近一家小店吃饭，店家是浙江人，善于做鱼，我们点了青海湖鱼，肉质细嫩，类似现在的鳗鱼。返回西宁的路上，见司机大桶大桶地买蜂蜜，我们也买了点带走。

在去青海湖的路上，看到一男青年背着包徒步走着，我们返程时他仍迎着晚霞向青海湖方向挺进。他在霞光中阔步奔走的姿态犹如去朝圣，美得令人震撼！那时我们喜欢读捷克作家昆德拉的作品，其《生命不可承受之轻》《生活在别处》都是我们反复阅读和讨论的作品，这些作品启发我形成“人在旅途”“在路上”以及“生活在远方”的理念。

这趟旅行还有特殊的纪念意义。和我们一起同行的芳，硕士毕业后读博了，也和阅结婚了，不幸的是得了绝症，其博士论文研究的是中西时间观，当他以向死而生的精神完成了论文后，却离开了人世……

（注：邵即邵燕君，阅即周阅，芳即史成芳，写于2019年7月20日）

“话都不会说了”

1990年至1993年，我师从温儒敏老师读研，入门后才知道我是他的第二届研究生，上面有旷新年、刘海军两位师兄，我下一届是丁晓萍。我们常常一起去温老师家聊天，当然也去其他老师家。我写过一篇回忆硕士生活的随笔，名为《怀念闲聊的日子》，刊发在《中国研究生》2007年第1期，主要是谈在钱理群、陈平原、曹文轩、温儒敏等老师家参加读书会和聊天的情形。相对于其他老师而言，文章中谈到温老师的较少，只有如下一段：

> 相对而言，我去温儒敏老师家的次数更多。温老师是我的导师，又住在未名湖边的镜春园，来去很方便。有时到湖边散步，就会拐到他家里坐坐。心情不好时，也会到他家去，只是随便谈点什么话题，郁闷消除了，就走了。温老师家很温馨，师母养了两只猫，一只白色的波斯猫“白白”，一只黑色的中国猫“狼狼”。“狼狼”耳朵聋，喜欢卧在人的怀里。温老师一边用手摩挲它，一边用温和的语调和我们说些做学问和做人的话。他从不空谈道理，而是根据我们读书做事中遇到的具体问题，给予及时引导。温老师对我们多鼓励少批评，即便批评，也是点到为止。他对我们的宽中

有度，他对我们的尊重和爱护，其难能可贵之处，在我带研究生后才有更深的领悟。

在这里，我简单谈一下温老师给我改文章的事，举两个例子。研二时，在温老师的课上他请了艾晓明老师座谈后，让我给她的专著《中国左翼文学思潮探源》写一篇书评。我很快写出来，送到他家里，几天后，旷新年把文章带给我。天哪！全是红笔批注，有打问号的，有批注为“套话”的，我非常难为情。冷静下来后，我反复研读这部著作，重新写书评。第二稿得到老师肯定，他说这是一篇高水平学术性书评，后来这篇书评发表在1993年第2期的《中国现代文学研究丛刊》上。

再者就是我的毕业论文。在几个选题中，考虑到我毕业后还要回到洛阳外国语学院工作，就确定了一个与比较文学相关的题目，研究五四翻译文学与小说创作，这自然要梳理这方面的史料。1992年秋冬的那个学期，我天天到未名湖畔与红楼毗邻的老馆看旧期刊，基本上把第一个十年的文学刊物翻了一遍，一边看一边摘抄卡片。但是，没想到寒假回洛，我竟怀孕了。6月份就要毕业，读研前，我已做过两次人工流产，我把这个情况写信告诉老师，很快就接到了他的回信，如下：

陈改玲：

信收到。从长计议，还是建议你们保住这个孩子。否则对身体也不利。可以休息一段时间再返校，我会为你请假。论文不会有多大妨碍的。在京期间，生活可以安排得好一些，我们也会照顾。这一点请小潘放心。王老师也是这个意见。

匆此祝好。

（返校时一定买卧铺）

温儒敏

1993年1月13日

王老师就是我们的师母，在北大经济系办公室工作。阿潘1991下半学期曾在北大中文系访学，和老师一家很熟。

当怀孕的强烈反应过后，我回到学校，自然成了师友们的重点保护对象了……邵和我换了铺位，她睡到上铺；在北大访学的菠——我大学同舍得知我怀孕了，特意给我送了个电炉；每天早晨我去附近买一条鲫鱼，师妹晓萍把它处理好并熬成鲫鱼汤，和我一起吃午饭；经济系的同学给我送了桂圆等。大学同学芬和石榴更是不断地把鸡、虾送来。有一次我重感冒了，校医院给了点板蓝根，为尽快痊愈，我想喝红糖水配葱发汗，学校商店没有红糖，就给温老师打电话，他马上骑车给我送了红糖来。还有一次例行体检，北大医院说羊水少，我很紧张，晓萍给老师打电话，他和师母赶紧到我宿舍来。他们告辞时，师母把老师推出门外，关上门问我，出血没有？我说没有，师母说那就放心了。

毕业论文本来就不好写，加之怀孕，多年后我才意识到这给老师和师母带来多大的压力！我按温老师要求很快写出初稿，那时我正对复调理论和对话关系感兴趣，就把翻译文学与创作的关系界定为“对话”关系，老师觉得这个可以作为全文逻辑起点，从这个角度，重新结构论文，落脚在热点现象中，把问题小说热、抒情小说热和乡土小说热各做一章来谈。起初，是我把稿子送到他家，有一次我到他家里拿修改稿，他一个字一个字地指给我看，对我嘟囔了一句“话都不会说了”，师母听到后赶紧打圆场。这是温老师说我最重的话，以往他对我写的东西不满意时，最多只说“没有写出你的水平”。后来，随着胎儿的发育，怕我行动不便，温老师改出一章就送到我宿舍，然后把另一章拿走，他改完后再送到我宿舍，再把我重新写的一章拿走，他就这样骑着车子跑到45号楼下，爬到三楼给我送论文、拿论文，我们整个楼道的人都被他感动了。

定稿时，老师说其实还可以再修改的。1993年6月3日答辩，我的论文成绩是优秀。之后，阿潘接我回家。9月27日，女儿出生。我们给老师发去报喜电报，很快就收到老师、师母和晓萍共同发来的贺电！

为纪念这段难忘的生活，我们给女儿取的名字里特地带了个"燕"字，燕即燕园。

（2019年8月13日定稿）

“人太舒服了，容易沉没”

1993年6月我硕士毕业后，回到洛外工作，温老师又以书信的方式关怀着我和我们全家。他对阿潘和我说：“你们都是有文化素养的有品格的人，要懂得‘自我欣赏’，始终有自己的活法。”收到女儿的照片，他和师母很高兴地把它放在窗台上。在书信中，老师也会谈他开课的情况、我师兄妹的情况，更多的是提醒我多读书、多写作以及如何讲课。他对我在学术研究和教学上的指导，对刚走出校门，面对各种生活压力、心性还不够坚定的年轻人也有指导意义。

我是怀着女儿写毕业论文的，他可能怕我沉浸在育儿之中放弃了学术，在1993年9月14日的信中，温老师说：“在身体适可情形下，坚持读些书，保持某种状态。以后大概还会要写作的。精神写作和职业（商业）写作都会有，前者难得。人太舒服了，容易沉没。”这时，离我的预产期不到半个月！那时军校工资比地方上高，住房也未商品化，在他看来，我的生活比较舒服，怕我会沉没在日常生活中。

我产假结束后，给他写信说要上课了。他在1994年1月14日的信中说：“开始上课了吧。每次内容少而精为好，不要指望把什么都端出去，那样，反而把最需要的淹没了。一定突出重点，讲少一些，慢一些，作品宜精不宜多。一堂课重点评析一两篇，讲透了，有感性即可，然后概括个轮廓；再者，给几条可以抓住的‘结论’，让同学去应付考试。总之，最好是从个别入手，引发一般，而不能倒过来，因为你们那里的学生可能跟北大不同。在照顾一般水平的基础上，也可提示些比较新的方法、结论等。”温老师一直强调上课光好听不行，要给学生“干货”，即学到东西。当年我们外校考入北大的现代文学研究生，被要求重听本科生的现代文学史。在北大中文系，并非谁都有资格讲授基础必修课的，年轻教师可以开选修课，基础必修课重视基本训练，要把经过时间沉淀的史实和观点告诉学生，但是如何处理文学史教学中的“稳”与“新”，他又有自己的思考，首先就是用新方法、新角度分析作品。研一刚入校，我和本科生一起听他讲授“现代文学史”，每两周一次，周二晚上在办公室辅导学生答疑，他给了我一把现代文学教研室的钥匙，我和矿新年、刘海军每晚来自习。讲课中，温老师每次解读作品都用不同的方法，可惜当年我对此领悟不够。在这封信里他开始督促我修改毕业论文，随后的信中也一直关注此事。

1994年温老师去韩国讲学一年。他在“年二十九夜”的信中说：“3月中或者往后一些，可能在韩国高丽大学讲学一年，现在很忙。丁晓萍正赶论文，春节也没回家。”这封信他主要谈我的论文修改，转来了某编辑的建议。大年二十九，他还在操心我的论文发表；他怕在出国后影响对研究生毕业论文的指导，让师妹晓萍寒假在校赶论文。晓萍毕业论文研究战国策派，同样基于史料发掘，她提交论文后，给我来了封信报喜，很骄傲地说老师没改一个字！老师和她合作的《时代之波——战国策派文化论著辑要》，1995年7月由中国广播电视出版社出版。

1996年3月温老师给我的信中，有这样的话：“不管学校如何变来变去，我主张你把研究、评论看得远点，那边的研究条件不好，也可以搞当代，写评论，先在河南有发言权。工作分两类：一是职业性的，如开课，甚至开与专业不沾边的课；二是自己喜欢有可能发展为有特长的，如评论。在评论方面能出成绩，代表一方，那也能体现你在学校的专业水平。我有一朋友在淮阴师专，一方面教课，一方面搞很专的研究，主要是神话研究，与师专沾不上边的，但在全国很响亮，反过来，淮阴也承认他是学有专长的，破例提了教授。孩子大了点，就可以做出计划来，那样会觉得充实些。”老师这么说，应该是我和他吐槽了，从北大回到洛外，觉得洛外的学术氛围不够浓。在一封写好而未发给他的信中，我谈到洛外情报整编硕士点批下来了，还有要招收外军学员学汉语了，我想考博，系里没同意……我还自我批评，说自己太懒散、心浮气躁等，洋洋洒洒四大页。这封信写于1996年1月13日，估计是写好后情绪也释放了，就另写了一封信寄给老师。老师回信中还告诉我丁晓萍、旷新年都结婚了以及他自己身体不好的消息。那年“五一”，好友李立来洛阳玩，我托她去北大看望温老师，得知他从韩国回来后皮肤瘙痒，患了湿疹。在同年5月23日的信中，他告诉我文章已发排(《中国比较文学》1996年第3期)，暑假有个比较文学会议可以参加；同时告诉我丁晓萍要调到上海，旷新年马上要博士论文答辩，论文做胡适的文学思想，将去市文联工作。他再次提醒我：“你应多动笔写点东西。”

1997年上半年，我回北大中文系访学一学期，这是我硕士毕业后第一次回北大，再次见到温老师及师友，直接受到他们的关爱……下半年老师调到北大出版社做总编。这时，有人约我参编“百年诗歌鉴赏系列丛书”，我承担了其中的一本《20世纪中国城市诗导读》的选读工作，我问他能否在北大社出版。他回信说做总编后，做了两件事，“一是砍选题，控制总量；二是提高品位，主出教材和学术性著作”。“而且，我也不十分赞成你参与编选此类书。有时间，不如多写几篇文章。抓住年轻时机，多写几篇文章，有专长，以后发展会好一些。别花太多精力去做编书一类事。”这封信写于1997年11月12日，字很大，老师正忙于迎接第二年校庆出书。但在信末的署名和时间下面，他又重重地添了一句话：“你的同学中搞本行的不多，你要珍惜自己的条件,拓宽一些,认真做几年。”

温老师曾对我们说过,硕士毕业十年后应该在自己研究的领域有发言权。他希望我静心研究,成为一个学有所长的人。他反复提醒我多写,不要找借口说环境差就停止研究,一直到现在也还是这样。2008年我做了行政工作后,学术成果不多,他和商金林老师一样,不断提醒和批评我,说我不写文章,作为一个学者,最终留下来的,还是学术成果。他拿自己为例,说无论是做北大社总编,还是中文系主任,每年都有大文章问世。2009年我承担了浙江省社科联重点基地“越文化研究中心”的重大课题子课题“陈梦家评传”的写作任务,他说尝试下可以,用一两年时间结束。2011年我的文章《第一次文代会对五四新文学传统的打造》(原刊《解放军艺术学院学报》2011年第1期),在人大复印资料《中国现代、当代文学研究》2011年第4期转发后,他说可以把博士论文中未展开的问题单独成篇来写……时移世易,这两年我向他抱怨行政工作占去太多精力时,他安慰我说这是有意义的,在一个单位把事情做好,是有成就感的。

温老师这是有感而发呀!1999—2008年,他担任北大中文系主任,提出“守正创新”这一总思路,反对盲目革新;他创办了北大语文教育研究所,介入中小学语文教育。2012年他从北大退休,被山东大学聘为一级教授,带博士生的同时仍给本科生上课的消息成为当地新闻。他重视教材编写,提倡经典阅读。2013年我主编了《大学人文经典阅读》教材,请他作序,他欣然答应,此文略做删改以“读经典是‘磨性子’,如同思想爬坡”为题,收入《温儒敏谈读书》一书,此书2019年由商务印书馆出版,被评为中国教育报2019年度教师喜爱的100本“TOP10”。最近十年,他作为部编本中小学语文教材总主编,承受的压力极大,中小学语文教材的任何一点儿变动,都会受到举国关注,成为舆论中心。2020年12月底,我到北京看望他,他说这是他做过的最难做的事。其他科目的总编,已有离世的。闻此,有种悲凉感,也更敬佩老师:无论遇到多少压力,有多少困难,他都坚持到底,全身心投入工作,或许,这也是他们这代知识分子共有的特点。

(2021年2月22日定稿)

在北大“挨骂”

2001年9月，硕士毕业八年后，我又考回中文系攻读现代文学博士学位，在北大又待了四年。我读硕士时，老师们似乎很少批评学生。读博时，却惊讶地看到了老师们凌厉的一面，他们对博士生批评之多、之严厉超出了我的想象。他们不仅在私下批评学生，还在集体场合批评学生；不仅批评自己的学生，还批评其他老师的学生。可以说，读博这四年是我和其他同学求学生涯中受到批评最多的阶段。

在倡导欣赏式教育的今天，这种以批评甚至“棒喝”对待学生的方式似乎有些“另类”，其效果却极为明显。正所谓“良药苦口利于病”，在一场接一场的批评中，博士生这一将要获得最高学位的群体，在为学与做人方面都有了较为切实的改变。北大中文系现代文学专业是国家重点专业，当年指导我们、批评我们的老师如今多已退休，我想记述读博期间印象较深的几次挨批经历，有助于大家了解北大现代文学博士生培养的特点，也为那段生活留下一点儿记忆。

一

2001年9月，我博士一年级的第一学期，陈平原老师给研究生新开了一门“北京文化研究”课。他说开这门课主要出于个人兴趣，作为广州人，北京是他的居住地，居住久了，就由习惯到品味到研究，但是，该如何进入研究，他并不太清楚，开课既是摸索，也是在找一条进入古老北京的路子。当时的城市研究中，有对古城比如苏州、开封进行研究的，也有研究现代城市上海的。但是，介于传统与现代之中的北京很独特，它与苏州、开封等古城不同，也与摩登上海不同，陈老师认为北京文化研究应与苏州、开封等古城研究有别，也与现代都市上海研究不同。

开设“北京文化研究”选修课，陈老师初步的设想是选取能体现文人生活方式又有文字记述的某种景观或场景，在历史记述与文人想象中展现老北京风貌。课程设计以学生讲述为主，中英文同时进行，每个学生要承担两方面的任务，一是翻译，一是个案研究。他指定一本研究城市文化的英文著作，要求每人口译一节，以此拓宽理论视野；个案研究上的名单，主要是明末清初作家，后来又延伸到现代文学部分。每次上课由两个人发言，一人口译，一人做个案研究报告，然后由陈老师评点。英文著作的名字好像是《文学中的城市》，每人复印了一本，其中谈到了波德莱尔，并不觉得难译，我们都读过本雅明的《发达资本主义时期的抒情诗人》，加之陈老师怕英语翻译占用大家太多时间，要求翻译能够意会即可。难的是个案研究，无法可依。在第一次讨论课中，可能考虑到我是老学生，学术经验会丰富一些，陈老师指定我来做中文报告，我又鼓动硕士师妹李霞一起做报告。

我选讲的作家是林纾，题目是“林纾与北京”。我硕士论文做的是五四翻译文学与小说创作，毕业论文发表在1996年第3期《中国比较文学》上；我还在洛外申请了一个校级课题“现代翻译小说研究”。读博后，在导师商金林老师家看到了全套原版林译小说，就萌发了研究林纾翻译小说的想法。以往我对林纾作品的阅读仅局限于其短篇小说《荆生》与《妖梦》，在阅读其中长篇小说和相关材料后，我列出了一个颇为完整的提纲，涉及林纾的散文、小说、绘画等诸多方面。在课堂上，我根据提纲做了发言，之后是李霞发言，她采取的也是这种宏阔的研究方法。陈老师听后很不高兴，我是博士生，他批评的矛头也就主要针对我。

他说："陈改玲你这样面面俱到，关于林纾散文方面的，王风会给你挑毛病，关于林纾绘画方面葛非会给你提出批评。(这两位都是他的博士生，王风刚毕业留校。)你提纲中可以做的就是'菜市口与陶然亭'，可以思考一下林纾或其他文人是怎么写菜市口与陶然亭的。"又说："你可能当老师时间长了，总想给出一个解释。"还说："是不是你硕士毕业后教了几年当代文学的课，轻易就下起结论来？"然后又谈起做文章之道来，他说："一个人能否写文章，从文章的开头几句就能看出来。诸位都是北大学生，比起其他学校的学生，容易发表文章，不管你们的文章写得怎么样，老师都会帮你们推荐发表。对此，你们自己要清醒。"之后，他又说今天可能对这两个学生批评得严重了点……

我当时就蒙了，整个课堂寂静无声。那是下午的课，地点在五院一楼现代文学教研室，我不知道自己是怎么走出五院，怎么去吃晚饭的，又是怎么回到宿舍的。直到第二天下午，我在26号楼下面的停车棚里怎么也找不到自行车，才猛然想起头天晚饭时把它忘在学一食堂前了。待我再赶到学一食堂门口时，自行车早就无影无踪了。

这次挨批对我改变很大。我读博士时37岁，做了三年副教授，女儿读小学二年级，年龄、资历和家庭压力，逼迫我必须学好，否则，面子上过不去，也对不起家人。入学后，我几乎把所有的精力和时间都用在学习上，心弦绷得紧紧的。陈老师的批评使我极度痛苦，我认真反思自己的问题，还找邵燕君、魏泉等上届博士生帮我分析。为了安慰我，邵请我吃饭，说她的同屋一旦被导师批评，也是她来抚慰。看了我的提纲，她也说框架太大了。除了魏泉和邵燕君，我又就这个问题请教已毕业的博士师兄旷新年。那几天,我就像祥林嫂一样,诉说着自己的感受。渐渐地,我有了变化,我能够松弛下来了,周末该看电影就看电影,该听音乐会就听音乐会,有聚会就参加聚会——我恢复了平常心,不再急于求成,能够按部就班地学习了。

二

博二第一学期,我们开题答辩。除了要交开题报告外,还要交论文中的一节。我把毕业论文的题目定为“现代文学在五十年代”,题目仍然很宏大,包括现代作品出版和文学史研究,以及电影改编三个部分,提交的论文是《五十年代对已故革命作家作品的修改》。开题答辩的程序是学生自我陈述后,老师们提看法,谈评价。在我陈述之后,孙玉石老师说:“以前听说你要做的是50年代现代作品的修改,拿到开题报告后觉得很不一样。”我说我原来是想做现代作品修改的,在收集资料时又扩展到现代作品在50年代的传播等方面,就暂且改为现在这个样子了。我还颇为自得地说我给老师们提交的论文很不成熟,我想暴露得越多,从老师那儿得到的建议就越多。

听了我的话后,孙老师不再说什么了。坐在孙老师身边的方锡德老师却劈头来了一句:“不说了,说了也不听!”气氛陡然紧张,大家都有点吃惊。方老师稍微停顿了一下,又说暑假里我曾经到他家征求过他的意见,却没有按他的建议去做。继而,针对我的论文题目,他开始质疑:“现代文学在50年代?在50年代的什么?是传播,还是接受?这里的现代文学指的是什么?是作品?还是作家?总之,对象不明确,问题不清晰。”可能怕我对这样的批评承受不了,我的硕导温儒敏老师打圆场道:“陈改玲家出了大事,她姐姐出了车祸。”听了他的话,主持人陈平原老师感叹了一句:“我们的学生不是自己有事,就是家里有事。”“自己有事”指的是陈均,他是孙玉石老师的关门弟子，开题答辩前还在校医院输液，人很虚弱，从校医院到中文系所在地五院也就几百米的距离，他都走不动，还是被人用自行车驮过来的。

开题后，方老师给商老师打电话，解释他批评我的原因。他说，孙老师快要退休了，他第一个发言应该让他多说话，可他还没说几句就被我打断了。又说，我暑假期间曾陪同几个博士毕业生到他家里话别，询问过他对我论文选题的看法，当时，对于他的建议我也曾反驳过，以至于其他同学都看不下去了。孙老师和方老师都是我敬重的老师，读硕士时，我就选修过他们的课。那时候硕士生较少，我们那届现代文学硕士只有三人，我、杨颖和杨志勇，杨颖的导师是孙庆生教授，杨志勇的导师是唐沅教授。当时，孙玉石老师是系主任，他给研究生开了一门“中国现代诗研究”课。这门课开了几届了，后来由他和学生作业构成的《中国现代诗导读(1917—1938)》出版了，他还送给我们研究生每人一本留作纪念。方老师当时在主编《中国二十世纪文学研究论著提要》一书，他曾几次到研究生宿舍找我们撰写提要，我和同学也曾到他家闲聊过。读博期间，我仍然喜欢和老师们交流，喜欢辩解，但是心态极为焦灼和浮躁，渴望自我证明，渴望得到肯定，但又缺乏老师们反复强调的那种“板凳甘坐十年冷”的精神。

我读博士期间，学术界召开了一系列有关“史料与现代文学”的会议，倡导“史料的新发现，文学史的重审视”，我周围的研究生大多做报刊研究，全部从史料做起。我本来要做20世纪50年代现代文学作品修改的，后来听说武汉大学有位博士金宏宇做了当代长篇小说的修改，就想改做选集修改。在摸材料的过程中，发现20世纪50年代不仅出版了新中国第一套现代文学选集“新文学选集”，人民文学出版社也出版了一些选集。按照商老师的要求，在查找史料的同时，我试着对校了一些选集，发现已故革命作家的选集在出版时，也有很多修改。我把论文进展情况告诉方老师后，他说就专门研究“新文学选集”吧。那时，我仍然没有领悟论文要小题大做的道理，觉得仅研究一套丛书似乎选题有点小，但要研究两套丛书，尤其是人民文学出版社出版的现代文学选集，学术界知之甚少，全要靠自己去摸索梳理史料，我的畏惧心理相当大。于是，暑期在方老师家，一听他建议我只研究“新文学选集”这一套丛书，立马就说：“这两套丛书中都有已故革命作家的选集，把它们进行对比分析，会涉及不同年代的历史背景，我就做50年代已故革命作家选集的修改吧。”语气颇为急切，像是反驳一样，难怪方老师和同去拜访他的其他同学都要诧异了。

三

新世纪初，我读博士时，温儒敏老师任北大中文系主任。他在与台湾记者的访谈里说，北大中文系师生感情很好，老师们往往把研究生当作自己孩子一样管教。的确如此，老师们打量一个学生，不仅要看他的学问做得怎么样，还要看他的为人处世、言谈举止。如果哪个老师的学生出了问题，其他老师在公开批评这个学生后，还会在私下请导师好好管教或者安慰这个学生。其实，即便是没有其他老师的提醒，导师也会针对你在公开场合的行为敲打你的。

读博士期间，批评我最多的还是商金林老师。商老师以温和著称，但批起弟子来不仅用语尖锐，还时常把行事与作文相联系，他欣赏你的某种做法时会说“你写文章时若也这么聪明就好了”，对你的某种做法有看法时，他又会说“难怪你文章写得疙疙瘩瘩”。这样的敲打实在太多，很快，我就习以为常了。那时候，我不仅自己挨批，还陪师弟师妹们挨批，师弟师妹们去和他谈论文都爱拉上我，当商老师把他们批得痛哭流涕时我负责安慰，并帮他们消化老师的建议，同时我也站在师弟师妹的立场与老师争辩，为他们辩护。尽管挨批较多，也习惯了他的批评，可我还是害怕被其他老师批评后，他那跟踪追击式的深入批评,那感觉真的很糟糕。

在此,仅举资格考试为例。资格考试一般是在博士一年级的下学期进行,老师们主要围绕必读书目提问。只有通过资格考试了,博士生才能考虑论文选题。必读书目涵盖了古代文学、比较文学、哲学、史学等学科的二十来本经典著作,新生一入校,老师就把书目发给我们,让我们自修。我们那一届现代文学博士生共六人,除我之外,还有蔡可、胡慧翼(师从温儒敏老师)、杨早、凌云岚(师从陈平原老师)、陈均(师从孙玉石老师),我们六人按抓阄顺序依次进去面试。我已记不清楚自己是第几个进去的,也记不清楚都抽到什么题目了,只记得是在回答一道可能是孙玉石老师出的题目时,我看了一眼题目就说起来,说了一会儿,就听孙老师说我连题目都没看清楚就开始回答了,接着他问我鲁迅写的一篇关于酒与药的文章名字叫什么,我竟回答不出完整的名字来。

资格考试结束后,我送商老师回他尉秀园的家,他边走边对我批评,主要批我的言行方式。总结有二:其一是我不该喝水。那天资格考试时,担任记录的秘书是比我低一级的博士生杨天舒,她可能看我年龄较大,在给老师们倒水时给我也倒了一杯,我在答题的间隙喝了水。商老师说就那几分钟的回答,你至于要喝水吗?当时我有点诧异,以后渐渐明白了,在答辩场合,喝水似乎是老师们的特权,作为考试对象的学生除了紧张招架以外,哪有工夫喝水!或许喝水本身倒也不是坏了师生之间应有的规矩,而是传递出对考试不在乎、不重视的信息。其二又是我"滔滔不绝"的说话方式。对于我这样的说话方式,商老师已经批评过多次。他说平常你说话就快,还爱抢话,不等别人把话说完就说。你要知道,你现在打交道的都是高级知识分子,是学者,他们往往话中有话,你却自作聪明,总以为别人一开口你就明白他们的意思,不等别人说完你就接腔。他没用"没教养"这个词语,意思却很清楚了。其实,当时听到孙老师问我鲁迅撰写的与药和酒相关的文章题目，我就意识到他可能是借此提问来批评我基本功不扎实。之后，又经商老师这种“痛打落水狗”似的跟踪追击，想到自己在老师和其他同学心目中可能就是一个“夸夸其谈”、目无师长的形象，顿感无地自容。那时，我有一个强烈的想法，那就是“以后我再也没脸见这些老师了”。

也许是“知耻近乎勇”吧，几次公开场合的挨批之后，加之商老师持续不断的敲打，我的言行方式和论文写作都有了大的改变。在预答辩和毕业论文答辩中，我的论文都得到了老师们的肯定。预答辩时方锡德老师说我的论文比起开题答辩有了质的飞跃，毕业论文答辩时孙玉石老师做答辩主席，他说：“陈改玲身上最令人感动的就是竭力要把论文写好的那股精神。”

2006年7月，博士毕业一年后，我的论文书稿在人民文学出版社出版，在后记中我有如下一段文字：

> 北大中文系现代文学专业的开题、预答辩、匿名评审和答辩之“严”是出了名的。校内同专业的研究生不仅都会到场受教育，周边院校的研究生有时也到场聆听。“会诊”时，老师们既寻“病源”又开“药方”，根据你的论文程度，不断提出新的要求，有时为了把学生从某个观念中“扭”过来，他们会“当头棒喝”，让你惊醒。

读博期间，博士生常常把挨批称作“挨骂”，其实，与“挨骂”相比，“鞭策”这个词语可能更为形象。当时被老师批评、否定，甚至是全盘否定时，非常痛苦，也委屈过，但是，再次进入写作时，我们都会尽力消化老师们的建议。渐渐地，我们把老师的要求内化为自己的标准，开始用老师的眼光来看待问题。慢慢地，我们告别了浮躁和空论，开始以“论从史出”“小题大做”来自我要求，养成了反复修改论文、自我否定的习惯，并日渐显示出与老师们相似的某种风格来——就像一棵被老师们剪去了多余枝杈，只得集中力量向主干上发展的树！也许在学术森林里，我们还都是一些小树，但是，我们也在以自己的方式认真而努力地成长着。为此，我们要感谢那些为了学术的薪火相传，不惜扮演“恶魔”角色来“修剪”我们的老师！

（写于2012年6月5日）

把尖刺化作生命的滋养

赵婕在新书《女人的女朋友》的"师姐，师妹"篇中，把我和晓萍归入"真诚与优美"类，谢谢！她说，我们很早就见过面。我追忆应该是1997年春季。那时女儿快4岁了，我想把自己从母亲"无我"的状态中拉出来，就回北大访学一个学期。彼时，温儒敏老师还住在镜春园82号。一次我和老师一起去五院，在未名湖畔碰到了一位蛮轻灵的女孩，老师简单介绍了她，说她爱好写作，这应该就是赵婕吧。

第二次见到赵婕是在21世纪初，我已在北大读博。大概是在2002年冬天的某个晚上，我和温老师、师母在蓝旗营对面吃饭，恰遇赵婕在邻桌和人用餐。她过来打招呼，说很久没见老师和师母了，正和人策划图书。我惊讶其样貌变化之大，老师说她生孩子了。饭后，我们一起到老师家里聊天。温老师很开心地说从他家客厅里往西望，可以看到赵婕家的大致位置。从老师家告辞，我俩一起往北大东门走，在某个路口，她说陪师姐再走一段吧，就把我送到了北大东门口。赵婕对人的体贴，也由此可见。

我是从同届博士蔡可那里知道她是《女友》杂志的顶梁柱的。再后来，就开始追看她的博客了，其中有一篇题名为"你没失去的就是你拥有的"文章震惊了我。儿子出生后被误诊为失聪，她想象着如何在门口叫孩子，孩子也不能回应的场景；要花天文数字般的钱来给儿子做康复，很令人揪心。但有一天被告知儿子一切正常，那种从绝望窒息中突围出来的畅快，使她发出了“你没失去的就是你拥有的”慨叹。读博时，我比应届博士生大十来岁，以为该学有所成，便对自己学术极端不满，常生一无所有之感。这种最想要的没有拥有就认为自己一无所有的感觉，似乎追求完美，实乃一叶障目的偏执。赵婕的文章对我触动很大，它让我珍惜日常，重新思考得与失的关系。

第三次见到赵婕，是2005年，我们几位年龄比较大的同学去老师家给师母过生日。当我想进厨房给师母打下手时，才得知以往他们聚餐都是赵婕帮师母的。那次小聚，师母给我们表演了服装秀，姜涛用天津话朗诵了一首诗。我们从老师家出来没走几步，有女生点燃香烟，边走边自嘲：老师永远也不了解其学生。姜涛等男生也续上了香烟。微醺中几人边走边聊。我对赵婕说喜欢她写的文章时，正好路过她任职的北大出版社，她说办公室还有一套“纯棉系列”，但是我们迷恋同行瞎侃的氛围没有停留，而是继续向前走去。

赵婕的“纯棉系列”三卷本出版后引起了读书界的关注，也因此招来了是非。有人写了篇网文，把凡是称赞她文章的老师基本上“黑”了一遍，肆意诋毁师生间美好之存在。那时真担心她呀，不知她能否从网暴伤害中走出来。后来我在其博客中看到她谈朋友间的信任，说接受朋友的缺点，就像无奈地接受自身残疾一样，我想赵婕是在自我修复并重生了。

第四次与其见面是北大中文系一百周年系庆上，我们在温老师蓝旗营的家里相见，并拍了一张合影。

第五次与其见面是在2012年的正月十六，温老师67岁生日之时。老师要从北大退休了，我们瞒着他悄悄筹备生日仪式。当日上午有两位同学以接老师和师母出来喝茶的名义，把他们带到了茶聚的地方，看到我们一屋子的人，老师惊讶极了。那次聚会人最多，学生们从全国各地赶来，国外的学生发来了视频，还有下一代到场献花。我和赵婕都在筹备组里，正月十五看到我到北大的信息后，她发来短信，说要陪我在北大转转。我谢绝了她的好意，我已经答应蔡可去他家过灯节，就不打扰她和家人的团聚啦。

再次和赵婕联系，是在2015年12月4日，我回北大参加中文系校友理事会。我给温老师打电话，他说在外地出差，后来，又短信告诉我王老师想见我，欢迎我带同学去家里聊天。于是我给王丽丽、李宪瑜和赵婕发短信约定5日晚去老师家，赵婕回复说第二天晚上有事。估计是她同时接了其他人的短信，把别人当作我啦。也是在这个晚上，我们萌发了给老师过70岁生日的念头。遗憾的是，2016年2月27日，我因忙开学之事没能参加他们在长城下的聚会，只是录了个祝寿视频。

是在筹备老师70岁生日聚会中，我和赵婕成了微信好友，又被她拉入一个姐妹群里分享女性成长的话题。总之，她公众号中的文章，我在断断续续地读着。我个人的阅读兴趣偏重于朴实与深刻的文字。《女人的女朋友》有其一贯的细腻、深情与美好，尤其是她对个体生命的寻根深入童年和故乡，不遮蔽更不美饰，具有原生的粗粝和历史厚度，这种笔调合我的胃口；她对童年心结的梳理、分析和疗伤，很能打动人。乡村女孩，家中长女，作为妈妈的帮手，终日劳作，苦役一般；在校读书，又因“木秀于林”而遭孤立。她不抱怨，不以恶抗恶，反而感谢周边帮助；在大城市扎根，又能把乡村的淳朴关怀融进都市的互惠互利中。在其生命中，她似乎接纳一切，感恩并放大良善人之行为；把过往苦难，那些尖利之刺化为滋养，使自己成长并以美好的姿态绽放。

玫瑰花开，刺也在。对生命，赵婕是达观的。

（写于2019年9月23日）

疫情冷雨记北大

2020年3月，春雨湿冷，阴雨接二连三。渴望太阳，渴望阳光，渴望色彩！在如此心绪中迎来了北大中文系第一百一十个生日(1910年3月31日，京师大学堂国文门诞生)。大清早我就在朋友圈里看到各种祝贺。也巧了，当日下午要在线上给大一学生讲现代文学史，回溯新文化运动中"一刊一校"之作用、民主与科学、德先生与赛先生、校长蔡元培"思想自由，兼容并包"之办学理念至今都令人追慕。新文化运动的思想启蒙在20世纪80年代得到了强烈回应，在这个年代，我接受大学教育，受到精神上的洗礼。徐志摩说他的眼睛是康河给开的，20世纪80年代的大学教育也打开了我们那代人的心和眼。但是3月底我读到了一篇由方方日记引发的文章，作者把中西之争置换为新旧之争，嘲笑"重返80年代"这一精神现象。哎呀，我们"60后"也成了旧的一代，也成了要被颠覆超越的一代啦！的确，一代有一代之精神视野，"五四"之后一些先驱者不也有过自嘲：今人视之已如三代以上了！鲁迅曾说："北大是常为新的。"北大中文系110岁生日之际，我祝愿她"常新"。

新冠肺炎疫情中各种观点之冲突我不愿置喙，只谈北大。北大从来都有着丰富的面相，也一直都有其精神魅力，多元并存、相互制衡而不执于一极是其特点。在那里读书时，评价同一对象，不同老师有不同解释，见多才能识广，学生对多种观点进行比较，自然会做出各自的判断。

张爱玲说其母亲有留学癖。反观自身，本人应该是有“上学癖”，工作三五年就想出去学习充电。自1987年参加工作后，二十年间我曾三进北大中文系学习，累计时长七年半。2007年南下杭州后就再也无此机会了，对此，我心有不甘。终于在2013年三四月份，我有了一次北上学习的机会，尽管是封闭式干部培训，尽管不在北大，毕竟是再做学生，也还是珍惜的。

也是这次在京学习，我见到小梁——马来西亚的师妹梁靖芬。她作为记者，代表《星洲日报》来京参加某一活动。一个春日的晚上，我们相约在万圣书园，相聚的还有赵赵、牟利锋和胡南敏，那时商金林老师正在日本教书。这是2005年毕业后我第一次看到小梁，她送书给我，在扉页上写下“书里有我们的故事”。是夜，我和她同眠一床，听她讲别后的故事，很长很长；她还谈到今后的打算，想辞去《星洲日报》的工作，到各地走走看看。此后阅其《梦寐以北》，从序中得知这是第二版，她刻意要以繁体字排版，为的是那种味道和感觉。她的书中有相当篇什记述其北大生活，“学姐”多处散在，还被单写一篇《止于无法尽说的话》，写于2004年10月20日。从序中得知，她在北大读研期间仍在写稿。

前些天，我的一位留学生研究生去了马来西亚，这使我想起小梁来。大概是在2015年10月18日，小梁来上海出差，特意到杭州看我。我俩在西湖边漫步喝茶，也饮酒聊天，聊了很多很多，社会、政治、写作和家庭等。自2013年在北京匆匆会面后，她本想辞职周游世界的，所幸报社给她放了长假，她自由了九个月，在豪华游轮上做翻译，带老年团到地中海等地旅游。现在做《星洲日报》副主任，她很骄傲地说郁达夫当年就是《星洲日报》的副刊主编。当年去北大读中文系研究生，她填的研究计划就是研究郁达夫；还说世界上的第一份中文报纸诞生在马六甲。

前两天，我找到她的书重新读了一遍，惊讶于她的写作才华，尤其是那联想式的小说笔法。最喜欢其自传体长文《刀偏散记之——茶母》，一个有着侠客梦的都市女孩的成长史，电视中的无畏茶母与现实中的胆怯女孩，双线对照，令人莞尔。

“千古文人侠客梦”，这是陈平原老师一本书的书名，是20世纪90年代他开“类型小说研究课”的结晶。这课小梁未记，她晚来了十年。她笔下还记了众多老师的课及其体会，这仍是小说笔法，联想丰富且生动。原来还可以这样写！这对时常记旧的我是一种启发。

小梁比我晚一年，即2002年做了商老师的学生，她读硕士，我读博士。和她同年读硕的还有牟利锋与孟娜，孟娜是伊朗留学生。伊朗曾有规定，已婚女性才能到国外留学，孟娜是第一个未婚女留学生。我在北大读博四年，第四年是延期，2004年遭遇“非典”，博士生顺利毕业，似乎为了重新把控毕业质量，陈平原老师要求我们2001级现代文学博士全部延期一年毕业。我是商老师的开门博士，时年，他门下只有李霞一名硕士，他1999年从日本讲学回来，2000年没招到合适的博士。2001年和我一起入学的还有读硕士的赵丽华。那几年，商老师门下会集的学生较多。当时，我们形成了两周一次、周末下午在商老师家小聚的习惯。小聚是讨论学术，聚前，老师先准备好茶点和水果，我们边吃边聊。晚上师生一起晚饭，在商老师家，或在北大东门各种小吃店。

商老师带着李霞和我，一集集地阅读《沈从文文集》，品评每集特点，在阅读中我们发现了《渔》中兄弟俩的形象与《边城》中二老的内在联系。当时，现代文学教研室给全校学生开了一门通识课“现当代作品欣赏”，每个教师讲一次，俗称“抬课”，让学生在有限的时间里感受到不同老师的风貌，开拓其眼界。这门课的授课教师后来扩展到当代文学教研室，几轮下来，教师们的讲义出了书，申请到了“国家级通识精品课”，在这门课上商老师讲授的就是沈从文的《渔》。

商老师招的研究生多了，小聚时我们讨论最多的是选题、开题。在公开开题之前，每个人先向大家汇报。我作为博士开门弟子，自然受到特别重视。商老师有收藏旧版本的癖好，当我确定了选题之后，他的收购范围开始扩展到20世纪50年代的书籍，不仅搜寻“新文学选集”原版本，还寻找与20世纪50年代相关的研究资料和回忆录。他不仅带我去拜访人民出版社的编辑林乐奇先生和张小鼎先生，还请朱正先生来聊天。朱正先生的《从百家争鸣到一家之言》是我论文写作的必读书。朱正先生与商老师一样，都是写胜于说之人，其文章和专著远胜过其讲课。他自己爆料说，在广西某学校做讲座时，学生纷纷离席。他这次讲完后，连商老师都说朱先生确实不太会“讲课”，或许朱先生更适合与读者互动，读者与其交流阅读感受，提出疑问。只是研究生基本上都是专业阅读，每个人根据课程要求和研究，阅读与自己相关的书。当时正苦于收集原始材料的我，问他书中的材料来自哪里。他说全部都是公开发表的。这再次佐证了商老师对我的要求，我把20世纪50年代的旧报刊全部看过一遍。其实这种经历，我以前也有过，撰写硕士论文时，我就天天上班一样地到红楼旁边的“老馆”看材料，翻阅了老馆收藏的第一个十年出版的所有刊物。

对于这段泡图书馆和在老师家讨论的读博过程，我在博士论文出版的后记中有记载，其中也谈到了小梁：

> 商老师做学问崇尚钱嘉学派，反对空蹈，尤其容不得我有任何“大胆想象”和所谓的理论“创新”之举。他不仅迫使我泡图书馆，还指点我如何整理收集到的材料；不仅对论文观点严格把关，还帮我打磨文字。当然也有宽松的一面，在论文写作过程中，商老师给了我最大的“自由”和照顾。我一旦遇到难题，或者有了新的想法，可以随时给他打电话，

或者上门讨论。我们曾经无数次地讨论、争论，或者面对面，或者在电话中，有时是师徒两人，有时有师弟师妹在场。每逢被“彻底否定”之时，我往往忘了师生之别，而情绪激烈地大声争辩。有一次当着师妹——马来西亚的才女小梁的面我又大声地与老师辩论起来，把师妹着实吓了一跳。当我俩从老师家出来吃饭时，师妹委婉地说：“不知道老师有没有心脏病。”

因我延期毕业一年，得以和小梁同年毕业离开北大。她毕业论文是研究《圣经》对沈从文小说叙事的影响。在她返回马来西亚之前，商老师带着她和我一起去拜访了沈从文先生的儿子沈虎雏一家。对此，小梁有记载，2021年2月7日她发在我们同门的“商量微吧”中的文字如下：

不久前沈从文次子沈虎雏过世，想起毕业前曾见过一面，却因事隔多年而没有什么印象了。下午整理旧日记，赫然发现当时记了几则小事。

2005年7月10日，论文导师商金林带着我与学姐陈改玲，到北京首都师范大学附近的沈家拜访沈虎雏。当时我的硕论题目是“《圣经》对沈从文叙事方式的影响”（其实何止沈从文，初入中国的白话和合本《圣经》对中国现代文学作家的影响是很大的），刚过了答辩，老师就带着我们去见面。日记如下——

沈（虎雏）先生与张（芝佩）先生很随和，有几点可记：

1. 商老师一进门就抢坐一矮凳，说是凉快。

2. 沈虎雏说（研究沈从文的美汉学家）金介甫书有错：80年代某人送沈从文一本《圣经》，沈因为是新书，便放在床头,金却以西方人的眼光来看,以为沈老年仍天天读《圣经》。

3. 沈从文常向孩子们强调叙事的重要,要求孩子们写长信叙述事情,借此锻炼文笔。虎雏先生说我论文路子对了,说《圣经》对沈从文的影响主要是文学而非宗教思想。

4. 沈虎雏与张芝佩称沈从文作“老爸爸”,让我们看沈从文老年的照片。沈老年的样子特别圆润、豁达,笑容可掬。有一张他生前最后的照片,是侧面走路的,看起来有点累,说是当天下午没有休息,与外国友人谈天,谈到一半脸色大变。张兆和见沈神色不对,便有点慌,沈不久后逝世。沈红(沈从文的孙女)到沈虎雏家通知他人。沈虎雏与张老师现在说起来仍有点不胜唏嘘。(沈从文于1988年5月10日过世。)

5. 沈红长得像爷爷。沈虎雏有眼袋。我们三人都不太会答话,有点冷场。幸亏有张芝佩老师在,或许因为是老师,所以比较健谈,一张一张照片地翻开,并告诉我们许多故事。但当我们向沈先生提问题时,他会马上欠身倾听,用身体表达他的慎重。这点特别令人感动。把论文交上时,他连第一页的“作者声明”都看了,说“好”,他不是搞学术的,不懂得怎么说话,但一看那路子对了,是他老爸爸强调的“文学上的影响”,便猛说好。后赠我三本书,真好。

我认识沈虎雏和张芝佩老师是在2002年秋季,沈从文先生的故乡凤凰举办“沈从文100周年诞辰国际研讨会”,我和商老师一起参会。商老师写的文章是《叶圣陶编辑下的沈从文》,他发了言,我写的文章是《〈边城〉研究三题》,我和他的文章都收入了《从文学刊》第一辑(中国文史出版社,2004年12月)。这次会议后,我们和张芝佩老师乘同一辆火车回到北京。后来，商老师为研究生开了“沈从文研究”选修课，我和小梁等师弟师妹一起去听课，课后老师和我们一起在学校食堂吃午饭。再后来，我毕业回到洛外，又转业到浙江理工大学后，也为本科生开设了“沈从文研究”选修课，课程安排参照商老师的课有所调整，更注重作品研读。再后来，我又把沈从文的研究作为一个单元融合在“中国现当代作家研究”选修课中。

（写于2021年2月10日）

五、杭州：钱塘观潮

光脚走西湖

移居杭州一个多月,我已三次到西湖边会朋友。外地朋友来杭州,无论开会、办事还是旅游,总爱住在西湖边上。我陪他们在西湖边喝茶、吃饭,大家聊得开心。

中秋节晚上,我和阿潘来西湖边漫步。我给朋友们发短信:"西湖边上,游人如织,乐声阵阵,桂香沁人心肺,湖中船影点点。我们在人影稀少之处,抬头望月,听悠扬笛声,身心空明澄澈。"

国庆长假,阿潘回乡探望婆婆,我和女儿待在杭州。长假最后一天,他从家乡归来,邀我去西湖边转转,说台风光顾,许多游客已离杭,今日西湖比较清静。我欣然应诺,非为雨中漫游之雅兴,一家三口蜗居市中心三十多平方米的房子里,着实有点儿压抑。女儿上午考试完了,一直待在网上放松,听到爸爸邀妈妈出去玩,就一直怂恿着我们快去,说要独自享有空间。

我们住在庆春路上的青春坊,公交车两站到小车桥站后步行两分钟就到西湖了。放眼望去,天色暗淡,湖水昏黄,游人寥寥。我们依惯例往白堤走去,雨水越来越大,眼前一片茫茫,我的鞋子打湿了,灵光乍现,我对阿潘说:"真想光着脚走路!"

"那你光着脚呗!"阿潘递给我一个塑料袋,让我把鞋子装起来。

脚掌与水泥地面紧贴着,湿湿的,凉凉的,很舒爽。兴之所至,我快速向旁边的石块上走去。这些石块与公园里用鹅卵石埔成的石子路相比,没那么硌脚,脚微痒,我俨然回到了儿童时代。

我的故乡河南比较稀罕水,夏季雨天就是孩子们的节日。在普遍贫穷的年代里,好多小伙伴没有雨鞋。每逢下雨,我们把裤管挽得高高的,脚踩在一个个小水坑里,溅起串串水珠;当雨水积成一大摊,就用手撩起串串水珠,大声叫着伙伴:“××,给你珠子,快接着!”当水流成河时,就像周作人在《苦雨》中所说的那样,“便成群结队地去‘蹚河’”。“蹚河”的最后节目,必然是打水仗,其结果必然是浑身上下弄得湿透。有时玩得过火,几个人合伙“欺负”一个人,拎着其胳膊、腿,把他扔出去,哗地溅出水花,拎者开怀大笑;被拎者若心眼小一点,就会哭声滔滔,这自然会引来大人们的呵斥与责骂。但是,下一次下雨,同样的游戏,仍会继续。有一次,由于“蹚河”,我的脚里扎了根刺,爸妈在昏暗的煤油灯下为我挑刺,爸爸担心我怕疼,就一个劲儿地夸我勇敢,本来要哭的我竟不好意思哭了。

刚来杭州时,杭州的雨天极大地困扰过我。2007年9月开学第一天,我去参加新单位的开学报到。学校在下沙大学城,报到的前两天,阿潘带着我熟悉道路,先步行到武林广场,穿过一个高架桥,到去下沙的B1公交站。他带我走了两次,怕我记不住,第二次还有意让我走在前面,他在后边提醒。但是,那天报到,天下着雨,雨丝被风吹着,不再以垂直的方向落地,而以劲风斜雨的方式把我的牛仔裤全部打湿了,雨水中一切都变了样,本来就不记路的我完全迷失了方向。我不知道武林广场在哪里,既找不着高架桥,更不知道B1公交站在哪里,又怕耽误了学院开会报到的时间,我惶惶恐恐地问着人,想着曾经的安逸生活,不由得泪流满面。那天下班回家,给女儿讲迷路的感觉,声音哽咽,反而是女儿安慰我。

当初是阿潘和女儿选择了杭州,我总觉得自己是为他们做出了牺牲,一旦遇到不适,就特别委屈。杭州的大太阳与雨天一样都让我痛苦过。一次从西湖往家走，本来是我提议锻炼身体的，又怕被晒黑，提出要打车，阿潘为我拦了辆出租车，他仍然步行回家……但在这天的雨行中，他和我一样光着脚，率真地走在雨水中，趁雨水稍小时用手机给我拍照。即便在雨水中，他仍然不能忘了他的主题——来杭州的正确性，他说实地领略台风下西湖的感觉绝不是看影像资料能够替代的。阿潘知道我喜欢制造浪漫，也有英雄主义的情结。

就这样，我们走在台风带来的雨水中，雨水时大时小，我的裙裾早就被打湿。风从后边吹来，把雨伞吹得前倾着，我的肩膀也湿了。兴高采烈的我竟不觉得冷，雨趣盎然地从断桥一边朝前走，走过白堤，走过平湖秋月，一直走到浙江博物馆。

（写于2007年国庆节后）

女儿的选择还很多

2007年暑假我们全家南迁杭州后,女儿入启正中学读初三,班主任是科学老师。浙江省初一就学科学,包含化学,河南初三才学化学。课程差别较大,有朋友建议女儿留一级,她不愿意。自己的选择自己承担吧,来杭前,她开始自学化学。在启正中学,她也很努力,曾考过班级第一名,进入年级前十。班主任说她学科学有悟性,即将退休的英语老师说,在其教师生涯中,女儿是最会自学的孩子。杭二中、学军中学和杭州高级中学,前三所第一志愿未录取者要扣十五分,中考前,女儿报了杭二中,录取时差三分。还好,她被排名第四的十四中接住了。

一

女儿一进高中,我们全家就在思考她是学文还是学理。2008年11月,高一期中考,女儿考了年级第二,第一名为借读生。家长会后,我找到教物理的级长老师,问她女儿有无学好物理的前景。我和阿潘都为文科生,对理科无法把握。级长谨慎地说才教了她半学期,还不能判断。第一学期期末考试,女儿考了年级第八名,她说化学改错了。第二学期期中考试,考了第二十名,当时她正生病,家长会后我去找了老师,班主任和物理老师都说她有些骄傲,回家后女儿被我骂哭了。我们请教好友的丈夫——北大一位化学教授,他说学理科得做好吃苦的准备。比如化学,三十岁之前得出成果,否则就晚了,在他看来学文科是要轻松一些。

2009年6月底,女儿拿回一张分科表格让我们填。她说想学文,我问为什么。她说学文科不用太花工夫就能考得不错。是我们暗示了她,还是她怕吃苦?我说王帆哥哥就是学理科的,去年考到北大生命科学学院了。女儿说他是男生,你们宿舍其他人的女儿都是学文科的吧?她学文科进北大把握大一些。这时阿潘回来了,他看了一下女儿手相,断然道:“适合学文科!女儿学文就这么定了。”我有种强烈的失落感,女儿和我们一样,缺乏新意呀!

第二天下午,我收到女儿班主任短信:您女儿报文科,您知道吗?我打电话过去,老师说女儿的文理科都很好,气质上更适合学理,接受理科训练,将来学管理、读MBA都有好处;她这几次成绩下滑了点,理科成绩仍是拔尖的;她有畏难情绪很正常,还未完全掌握方法,应该考虑长远点儿。在下班回家的校车上,我向一位理科老师咨询,她建议女儿学理科,说文科好在理科中更能凸显出来。还说像你到这个层次了,另当别论;以前学文科的总会说你们学理科的好聪明。当天阿潘咨询了他们集团的高中部校长,校长也建议学理科,理科训练思维,大学学管理不会太难,去国外留学可选专业也多。

高一第二学期期末成绩出来了,女儿考了年级第十八名,化学七十七分,拖了后腿。级长和她谈话,说早就听说她要学文科了,想让她有一个思考的过程。老师问,你要考名校吧,文科也会学得很好,要在文科班起到带头作用;又说她肯定是冲着自主招生的,知识面要广,要多看新闻;把一本书多看几次,每次感觉都会不一样。教物理的老师竟从文科的角度告诉她如何学好,女儿说她很感动。

但是,这天晚饭时得知女儿化学考得不好,阿潘批评她努力不够。女儿爆发了,问他为何不看其物理考得那么好,以后化学不学了还管它做什么?我低头看报纸未吭声,女儿转而质问我"为什么不说话",生气地跑回自己房间。我站在门外说爸爸也是为你好,当初你要学理科,我们不了解理科,心里没底;你要学文科,又怕是我们误导了你。二十多年前,文理科差异没这么大,文科会从政,地位较高。现在许多领导人都出身理工科;理科的项目经费高,文科相对边缘;不知道等你走上工作岗位时,文科的状况是否有所改观。

夜里躺在床上,想起女儿和我们的冲突,意识到她已长大,不再是那个小孩子,我们可以给她一切,但不能安排她的一切了;她有她的选择、她的人生和命运。以后,不知道她还要遇到多少事、要有多少选择,我有些揪心。继而想到我的父母,对他们又多了点儿理解和同情。我家五个女儿,除二姐外,其他四个人的婚姻选择,父母都竭力反对过,也都无奈接受了。那时我们太年轻,体会不到父母深沉的爱,只是简单地批判他们,不惜与之决裂。2007年我们转业南迁时,妈妈也不同意,她在电话里哭哭啼啼,说做梦都没想到我会离开河南,以后每年还能见我一面不?可是,第二天她又给我打来电话,说你该往哪里去就往哪里去,别在意我哭不哭,不让我哭能行?我能活几年啊?只要你们觉得好就行了。现在想想妈妈真的很了不起。多年前,鲁迅先生有篇文章《我们现在如何做父亲》,每代人都得思考这个问题呀!

二

2011年女儿高考,数学满分,总分排名为全省文科第三十五名。这成绩报考北大足够,只是三位一体考试时,她签了浙大,不能再选择内地其他高校。香港大学承认内地成绩,她报名参加港大全英文面试,被录取到金融专业,享受一半奖学金。港大学制三年,按规定,她先在浙大读一年预科，第二年转到港大，大三她到美国交流一学期，2014年8月10日回到杭州过暑假。

这个假期，为女儿读研之事，我们发生了分歧，再次辩论。大学毕业后读哪种硕士，专业硕士还是学术硕士？女儿决定申请专硕，说自己不适合学术，三年内只写过两篇上万字的论文，从框架结构到论点提取，写得极其痛苦，如果读学硕还要读博士。对此，我谈了自己的看法，学术研究本来就这样，苦中有乐，这有一个过程，习惯了就好。但是，就像以往任何一次学业选择，她做出决定后告诉我想法，我会诧异。我们开始讨论，彼此先心平气和地讲明理由，继而交锋，继而论战，渐渐地，从学业延伸到她的性格、为人处世，我开始对她进行总体分析和批驳。而她，也会抓住我的言行，引经据典，举例说明，密集反击，那一瞬间，我们母女一改平日的柔和甜蜜，把对方视为论敌一样反驳，甚至不惜说出杀伤力极强的话语，直到她说"是你了解我还是我了解自己"时，我立刻鸣枪收兵，停止论战，既而态度大转，明确表示支持，这时她会胜利般沉默。

但是，这次我表示支持后，女儿仍在申明理由，说："我要你真正赞同，而不是敷衍似的说支持。"女儿，是你对自己弃学术研究走实践性硕士的选择不够坚定，还是你觉得妈妈说的不要那么早地限定自己的方向、考虑就业问题有道理?你的世界一天天阔大起来，你进入的领域妈妈很陌生，给你的建议可能隔靴搔痒，与你激辩也只是激发你认清自己。

妈妈曾对你说过，宁肯不要你平稳中的"优秀"。我希望你有孤注一掷的冲劲、闯劲，人生本来平淡，起起伏伏中才见丰富和精彩。当然，每人对人生的理解不同，你有自己的选择，你有你自己的人生道路，无论你走在哪里，选择什么样的人生方式，妈妈和爸爸都永远支持你。只希望，我们能像现在这样，彼此说出最心底的、掏心窝子的话……

一度，我们曾希望女儿也走学术之路，和我们从事同样的职业，但也尊重她的选择，转眼间到了2015年5月27日，女儿大学毕业回到家里，这次，她在家待了一百一十多天。9月15日她从上海虹桥机场直飞伦敦读专硕，自此，我们把目光投向遥远的伦敦，关注英国乃至欧洲。

三

为方便学习生活，女儿居住在离大英博物馆步行十分钟的地方，上课、拿学分、度假、写论文对她都不是问题，令其周折磨难的是实习。她的一些同学提交毕业论文后回国内实习，然后回校参加毕业典礼。考虑到今后会在国内发展，我们希望她能在国外积累些工作经验。但是，英国首相梅姨上台后，压缩了留学生工作签证，原来答应她实习帮她办理工作签证的公司也改变了初衷。重新租房、搬家、求职，她做过与国内对接的奢侈品项目，也在以国内移民为对象的房产中介公司工作过。实习方式不一，周工、日工和小时工皆有。那时蛮牵挂她，既想让她在异域实习中得到锻炼，又怕她承受不住压力。我们每天都通视频，国内凌晨她回到住处洗漱后，我们开始聊天，她谈当天实习情况和想法，既有工作获得认可的喜悦，也有建议没被采纳的懊恼，与刚走上工作岗位的学生大同小异。我们相信经历了陌生国度的实习历练，她回国后适应环境会快些。事实证明，确实如此。

经过近半年的实习，迎来了女儿毕业典礼的日子。我和阿潘忙于工作没有去参加其毕业典礼，她的两位同学本来要参加其典礼的，因时间冲突也去不了，最后是我洛外同事张金凤教授出马，她正在剑桥大学访学，代行母职参加了我女儿的毕业典礼，陪她度过这美好的时刻！2016年12月14日凌晨3点多钟醒来，我习惯性地看微信，金凤已发朋友圈;在我们三口之家的群里女儿也发了好多照片。我和她短暂视频后,她和同学们去庆贺了。2017年1月12日女儿返杭,在杭州工作到现在。

(自2009年7月5日陆续写下,2021年1月2日定稿)

我的迷失之旅

预备铃后,着粉色风衣、大红平底鞋的我,肩挎白色皮包,双手捧一杯热茶,爬了2S教学楼的二楼再三楼,在四楼稍稍调整呼吸,至最高层五楼。当我兴致勃勃地走进507教室时,一下子傻眼了:空无一人! 咦,是第一、二节呀,难道地点不对吗? 确实是507呀,来教室前就确认过的。茫茫然,我站在走廊里,急问一学生:"今天星期几?"答曰:"星期三。""天哪,我以为星期四呢!"我的个性化课程"大众文化研究",是在周四第一、二节。

两周前也发生过类似的事情。那是上"中国现当代作家研究"课,我也是早早地来校,双手捧一杯热茶,兴冲冲迈进教室时,却发现另一学院的院长坐在讲台上。我退回走廊欲联系学委,手机竟不在身边。我求救似的拦着一个学生,指着学委的联系方式,让他帮我联系,一个未打通,另一个学委还未睡醒,一头雾水地问我是谁,听出我的声音后说:"老师,我们的课在第三、四节。"顿时,我如释重负!

这种记错时间的经历,多年前就有过。在洛外时,有几次穿好军装,拿着讲义,就要冲出家门时,被阿潘喝止:今天你没课! 最迷糊的一次是在北京机场,2008年的一个秋夜,我把19点20分理解为晚上9点20分,错过了换登机牌的时间,只好改签回杭州。

这似乎是记忆问题,与此相关的则是我丢三落四的毛病。上课时，总会把一些随身携带的物品忘在讲台上。有个学期，我在开学一个月内竟遗失了三个U盘，其中还有一个是临时向阿潘借的工作U盘，给他带来很多麻烦。作为自我惩戒，后来三个月我每次以电邮的方式发送课件，进教室后网络收取，我以麻烦自己的方式治好了遗失U盘的毛病。

我遗失东西的习惯可谓历史悠久。20世纪90年代后期，洛外中文系曾在山东日照市办学，培养地方生，后来要结束异地办学，我、王姐和黄姐去整理书籍。周末，我们到海滨浴场游玩，很是开心。在回城的公交车上我一直和黄姐逗乐，到住处后，她让我赶快冲洗泳衣，我才发现把装有三人泳装的袋子落车上了。丢了大家的泳衣，我很难为情，王姐含蓄地说我玩心太大；黄姐是我女儿的干妈，就毫不客气地冲我发脾气了——她的泳装样式新颖，是一位朋友送的，很有纪念意义。

我不仅丢东西，还迷路。方向感差，走一遍两遍的路根本就记不住；走过几次的路，行走的方式变了，比如坐车经过的路，步行就又不认识了。那种瞬间迷失的无助，那种一切皆陌生的恐慌，仿佛被抛入一个不可知的世界，令人刻骨铭心，它能把你所有的自信和从容全部剿灭。为了规避这种心理体验，我试图按照弗洛伊德的理论，追溯童年创伤性记忆。大概在我3岁时，初春，爸妈在陕西省眉县怀雅镇上做小买卖，适逢集会，三姐带我在街上玩，忽然就找不着我了。她告诉爸妈后，大家四处寻找，还用上了公社的大喇叭。后来在出镇的一条路口找到了我，我走着哭着，头上的方巾已经丢了。我们为何会在陕西眉县，这涉及妈妈的家史。

1942年，河南闹灾荒，外公带领全家到陕西逃荒，在眉县落户，至今我的两个舅舅仍在那里生活。20世纪50年代，为给大舅订婚，外公给妈妈缔结了包办婚姻，把妈妈嫁给一位铁路工人的同乡。妈妈作为家属跟着修建的铁路走，并先后生了大姐、二姐和三姐。三年困难时期，粮食紧张，要求铁路工人家属返乡，妈妈回到河南老家，外婆心疼女儿，也回到老家帮妈妈带孩子。饥饿更加严重，国家动员一些工人回家务农，父亲报名回乡。这是个极端本分老实的人，昔日在铁路上还可得钱财之力，回到农村，也不会做农活。当时流行离婚，村里与妈妈要好的小姐妹离婚者众，妈也离婚了。当时，除了三个姐姐，妈妈还怀着我，迫于生计，嫁给了现在的爸爸。结婚没多久，我就出生了，爸不愿要我，一度想把我送人。郑州铁路上一对老工人无子，都来抱我了，临走妈又舍不得了。爸爸一人的自留地也养活不了这么多人，他把妈妈的衣服挑到郑州卖了做路费，和妈妈一起带着二姐三姐，挑着还在襁褓中的我来到陕西眉县投奔我的舅舅。我的两个舅舅都是吃商品粮的，大舅还是怀雅街兽医站站长，他们根本就看不上爸爸。爸妈则做点小买卖维持一家人的生计。

“文革”开始后，我们被遣送回河南老家。数九寒天，在西安火车站买不到火车票，我们全家像其他“黑人黑户”一样，在火车站打地铺，白天黑夜都待在火车站。依稀记得，有一个夜里，我到门口小便，回到大厅后，怎么也找不着我家的地铺了，好在二姐窝在被子里等我，见我愣在那里，就把我牵了回去。那时我4岁，这次短暂的迷失，我是有记忆的。

在河南老家，我不到6岁就在邻村小学读书，曾几次把书包丢掉。我们老家是7岁上学，我距离上学年龄还有两年，爸妈说跟着大孩子跑跑，权当“玩儿”吧。那时乡村也没有幼儿园，从来没上过学的我，也确实是把上学当成“玩儿”了，不仅不明白老师讲的东西，对于自己的东西，也照管不好，用河南老话说，就是“顾不住兜儿”。如此看来，丢弃、迷失、遗忘时间和地点，与童年记忆有关，与那时候心智发展不全有关吧。

（写于2014年3月19日）

暑期7月贵州行

一

第一次入黔,往返四天,围绕遵义这一历史转折之城,至娄山关、土城、怀仁至茅台机场返杭,四天匆促的红色之旅,打破了我对贵州的想象。

20世纪70年代末,我们村的副业主要是石料厂,从深沟里开采石料,人工放炮,把山一样的青石炸成碎块,装进铁皮架子车里,车尾一圆环,由铁绳钩牢,手抓着两个车把,高处的卷扬机开动,铁绳一圈圈地缠绕在机轮上,把铁皮车从石窝里一点点地拉到地面。在石窝里推石头、抡大锤打石头都是苦活,往往由“外工”承担,“外工”多来自贵州;开石料厂做老板的,多是本地人。除此之外,在公社下煤窑的也多是“外工”,石料厂和小煤窑常发生爆炸或塌方,危及生命的事常发生。

车入贵州地界,目光所及,除了山还是山,一个山洞又一个山洞,从贵阳到遵义,山洞四十多个。从遵义到娄山关,从娄山关到土城,青翠山色,云雾缭绕,一闪而过的村庄多为二层楼房,楼房上有“长征”二字和党徽。出人意料的是遵义,繁华而有格调,红色元素和时尚街景相融合，行人神态自然而骄傲。红色文化以完整产业链的方式造福当地人民的生活。

土城聚拢了上百家纪念馆，四渡赤水是这座城的招牌和标识。那些大大小小的纪念馆，细化到领袖人物每天活动的记载。环城湍急奔涌的赤水河岸上的青少年游学基地成功地借用了革命史记忆，三五成群的青少年，按照战术要求不断变化位置和组局，手里的电动冲锋枪发出“突突突突”的声音，在角色的激情扮演中释放青春叛逆。土城朴实自然，街面气氛宽松，老人们或打麻将或聊天，自得其乐，他们并不市侩般地招揽生意，兜售其手工艺品和吃食。

置身历史现场，深感革命者之不易。娄山关地势凶险，我们花了半天时间才沿台阶攀爬到当年争夺的隘口，可以想象八十多年前几次攻破抢夺战的激烈程度。四渡赤水，神龙见首不见尾，伟人卓越的作战智慧，战士在极度疲惫中每天一百二十里的急行军，他们强大的意志力彰显了信仰的力量。遵义会议中毛泽东以少胜多，说明真理有时候掌握在少数人手里，决策之正确与否是要实践证明的。

自21世纪以来，研究五四的学者反复强调要重返历史现场，以免在历史叙述中历史的具体内涵被抽空，仅成为一个符号名字。实地考察，在具体情境中感受、体会历史精神，开发红色文旅，也是对老区人民的反哺，这使我想起了20世纪80年代《高山下的花环》中的老区人，想起了精准扶贫之国策，让人们过上好日子。人们努力过上好日子，说起来容易做起来难，那是要付诸行动的，正如毛泽东诗词所云“红军不怕远征难，万水千山只等闲”，有这种精神，什么难关都会被攻克。

（写于2019年7月5日）

二

那是1983年的故事。大一元旦,外校同乡来聚,我们喝了酒,好像是果酒,甜甜的,也没在意。第二天浑身发痒,跑到校医院,医生问是否喝过酒,才知道是酒精过敏,这是我第一次喝酒。大学期间,喝过啤酒,只是少量。1987年毕业分配到军校工作,毕业聚餐,学生们放开喝酒,要敬老师,我都以酒精过敏为托词,婉拒;同事相聚,劝酒的词儿一套套,比如“喝多了就脱敏了”,任大家怎么劝,我仍是不喝。

2007年转业到浙江高校工作,遇到饮酒时,伴随我的,常常是一套格式化语言:“北方人喜欢喝酒。”“河南人很会喝酒。”“军人酒量好。”……印象最深的是2008年秋去曲阜师范大学开会,有山东人请贵州老师吃饭,我被一起与会的学长顺邀。这是我第一次见识山东的酒文化,主陪、次陪各三杯,客人还礼敬酒,被屡屡告知不行。我被学长推出来挡酒,说词如上。我心中大惊,学长怎一改平日形象?饭后他说让我分担些压力,山东人热情如火,实在招架不住了!

不知是否由于这次山东之行被推出来挡酒的缘故,我开始接触酒了。不过,饮酒对我只是一种仪式或氛围。我会开一瓶酒每日喝一口两口,喝它个把月,要的就是这种感觉。阿潘反感其父嗜酒如命的习性,从不主动喝酒;有些场合如果必须喝,他喝上几杯就去休息,极少喝出丑态来。对于女儿喝酒,我是鼓励的,她有点儿酒力,但基本上也不喝。一家三口就我能喝点儿酒,阿潘家人很高兴。他们家有酿酒喝酒的习惯,一家人围桌吃饭,每人一碗饮料或酒,就菜吃、饮,边吃边聊,然后吃饭。阿潘每次回去,婆婆、姐姐、姐夫都会让他带酒给我,桑葚酒、猕猴桃酒、蛇酒、米酒等,诸如此类瓮瓮罐罐的……

近年来我养成了喝茶的习惯，在家、在办公室茶不离手，只有特别疲惫时才喝点儿小酒放松。喝点小酒，大脑兴奋后继续工作，多点儿就想昏睡，这个度难把握。对酒，说到底，我谈不上热爱，更谈不上沉迷。有爱酒之同事，每日皆饮，晚上全校通识课，他杯里装上自己配的养生酒，讲到高兴处呷口酒，满室飘香，他讲得高兴，学生听得也高兴。他已退休，现在上课纪律严，如此豪举不会复现了。

同事中善饮有趣者多。一同事酒后挤对同桌人，金句迭出，妙趣横生，犹如表演单口相声，被逗者不以为忤，反佩服其奇思妙想，与众人一起哈哈大笑。有两位治古代文学者，分别研究唐宋文学和明清文学，籍贯山东和江西，两人斗嘴，亦唇枪舌剑，你来我往，斗智斗勇，脑筋急转弯般的话语一箩筐一箩筐地射来，唐宋文化、明清文化、山东文化和江西文化纷纷化为子弹和目标，仿佛调动了千军万马杀向对方，互黑的尺度相当大，一桌人看他们耍花枪，笑声四溢。此时此刻，你会觉得有这般人做同事，烧了高香啦！

因此，2019年7月4日傍晚，当我随车进入茅台镇被弥漫的酱香味包围时，除了惊讶这个酒镇的热闹，很希望那些爱酒之人也在这里饱览酒文化，过把酒瘾。在茅台镇，除饱览灯火阑珊的夜景外，我最大的收获就是弄清楚了啥叫酱香型白酒，它好就好在其漫长的手工制作过程，这得感谢殳慧萍和赵雪妮两位校友。慧萍和雪妮是我来杭州后主管的第一届中文毕业生。2018年暑假在衢州山里曾偶遇慧萍，我进山她出山，各有朋友在，她递给我一瓶“妙高台”，酒厂在茅台镇，她是老板娘。这次贵州行，机缘巧合，受销售主管雪妮之邀去厂里走访，见识了酿酒的全过程。在茅台镇七点五公里范围内，有五百多家酒厂，全因这里的水、空气等特殊条件，酿出的酒就特别好。而酱香酒，包括茅台酒在内，并无特殊配方，全靠一百六十八道制作工序的精益求精。

“妙高台”由国营酒厂出品。酒厂以工匠精神把每一道工序做精做细,他们收购了一级小麦做麦曲,有严格蒸熟、发酵过程,做出酒来要有一年的时间,还要再放五年后调酒。慧萍的弟弟小殳和雪妮都辞掉原职到酒厂工作,一个负责生产,一个负责销售。雪妮说来茅台镇次数多了,把它当作第二故乡了,现在只想做好一件事,让“妙高台”酒传承下去。我们谈到浙商,她说我们这一代的成长安逸了些,但还是要走出来闯闯的!小殳让我闻了不同发酵程度的酒沙,同行者中有位懂酒爱酒者品了不同年份的酒后说,“妙高台”口感绵软回甘,好!

(写于2019年7月6日)

“我已经很努力啦!”

我的苹果手机用了四五年,终于在2019年7月10日晨充不进电罢工了。顿时,我崩溃了。是日下午我要到市委宣传部开会,会议信息在微信里,具体时间、地点都记不清了,怎么办?从上海赶回开会的同事联系不上我怎么办?

刚放假,接市委宣传部的通知,要和浙工大、浙理工三家主办“2019杭州市县级融媒体中心专题培训班”,按照通知要求,我先安排学院去讲学的老师和班主任;后来,又接到通知,开班仪式要校领导出席,我再次落实任务;前天下午又接到通知,要我和班主任去市委宣传部参加协调会。班主任不在杭州,找其他人代会,潘心荷老师从上海赶回来救急,她是我们联系到的第七个老师,刚乘地铁到上海。

长话短说,这天下午我提前到会场,并与潘老师在会场碰头。协调会结束后,她陪我到手机超市买了手机。

什么牌子?非苹果也。为了使用方便,本想买苹果的,7月9日,我在学校附近营业厅看手机,给一位年前换了新苹果手机的同事打电话,她建议我买华为。我担心适应困难,她身边正好有苹果手机改用华为手机的朋友在,说很方便,并告诉我正在使用的华为型号,我记下了。

我也没有买华为手机。得知我用手机主要用于发微信和拍照后,小潘老师建议我买OPPO手机,她妈妈就用这个品牌,很实惠。导购员得知我不玩游戏不听歌,也建议我买OPPO手机! 总共两千多元,比最初想买的那款苹果手机,省了至少五千元! 一次次换手机款式的经历很好玩儿。

回到家里,"二潘"炸了。阿潘帮我看了两年的手机,有次选好了华为型号,让我去选颜色,我走不开没去;上半年女儿去香港,要帮我带一款苹果手机,我不让,说要自己挑选。我以前的手机都是阿潘买的,这次我要自己选购。

"二潘"很奇怪,我那么怕改变用机习惯的人,却买和他俩不一样的手机。阿潘用华为手机,女儿用苹果手机。我的理由是我用机简单,OPPO手机更适合! 女儿反驳道:"你想用功能简单的手机,为啥不用老人机? 你不是要在手机上工作吗?"阿潘也絮絮叨叨,他拿起我手机研究时,却惊讶地发现我手机里常用软件全都装好了。

7月11日早上我和阿潘都去办公室。他犹豫不决:步行? 公交? 地铁? 他们学校已放暑假,他去做扫尾工作。我说:"开车去,新换的手机,该怎么和电脑微信相连? 有位研究生的材料看完了,保存在电脑上,得用微信发回。"

听闻此话,女儿再次惊讶,问我:"你连打开电脑扫微信都不会呀? 这么简单的东西,你要学习呀,你要与时俱进呀!"昨天她就表达过这意思。

阿潘到我办公室也是嗷嗷叫:密码记不住,为啥不写在纸上放在固定地方? 我不愿听他啰唆,就自己上电脑自己查,终于查到了密码,也让他看到我电脑上的微信与他和女儿说的不一样,但更方便! 这就叫山外有山人外有人!

当天的微信朋友圈里,有学生说,教妈妈使用手机的一些功能怎么教也不会,都不耐烦了,看到有同学留言说自己把如何用写下来给妈妈……

灵光电闪般，我明白了学习与年龄的关系。女儿高中每次考试后，我都习惯性地对她说："继续努力！"终于有一次，她对我说："我已经很努力，你不要再说继续努力了！"

小学一年级，她第一天写对的字第二天却会写错，由此我明白了小学老师为何要学生一个字多写几遍了，大学老师的我本来反对重复训练的。那时女儿重复犯同样的错误，我会批评她，还打过她的手！

当晚我把这点儿感悟告诉女儿，说年纪大的人和儿童一样都有学不会、记不住的。女儿笑了，却故意说："有所不同呀，儿童理解力不行，你只要多努力肯定行！"

嗯，在女儿心中，妈妈还是一位学习能力强、某些方面依赖家人、不够努力的人！那好，我就接受阿潘建议，自己读说明书，一步步去了解新手机的功能吧。

（写于2019年7月11日）

周边为邻周边好

自2008年11月做了学院负责人之后,我的生活基本固定在从家到学校的两点一线上。无论是居住小区还是学校周边,都有很多小店。有的店去得多了,店主对你有印象,会记得你的喜好,会为你考虑,而非一味地赚钱。

我家小区旁边有条淘宝街,那里有家花店我常去。我和店主相识四五年了,最初认识她时,她还是个小姑娘,现在已做了妈妈,她家的花店也越开越大,成了我家附近最大的花店。店里的花草来自她家承包的一处花圃。我家里的绿植多是从她店里买的,有时买得多,她或她哥嫂会帮我送到家里,根据花草习性建议我放在哪个位置。有时,我进店里看看,随意问问价格,她会体贴地说,春节前买发财树的较多,价位也高,过段时间买更合适。若是秋天进店,买了花,她会选只南瓜送我。一次她告诉我有位伯伯一定要椭圆形状的南瓜,说南瓜就该长成这个样子!我一听就笑了,我也是这样想的,老南瓜长到皮厚色褐黄时,就该是这种椭圆形!她家花圃中随意种了些南瓜,自家吃不完,顺带换几个钱;遇到熟客,就当人情送了。

说来有趣,她记住我的,竟是我对她的“命名”。我一直叫她“丽丽”,她也一直这么答应着。直到去年,她才告诉我,她不叫丽丽,只有我一人这么叫她。当听到有人叫她丽丽时,她就知道是“我”叫她啦。于是，我就一直叫她丽丽！（耳边回响起《莉丽·玛莲》的电影插曲来。）

学校附近我去得比较多的是一家缙云烧饼店。最初是学院一位浙江小同事带我去吃的，她说烧饼要趁热吃才香。的确，霉干菜的香和烤得冒油的五花肉的焦香融合在一起，热热地咬一口，满嘴咸香！吃饼时，可配碗小馄饨，馄饨皮绵软透亮，中间裹一点点瘦肉，入口即化；再喝几口热汤，汤中加醋，既暖胃又解腻。在湿冷的杭州冬季，一个烧饼一碗馄饨，有时竟能吃出汗来！

渐渐地，我成了这家店的熟客，熟到我进门未言，柜台小哥就开始在电脑上打出“霉干菜、馄饨各1”。寒假或晚上来这用餐的同事特别多，有两年寒假，我几乎每晚都来他家吃，有一次店主好心地问，老师假期还这么拼命工作？

这家店的店员全是家人。小哥在门口点单，父亲烤饼，母亲和叔父做馄饨，婶母楼上楼下送餐。一家人和和气气的，对顾客也像对家人，从不大声招揽，一味地朴实亲切。当初，它只有一间门面，用的是液化气，食物味道好，价格又亲民，无论何时来，学生党都满满的。再后来，它改造装修，厨房升级，楼上也隔出一层招待顾客。随着内部软件更新，价格自然升涨，不过涨得也有限，我常吃的霉干菜饼和馄饨，由七元涨到九元，从九元到十一元，每次涨价都是馄饨、烤饼各加一元而已。

或许正如此，周围店家来来去去，有的没开多久，有的也生存了一段时间，却没它持久。学校南门曾有一家兰州拉面馆，卖面条的同时也卖饼，千层饼馅饼蛮独特。一位陕西同事带我去吃过一次，我觉得好，又带其他同事去吃。但是，有一天当我兴冲冲跑去吃饭时，店主换了，卖的小吃也变了，颇失望。同样，南门还开过一家可莎蜜儿烘焙店。年底期末疲累时，我常到这家吃点心喝咖啡提神，去年相同时日，我乘兴至，扫兴归，那家店也改换门庭经营别的了。

其实家门口、学校门口的这些小店，它们在时，我也不一定常去，却希望它在。这也许是贪心吧，一旦想起，去寻找，它还在。

（写于2019年12月9日）

关于爱情

一

张爱玲在记述20世纪40年代战争结束后的香港时说，满大街都是卖食物和觅食的人，满足食欲成了人的第一需求；还有好多人迅速结婚，有的并不般配。她说这是战后心理，命运的不确定感促使人们总想抓住点什么。

《倾城之恋》中白流苏与范柳原也是其中的一对。这对心机男女颇为自私，彼此试探，斗智斗勇了两三个回合，终在炮声轰轰中发现自己惦记、牵挂对方，成为彼此唯一依靠，这一刹那的知己感“够他们在一起和谐地活个十年八年”。

2020年漫长的新冠肺炎疫情是否也让人们重新打量一切，改变生活观念呢？人们会更实际、更求稳妥吗？

前两天接到一位老友电话，彼此日常问候后，她说有重要事情对我说，她要做一个重要决定，让我猜猜是什么。我说该不是又想与你先生分手吧？果然是，她说心里很乱，让我帮她理理头绪。于是，她讲我听，这样的倾诉以前也有过，遂安慰之：都是疫情惹的祸，宅家厮守，缺点放大，相忧相烦……

多年前听一位老师讲故事,说回到故乡去看望一女生,得知昔日同学被家暴,他坚决支持同学离婚,没想到同学的妈妈反对。

的确,离婚不是解决婚姻问题的唯一方式,甚至不是有效方式。过不下去了大可不必迁就,独自生活或重组家庭觅得幸福的人,多的是。关键还在自己想过什么样的生活,对自己及今后的生活是否有信心,做出的决定是否理性,心理准备如何。

有人觉得离异对女性不利,离异女就得找比自己大许多的男性。生活中,我也分明看到年轻女性对离异大龄男的拒绝,即便其子女是跟着女方过的。

疫情中过了一个沉闷的妇女节,就说点实话吧。

(写于2020年3月8日)

二

时代在飞速发展,人们的情感状态和生活方式日益多元化,对丁克、不婚都见惯不怪了;店家捕捉到商机,单人食、单人用的器具与日俱增,连词语内涵也发生了变化。比如"单身"这个词,2017年5月我面试一位应届博士生,其简历上写着"未婚",便问其有女友吗?答曰:"单身。"以为对方没听清我的话,我又问了一遍,答曰:"我已经说过是单身啦!"后来上课时,在谈到语言与时代关系时,我顺便问学生,在其概念中,"单身"指的是未有男友或女友吗?学生们齐刷刷地点头答是。

以前"单身"指的是未在婚姻状态。"单身"语义的变化表明恋爱已成为重要尺度,成为社会化结盟的重要标尺了。那是否意味着不恋爱者也很普遍?当然,今天的年轻人喜欢线上聚集,宁肯以CP粉自居或以养狗养猫获得替代性满足,但是,爱情自有其力量,这倒不是为了人类的繁衍。

清晨，我在校园漫步，因前夜梦境脑中一遍遍翻涌着如下诗句："曾因酒醉鞭名马，生怕情多累美人。""山无棱，江水为竭。冬雷震震，夏雨雪。天地合，乃敢与君绝！"

多张扬、多肆意呀！那么刚烈极致，那么年少而质朴！

什么是初恋？初恋就是三四十年后的某一晚，梦见了当年的那位，情境一如当年，设法躲过家里大人的眼光，只是情节场景已异，梦中人也已老。醒来自然欢喜，你一天都会有好心情。

曾经以为不能忘却的，也终于在某个梦中相遇。这现实中的人，早已相忘于江湖。彼此莫扰，彼此安好。

年轻时读过、背过、指导过自己的诗句，和那梦境都成了对过往岁月的凝眸，这该是对当下日益纠结的生活的灵性滋润吧。

这也可以当作对几位青春美少年、美少女提问的回应吧：为什么要恋爱？为什么要结婚？为什么要生孩子？当年的自然而然，当年的常识，当年违禁了也要去觅的爱，今天都成了要讨论的问题。当年的子君，周树人同志唯一爱情小说中的主人公，如若生活在今天，也仍然会喊出这样的句子吧："我是我自己的，他们谁也不能干涉我的自由！"

子君是为了爱，为了和涓生生活在一起才与家庭决裂的，涓生也因爱被同事朋友疏远，被邻人由不屑而敌视。今天的美少年、美少女，似乎获得了百年前五四青年通过抗争也难以觅得的理想环境，却不愿爱，不愿结婚。

其实，这仍然涉及自我与他人、个人与社会的关系。说到底，爱与不爱，结婚与否，要不要生孩子，乃至选择什么样的生活方式，都是个人的自由与权利，我们都要尊重别人！家人、邻人、单位人、社会人莫要逼其交卷子，硬让他们去承受恋爱、结婚、生孩子的压力，即便是以爱的名义，也不要！

“一间屋”花事

“一间屋”是我的微信名,是对英国女作家沃尔夫的“一间自己的房间”的缩写。1928年,她受邀到剑桥大学做“妇女与小说”的演讲,她说:“一个女人如果打算写小说的话,那她一定要有钱,还要有一间自己的房间。”这句话常被女性主义者引用,女性要独立,得物质上得到保障。“自己的房子”意味着拥有独立的物理空间,才会有相应的精神空间。

自我意识和独立空间,我都重视。行政工作要求坐班,逐渐适应后我决定把办公室营造成心仪的样子,尤其是在2017年暑假前搬到实验大楼十五层朝南的房间后,我把电脑桌朝南放,抬头就能看到窗外的蓝天白云;与电脑桌呈丁字状摆放的办公桌朝东,东边墙上有一件挂毯,是1990年冬季我在北京买的,构图颇为现代,褐色奔跑着的马匹,倒骑在它身上的赭色女郎头发飘扬着。西墙上挂着一幅篆字“润物无声”,一毕业生送的。朝北玻璃墙上贴着全院课程表和任务书。东面靠玻璃墙的地方有一个公文柜子,紧挨着它的书堆上分层摆放着毕业生送的画和纪念相册。靠玻璃墙放着一条长沙发。这就是我的“一间屋”,我待在这里的时间远远多于在家里。

“一间屋”三面靠墙处围拢着绿植,大大小小、高高低低三四十棵,种类并不多,绿萝、兰草、万年青、昙花、红掌、芦荟,窗台上还放了朋友送的小小的仙人掌、火祭、打不死和空气凤梨。屋里绿萝和兰草最多，尤其是兰草有十多盆，剪去根水培，生根后移至小盆，自养，也送同事。除此之外，则是两棵树。一棵是橡胶树，我从家里移植过来的小苗苗，现在长到一米高，分出三根枝条来；再者就是幸福树，放在西南墙角，它一个劲儿地往上长，快顶着天花板了。我一度想把它栽到楼下，那里有足够宽广的空间让它向上长，也有足够厚实的土壤让它向下扎根，汲取营养。与幸福树形成对称的是东北角柜子上的绿萝，藤条拖得长长的，沿着靠墙放的书堆一直拖到地上，与东南角花架上的绿萝、沿地面伸展的绿萝藤条交接。在东北角与东南角绿萝枝蔓相交的地面上，肆意生长着一盆硕大的万年青，给过我许多惊喜。

家里的万年青很茂盛，我移了三枝栽在办公室花盆里，竟发出十多个枝条，在一个春天突然就开出了白色的花，而且越开越盛。可我最盼望的却是昙花绽放。2015年9月，我在朋友圈里看到浙大李力老师的昙花盛开照片，美极了。昙花只在夜里开，几个小时后花蕊就闭合了。花开时节，李老师会数着朵儿静待花开！这是我第一次看到昙花图片，见我喜欢，她给我快递了三朵昙花，让我煨汤！我舍不得。小学时，我曾给自己取名“陈昙”，以“昙花一现”来警示自己要有毅力。后来，李老师又托人带来四个昙花叶片，我扦插后活过来了，是朝阳的缘故吧，它生机勃勃地长着，开枝散叶，只是五年了，还没开放。

“一间屋”里值得记述的还有我收养的一棵辣椒树。2016年去某同事办公室，看到他花盆旁的地上有一棵辣椒，还开着花，盆里辣椒太密，间出的这棵要扔掉。我就收留了它，把它养在窗前，侍以落叶及水。与其他绿植一样，它听我和同事谈公事话家常，和学生谈论文……更多的周末和夜晚，电脑里流淌着古琴和古筝音乐，茶壶里醺溢着茶香，我静静地看书和写作，彼此相伴。

据说辣椒是明末从美洲传入中国的，它进入明人生活，也是观赏。在清朝，贵州苗民以其代盐而成为调味品。我不吃辣，养它是为了观赏。奇特的是这棵辣椒树，冬天仍然会开花结椒，见者无不惊讶它一年四季挂着红红的辣椒。有时，怕它太累，也为了它开出新花，我会摘下两三个辣椒，装在信封里，送给食辣的朋友。

年少时，我家有一口窑洞。窑洞深丈许，既是厨房，也是爸妈的卧室，里边还放有其他杂物。天气最冷时，我外婆就住在窑洞较深处，而最靠里面，还挖了一个开口较小的浅洞，专门放红薯。窑洞冬暖夏凉，最靠里的红薯窖气温高，秋收后，我们选光滑好看没破皮的红薯放在窑里，不时拿几个红薯，或蒸或煮，或整根或切块，弄熟来吃，其口感远胜于煮红薯干，这是我们冬天的主要吃食。

有一年，我家养在院子墙头上的一棵辣椒长疯了，花密椒稠，秋深了仍很茂盛，妈妈就把辣椒盆抱进红薯窑里过冬。来年开春暖和时，把它抱出来放墙头上晒太阳。哈哈！当别人家准备用辣椒籽下到盆里发苗时，我家的辣椒树，对，当时我就是叫它辣椒树的，竟开始开花了，花落结椒了！我开心坏了，也骄傲极了，叫上小伙伴不断来看它！

那是我第一次看到能活过冬天、连年生长的辣椒树！

那棵辣椒树在我家长了四年，它给我贫瘠的童年带来的喜悦和美好，连带着我家院子墙头上品种多样的凤仙花（我们用来染指甲的指甲草），还有我童年的家人和伙伴，都是美好的记忆。

我们今天的生活都可以在童年中找到根苗。

童年永在！

（写于2019年8月7日）

友　聚

一、柳姐和占妹

认识柳姐是在2009年冬，在浙江日报社对面的校车点候车。引起我注意的是她的衣饰和身姿，鲜红的羊绒大衣颇为显眼，靴子竟是暗橘色，她笔直笔直地站着，俨然T台上亮相的模特。哈哈，在一群朴素不乏佝偻者的老师中，她给我一种“非我族类”的感觉。后来得知她在《丝绸》杂志社工作，杂志社刚合并到学校，她住竹竿巷，和我住的地方很近。我比她早一年来学校，都是新人，很自然地，每次到浙江日报社下车后，我们总是结伴回家。

后来与我们同行的还有占妹，她家住在浣纱路，离我们两家很近。占妹是学校“老人”了，只是刚经历了人生的低谷，心情有点儿黯淡。我们三个总是边走边聊，穿过丝绸市场，有时我和占妹的眼光会飘向两边商铺里的丝巾、裙子，柳姐却如入无人之境，“哒哒哒”地直往前走，除非我们叫住她，她才驻足陪我们看。她从小生活在丝绸中，其父在一家丝绸厂做了多年的厂长。再后来，她就成了我们的购衣参谋。在她那儿，色彩搭配有无限可能性，受其影响，我们衣饰的色彩也日渐丰富。同时，她还给我们的内心带来了缤纷和快乐。对待工作和生活,她有不同的角度和看法。我们似乎无话不谈,谈得相对较多的,还是一天的工作。工作中遇到的困难和纠结、委屈和愤怒,那是真正的吐槽,柳姐总是听我们倾诉,并安慰我们,劝我们超脱一点,她常说:"你俩都太投入、太认真了,工作就是工作,工作不是生活的全部,生活就要开心,开心最重要。"两三年前,我和占妹先后搬到学校附近来住,三人结伴回家的幸福时光也结束了。

那时,我和占妹都刚担任新的行政职务,处于磨合期,如果没有回家前的吐槽和清空,郁闷可想而知。柳姐在校工作时,我们三个还常一起吃午饭、聊天。2013年她退休了,和她见面的机会少之又少。但是每个学期总也有一两次,我们三人一起逛街,或者一起喝茶,逛街、喝茶中仍是一直说啊说啊。今天,我们本来约好去曲院风荷喝茶的,没想到一出地铁,大雨倾盆而降,只好就近在旁边一家咖啡店闲聊。好在天公作美,下午雨停了,阴凉的天气中,我们三人第一次结伴游西湖,好不快哉!

(写于2014年8月27日)

二、一屋闲话,都说事儿

A说:"只要我还吃得下饭,这事儿就不是个事儿。"

B说:"我写完博士论文后,觉得啥都不是个事儿了。"

C说:"我办完那个会后,办啥会都不怕啦!"

D说:"以前常焦虑,把啥事儿都看得很大。现在嘛,事儿就是个事儿。"

E说:"……那五年最累。"

F说:"那件事之后,什么工作都能接受。"

G说:"这件事竟治好了我的忧郁症。"

H说:“这是对我的正名,对,就是正名。”

I说:“我们要珍惜这个工作机会,再过几年退休了,就没法为大家服务啦!”

A、B、C、D、E、F、G、H、I全都是我的女同学、女同事和女朋友,她们处于不同年龄阶段,构成我的环境和氛围,我们彼此见证,彼此映照。

我骄傲,我是她们中的一员!

(写于2017年4月5日)

三、黄昏速记:谈话录

在食堂吃晚饭。都是老同事,有的一起工作超过十年。大家边吃边聊生命的意义,慨叹时光流逝。

一位说:“五十岁之后,时间在加速度飞过,飞过!”

有人说:“老生常谈呀!”

我问:“为什么早就想通且有答案的问题,会再次成为话题?”

另一位说:“生老病死是自然规律,也是永恒的存在。只能常谈,老生常谈。”

话题转向了自身。老人们一个个走了,自己就要变成年长的人了。以前有难受的事,会习惯性地向长者诉说,长者是父母,是老师。现在,长者即便在,也不敢对他们说了。

“对,得自己扛。”

还得安慰年轻人,他们正与外界抗争,容易焦虑,也容易受伤。

那你是怎么消解内心的难过呢?

“年轻时会写日记,现在是运动。”

“我不和家人说,会和朋友说,或一起喝点儿小酒。”

“我听音乐、侍弄花草。”

“我整理东西。”

各人有各人的方法,总之,并不是憋着。

饭后几个人继续聊,边走边聊,不知怎么,话题转向学生、带学生的意义……一直到了校门口,一人步行回家,其他几人回校,或上课,或回办公室继续看学生的毕业论文。

(写于2019年5月8日)

阳台小世界

我家里的花草主要分布在客厅和南北两个阳台上，尤以主卧南阳台为多。南阳台种了橡皮树、四季青、红豆杉、月季、栀子花，靠墙放了满满一书架的小盆栽，兰草、芦荟、仙人掌、紫罗兰等。阳台上的花花草草，还招来了其他小生命。

有一年7月中旬，我夜里老是被阳台上的虫鸣吵醒，其鸣声先是吱吱的短音频，后来就扯着嗓子叫成一条线了。我曾几次开灯寻找声源。奇怪，只要我走进阳台，声音就停了。有一次我似乎看到窗户玻璃上爬着一只带翅膀的东西，以为是蝉，伸手去捉，它掉到绿植中不见了。

有一晚又如此。听到叫声，我不再开阳台灯，仅借助室内微光，屏气蹑足至阳台，循声四顾，终于在紧挨窗玻璃的橡皮树枝上看到它，一下子就捉住了！哈哈！原来是一只大蝈蝈！它挣扎着，劲道不小，蹬腿想逃。我捏着它，走来走去，找不到合适的容器。只好把它放在水植器皿里。器皿深，难以爬出，也飞不出吧？盖上盖子会不会把它闷死？孩童时捉到蝈蝈，为逼其发声，会喂它辣椒。再后来，在城市街头看乡下人挑一扁担的小麦笼，每个笼里住着几只蝈蝈，蝈蝈们同时鸣叫，甚是热闹。可是，我家阳台上的蝈蝈从哪里来的？八楼又有窗纱，不会从外边飞来，只有一种可能，那就是从绿植丛中自生的。哈哈,可以想象我阳台上草木的郁郁葱葱了!

我家北阳台上则有另外的风景。有棵栽在白色泡沫箱里的小树苗,细长细长的一根条,样子有点儿滑稽,看到它,我就想笑。它该不会也是先抽条再变胖,像我家男主一样吧。哎,为什么阳台上的绿植都一个劲儿地长高?这让我想起“打顶”“压枝”等词来,以前我娘家是有果园的,冬天,爸妈会请技师修剪果树。可能是自幼见得多了,养花弄草侍弄树木,也就不算费力。

2013年我买了一棵栀子花树,三年后终于开花啦,尽管只开了一朵。自此,它像星光一样,照亮了我的阳台,阳台因它有了高潮。5月底栀子花开时,正值毕业季。在此忙极累极之时,栀子花开,于我还是种安慰和治愈。近两年,工作量越来越大,某个夜里,我和同事在微信中讨论完课程设置后已是11点多了,我们互道晚安,叮嘱对方早点休息后,我到阳台上拿浴巾沐浴。闻到一股香味儿,很明显,非月季花之香,我扒拉栀子花枝,一道白光闪过,啊,开啦!花枝高,花儿喜光朝向窗户开,好像藏在枝叶中。

以前在市中心居住时,我到浙江日报社门口乘校车要路过杭州高级中学门口,在那里看到了密密的栀子花开,后来在我们学校体育馆前看到一对土坡般对称的栀子花丛,雪松下的栀子花丛土垄一般蔓延着,浓香齁鼻。如果说矮棵栀子花丛成为寻常景观的话,那么,我在学校7号楼前空旷之地看到了高大的栀子花树。我家楼下也有类似的栀子花树,只是在花蕾期就常被人剪去,不知道栀子花树会不会生气,出于自我保护不开了呢。就像一些大象,怕被割象牙,就不长牙了,物种延续,适者生存吧。

前不久,我看到阳台上的栀子花打苞了,心想还得等几天才开。那两天早出晚归,我家楼下和学校的栀子花也都未开,以为还需再等待几日呢。不过,花开不开,那是花的事。我除了给它浇水,放点儿鸡蛋壳、树叶外,从不给它上什么催熟剂打乱它的节奏。对,是节奏,万物皆有其节奏和步调。万物也是有灵的吧，要不，我的栀子花为何在我最累的时候开了呢？这必然是自然之子对我的祝福，且以其美、其香伴我入眠，使我歇息。

栀子花每年开一次，花苞越来越多。新冠病毒猖獗的2020年，这棵栀子花树简直要开炸了，花蕾如此茂密，竟有三十二个。栀子花喜阳，一枚枚饱满的花骨朵贴在玻璃上，像不能出去玩耍的娃娃，眼巴巴地盯着窗外，充满着期待！5月底的这几日，我依然早出晚归，唯有清晨和夜晚与它们相见，心悦地打量着它们。唔，有三十二朵呢，一朵一朵地开，我总会有整个白天待在家里，有大把时间赏花吧！

新冠肺炎疫情使我们更加亲近自然，我家阳台上的草本绿植的种类也更加丰富了。我们新添了茉莉花树和米兰。这年10月，作为小长假结束的仪式，我和阿潘又一起种了棵四季桂。这树是他从网上买来的，花了十六元钱。4月份，我想种睡莲，阿潘网购了铁线莲子，店家还送了营养液，莲子泡在水里很快冒了芽，像绿豆芽似的细长，却很快就萎了。前些年他还买过两棵红豆杉，也没长成。反而是我买的或栽培的绿植，长得好好的。我们分工明确，各自管理认定的绿植花木，免得重复浇水浇坏了，各不认账。

每次阿潘养的花草枯萎了，他都会分析原因。有些原因很是虚妄，比如他养的一盆铁皮石斛，在屋子里好好的，去年还开了花，把它搬到阳台后，一副半死不活的样子。他说不该放在我的橡皮树旁边，又说我答应代为喷水却浇水了。如此种种，我早已习惯。

只希望这棵桂树，他能种好。阿潘很珍惜，按店家要求，把用塑料袋裹着根的树放水桶里浸了两个小时，又让我把芦荟移走，他要把桂树栽进当年种红豆杉的大盆里。然后，念念有词，向这棵桂树通报家庭成员名单，欢迎它入住家里。

十多年前，我们在洛阳也养过一棵四季桂，花开花落好多年，那是一位园林师送的。南迁杭城时，我们把它送给一位友人了，那是位爱花大姐,家里养了四五十盆花。

那位大姐和那棵桂树,一别经年,也不知怎么样了。

(写于2020年10月7日)

“后花园”分镜头

下沙高教园区西公园，也叫消防主题公园，和浙江理工大学隔一条学林街。距离学校太近，我们就“近水楼台先得月”地把它视为“后花园”，把它据为己有了。学院1509会议室是我们开会和会晤来宾的地方，每逢来人谈事，我习惯于让人伫立窗口俯视“后花园”风景，并开心地享受人家的夸奖。有一次，开发区郁局来谈合作，我又习惯性地把她带到窗口，显摆地说：“看，我们的后花园！”她看了一眼：“哦，西公园呀！”像拿了别人家东西又对其显摆一样，我有点儿不好意思。

一

“后花园”西部有巨大机器手臂和消火阀等器物，但在四季繁花锦绣、树木葱茏中，机器的冰冷渐渐被淡化到可忽略不计。园地四周除浙江理工大学外，还有杭州电子科技大学、浙江传媒学院和杭州职业技术学院，各校师生常来游园，游园者浓厚的文化味与公园日渐繁茂的景观相得益彰。人们在这里漫步、跑步、赏景，孩子们排队秋游；周末的草坪上冒出许多帐篷，人们席地而坐，或看书或野餐；有人唱歌，有人跳舞，有人拍照，毕业照、婚纱照、艺术照，各有各的美好。

公园里临湖有个青木餐厅，四合院结构，院中有个小池塘，主营杭帮菜。校外来客，常就近在这里用饭，餐前餐后在公园漫步聊天就多了些味道。每年寒假期间，韩国的顺天大学和水原女子学院会把学生送到我院学汉语。飞机落地后的当晚，学院给韩国师生接风，让他们先从食物上感受中国文化。2019年1月，水原的洪老师送学生来杭州，雨天湿冷灰暗，杭州的美似乎名不副实。2020年1月她再来时，赶上了冬季暖阳，后花园如油画般色彩斑斓，午饭后漫步，洪老师脱口而出："很浪漫呀！"

与青木餐厅相连的是青木咖啡馆，我去得不多。2018年元月底，突然下大雪，整个杭州都沉浸在节日气氛中，大家赏雪景、堆雪人、打雪仗，我一边扫尾公务工作，一边校完了书稿《陈梦家评传》。雪至大时，我也想到后花园走走，怕路滑摔倒，直到天晴欲阳，眼看雪要化掉，赶紧逛了一圈后，来到青木咖啡馆。整个咖啡馆，就我一人，听着音乐，品着咖啡，欣赏窗外即将融化的雪。平日我工作的那幢大楼，就在那棵香樟树后侧——期末最疲惫不堪的时候，我曾和友人相约放假后立马飞到异地，到海南或西双版纳晒太阳发呆。可是寒假已经过去一周了，我俩谁也没有走脱，她留在青岛公干，我留在杭城忙碌。难道是为了迎接这场大雪吗？见惯了北方积雪的我，看到雪满园，仍然有心旷神怡之感，似乎也获得了旅游的新鲜感和放松。

"后花园"中北部，靠近银杏谷和蜡梅林处，有一座茶室，名曰"三沐"，小小院子，有秋千，有盆景，有露天茶座两三个，茶室两三间。我去得更少。有年春季开学，正赶上"三八节"，学院包了两间茶屋，以茶话会的方式为全体女老师过节。2019年初冬银杏叶黄了的时候，我的三位研究生在系统里提交了毕业论文，等候匿名评审，我们一起游园，走进这方小院，我给他们拍过照片。最近听说有人在"三沐"茶室举办读书会和摄影展，这应该成为其特色。下沙是浙江省乃至全国最大的高教园区之一，有十四所高校，二十二万多名大学生。这里的特色小吃、咖啡馆很多，茶馆却不多。茶文化是杭州特色，人们在茶馆一坐往往要半天一天的，下沙以大学生为主，生活节奏快，茶馆要经营好，也得走学生路线，以创意吸引人。

二

“后花园”四季景观各异，夏有夏的风情，冬有冬的美丽，春秋也自有其好。上班时我几乎每天都去后花园，午饭或晚饭从食堂出来后就去走走。去得多了，自然就熟悉其布局，熟知各个草坪和亭子的位置、各色树木花草的生长情况。在广玉兰花开、桂花甜香、银杏叶金黄、蜡梅红梅白梅次第开、石榴花浓的相应时节，我会和同事还有学生一起游园、拍照。

“后花园”亭子中，我最喜欢的是那个三面桂花围拢的亭子。金桂飘香之际，此亭常被人抢座，有恋人偎依沉醉，有朋友高谈阔论。2019年秋冬，该亭被一个流浪汉长期占据，秋天他在亭子里打了地铺，冬天用纸板围拢四周。2020年秋季，这个亭子终为公用。怕白天再为人享用，一日清晨我早早赶来，趁公园人少，从多种角度拍摄它，真尽兴呀！冬天银杏叶黄之际，亭子近处的鸡爪木叶也红了，站在银杏谷或落满银杏叶的小径上，退后一点拍摄亭子；冬末春初，紧邻的蜡梅、红梅依次盛开，站在东边拍亭子，仅露出一个角来，画面依然“很中国”。“后花园”的竹子、回廊、怪石、小桥、半圆的桥洞，加之荷叶荷花、夹竹桃，还有合欢花，错落搭配，共同写就了醉江南的意境。

羽毛般的合欢花开时，夹竹桃花也开了。这正是5月份的毕业季，我要给学生看毕业论文，一稿、二稿、三稿地修改，很辛苦。这时在“后花园”悠游，步子会很急促。再过一阵子，毕业生离校了，“后花园”的枇杷和樱桃也熟了。这果实应该和香泡一样，其功能为观赏而非食用，不过总有人想体验亲手采摘的快乐。有一次我看到一男士高高地爬在枇杷树上,我刚把手机对向他,他就用树枝挡着脸了,他妻子的表情也很不自然。我本觉得爬树蛮好玩的,没想到拍照唤醒其羞耻感了。

我在“后花园”采过桑叶,也挖过野菜。2018年3月26日晚饭后,散步到银杏谷,在一棵银杏树下,我看到一片枸杞,一阵欣喜,赶紧掐尖儿。这是我在杭城第一次看到枸杞,第一次采枸杞尖。在附近玩耍的一个小女孩,跑到我跟前,发出“咩咩”的声音,对着我手中的绿叶,嘴巴做出吃的动作。我轻柔地告诉她,这是野菜。遂想起多年前在洛外带女儿挖野菜,和同事采枸杞尖、挑马兰头的岁月。

三

在“后花园”,我也受过惊吓。2019年3月17日,春意朦胧的傍晚,我在“后花园”漫步,被如梦如幻的柳丝所吸引。当我在湖边想选个角度拍摄时,不知是天黑的缘故,还是新配的眼镜是变色的,错把那漂浮着草的湖水看成了石块,一脚踩空陷入水中,人倒了下去,全身冰凉,还喝了口水,我是从头到脚都湿透了!当我本能地站直时,水已淹到我脖子。谢天谢地,岸边一女生伸出援手,把我拉了出来——我湿淋淋的,整个一个落汤鸡呀!手袋已全湿,手机想必也湿透了。女孩让我用她手机打电话,我竟想不起家人手机号。我飞速地走过小桥、穿越草坪,跑进校门口,乘电梯回到办公室,打开空调,烧上热水喝茶;我在柜子里只找到两件T恤、一条西式短裤,换上T恤、短裤后裹着被子,在电脑微信中告诉家人我落水了——终于,阿潘把我接到家了!是日天气仅有十一摄氏度,我竟没有感冒!第二天气温骤降,我工作如常,在学校开会、上课,讲课至激情处,有微汗渗出。

那晚的事除了家人和两三位大学闺密外,我谁也没有告诉。一周后在学校食堂用早餐,碰到保卫处长,我告诉他刚戴了一天的新眼镜掉入湖中,不知道能否找到。我带他走到我跌入水中的地方,请公园里正在捞浮叶的工人帮忙,没有捞到。工人建议用吸铁石吸,我觉得有点儿异想天开。然而,奇迹出现了。中午休息时,保卫处长用微信发来了照片,真的用吸铁石吸出了我的眼镜,失而复得呀！感谢保卫处长！感谢那两天担心我身心的好闺密！更要感谢那个把我拉出来的女孩,彼时惊魂失措的我,竟没问其姓名,后来也想不起她的具体模样了,只记得是一个清秀柔和的女孩子,不仅让我借用她的手机,还提醒我别感冒了。

"后花园"以其四季美好陪伴着我们,其休闲审美功能安顿我们疲惫不堪的身心,也提升了我们的幸福感。一所大学旁边有一个美丽的公园,真是一种福气,它以自己的美好滋润着我们,柔软着我们的人文之心,教我以美的方式爱着周遭的一切。

（写于2020年1月20日）

路上的美丽

前两年有一则报道，一位北方姑娘经过杭州高架桥时发出感慨：她小心翼翼地在花盆里种月季，杭州硕大艳丽的月季花却随意地开在路边！的确，杭州就是这样一座美丽的城市，在这里，我养成了随时随地欣赏美景的习惯。无论春夏秋冬，对着路边的树木花草、飞鸟猫狗乃至蓝天白云，随便抓拍一张，皆可上传朋友圈。

一

桂花是杭州的市花，大道小路，边边角角，触目皆桂花，常见的有三种：金桂、银桂和丹桂。花开三茬，第三茬最令人目眩，如人之盛年，因绚烂之后要归入平淡，反而倾力绽放。大树如此，小树亦然。看到那些小棵而努力绽放的花树，往往很感动。花开时节，空气中弥漫着甜香，有时丝丝缕缕，沁人心肺；有时又一股股的，浓得化不开。我喜欢这种甜香，更喜欢金桂和丹桂的色彩，金桂细碎如黄金，丹桂赤红如碧血。

树木与人皆天地之精灵，活着就要经受雨露风霜严相逼。树开花，树笑了，这既是树的本分，也是对大自然的献礼。中年近老，感恩和惜福日盛，很珍惜这花开。我会在可能的情况下，四处奔走，赏花觅香,“年年岁岁岁花相似,岁岁年年人不同”,感伤吗? NO! 花盛之后是陨落,众生如此,谁也不能逃脱。活在当下,只需赏花,且享受这赏花的快乐!

桂花绽放在九十月间,杭州在这个季节会有台风侵袭。听闻台风要来,一颗心真是悬而又悬;若得知其绕道北上,桂花们避免了未开先衰的命运,就直觉万幸,若失而复得般,会分外珍惜这满树满地的桂花来。2014年9月下旬的一个早晨,杭州躲过了台风“凤凰”,阿潘要骑车上班,听我说上午第一、二节有课,他只好舍弃秋风桂香快骑车的乐趣,继续扮演“贤夫”,开车送我上班。一出公寓楼门,浓郁桂香,扑鼻而来,行车途中清香袅袅,我们干脆车窗大开,闻香缓行。依着惯例,阿潘在警官学校门口放下我,我步行到浙理工。来杭这些年,习惯了路边、河边单株或成林的桂花,闻香赏花中,对各色景树的搭配组合也颇感兴趣,桂花香樟搭、桂花香泡伴、银杏配桂花,再加枫叶翠竹,真乃眼福也。

说到树景搭配,就得提四季桂了。四季桂即一年四季都开花的桂树,即便在冬天,也依然开花。四季桂与各季花搭,交相辉映。尤其是冬季,这种花开得温润,让人深深感动。2017年1月的某夜,我和同事燕子步行回家,两人边走边聊甚是愉悦。与我们的好心情相伴的是清香不断袭来,放眼望去,路灯光下,桂花、茶花、蜡梅齐开放。燕子说花季跨着开,就差荷花啦! 我眼睛一瞥,看到一棵茶树下,大朵大朵的茶花铺在地面,此时此景,心中仿佛回荡着一首歌:月光下,是谁把花儿摆呀? 是茶树,是茶树;是风呀,是风呀;是花呀,是花呀!

二

如果说北方也有桂树的话,那么香泡树却是我在杭州才看到的。

2007年暑期，我第一次看到香泡，那么大、那么圆的青果子挂在树上，还以为是柚子。香泡皮厚肉涩，不好吃，属观赏果，关注其由青变黄，或大或小以各种圆形挂在树梢上的过程，也别有韵味。冬季，下雨或大风都会使成熟的香泡坠到地上，而我就像童年捡柿子、捡落果一样到处捡香泡，把它们带回办公室，摆放在柜子上、桌子上、窗台上。大的放在柜子边上，小的放在桌边，冬日暖阳，满屋香气，电脑里开着柔和的古琴声，我办公、看书、写作、和人聊天，很开心很满足。

香泡对我有治愈功能。香泡纷纷落下之时正值年终，是时到学校行政楼开会，汇报学院年度工作总结，别提多懊恼了。每年都很努力，都有突破，可和兄弟学院一比，还是有很大差距。我从办公楼出来悻悻然回学院，经过一个小土坡，若有香泡落地，弯腰捡起，仿佛得到补偿一样，心情有些许好转。而我在房间放置香泡，得益于文旦的启发。我来杭州带的第一个研究生是符腾，其家乡玉环县盛产文旦，个大皮薄，肉甜水分多，有次他把两个大而圆的文旦送到我办公室，说放段时间吃会更好。我喜欢它们的形和色，就把它们放在柜子上，满屋都是香气，有人说这香泡好香呀！于是，我开始在学校捡香泡了。

香泡有浅黄蜡黄、正圆形椭圆形之分，我熟悉校园里所有香泡树的位置，知道哪种形状的香泡味道最浓郁。我曾和同事爱锋到图书馆前的香泡树下捡拾掉在树丛中的香泡，和阿潘在艺术设计学院楼下捡那落了一地的香泡。我还把香泡放在家里的每个房间，连卫生间都放上香泡。我喜欢闻这种冷香味，夜半醒来，枕边、床头柜上袭来屡屡香气，那是别样的安慰。而清早到办公室打开门，聚拢一整夜的香气迎面扑来，那是要张大嘴巴猛吸的！当然，香泡的摆放也要细心，就像病人在床上躺久了会生褥疮一般，我会给它们不断翻身；如果有香泡变软变烂，香气中夹杂着腐烂味或者苦味，那要赶紧把烂果扔掉。

于我而言，香泡还是友情的礼品。我把香泡送给其他办公室，就像把我培植的兰草一盆盆送出去一样，我相信有绿植、鲜花和香泡陪伴，同事的心里会舒缓一点。2018年末，我带学院老师去海宁市丰宇有限公司购物，公司老板是我们中文系校友谢君，我送给他的是图书馆前的香泡，香泡接受了母校多少师生的注目礼呀！这年寒假，我和爱锋、何苗去看望退休教师李杭育教授，也带了个香泡到他画室，让他闻香绘画。香泡犹如佛手，金灿灿的，可为清供也。

杭州随处可见香泡树，我由闻香清供而欣赏其枝头风貌。冬季晴天的晚上，我和阿潘步行回家，常被沿途四散枝头的香泡吸引。我俩会一棵树一棵树地寻找着，欣赏着。路灯下，这些闪着微光的果儿，彼此独立，相隔甚远，犹如苍茫宇宙中独守一隅的星球，寂然而尊严地存在着，它们没有阳光下灿烂而稠密的果娃们令人惊艳，却也自有其诗意与美感，彼此遥遥相望，又何尝不是一种自得而充盈呢！

三

“路上”不只有树有花有果，还有猫、狗、鸟等一众生灵。2017年9月10日傍晚，我在校园里漫步，瞥见草地上一只大黑猫，极慵懒地伸展着腰肢，安逸地卧在一棵小树下，想起小说中所谓的猫样女人，所谓的风情万种，所谓的媚态十足。于是，我决定逗它，模仿猫的声音，喵喵地叫着，它闻声扭头盯牢我，眼睛发出机警的绿光，进入戒备状态，模样极为帅气！这使我想起夏目漱石的小说《我是猫》来，那只高智商的猫，性如其主，敏于言而拙于行，自己常常闹笑话，却还调侃其主人，猫眼中的人类好荒诞！

猫狗的世界有时易懂，有时也说不清楚。2019年5月底的一个清晨，阿潘进车库开车，我在路边稍候。突然，我成了目击者。一只鸟在树上啾啾，有早醒的欢喜。一只猫在地上巡逻，步子也安适。但是鸟的欢快骚扰了它。听到鸟鸣,它移步树下,仰脸打量,思忖行动。它快速爬树,动作轻柔,还是惊动了那只鸟。它展翅一飞,落在另一棵树上。这使我想起猫教老虎的故事,又想起《一桩事先张扬的谋杀案》。也可以说,孤独的猫想和鸟儿游戏?或许,猫的梦想,鸟懂了!半个月前的一个清早,我在校园偶遇一只狗。它从远处跑来,呆立在路口,定定地看着我,又左右观望许久。我绕后走开,回头再拍它时,没想到它跑了一步,懒懒地躺下了。这,何止是葛优躺呀!

与这些猫、狗、鸟相比,蚕并非同类。百度上说蚕是变态类昆虫,桑蚕又称家蚕,是以桑叶为食料的吐丝结茧的经济昆虫之一。我在路上所做的最具有仪式感的,莫过于"蚕修"了。2018年6月21日,燕子在微信中说女儿养了两百多条蚕宝宝,若有小朋友领养,她愿意赠送。看到这则信息,我心动了,小时候只在别人家里看到过蚕,那个金贵!只能看,不许摸。1988年结婚后,我才第一次养蚕,满校园找桑叶。找不到桑叶,喂莴笋叶子竟也结了茧。其中有几天蚕不动弹,还以为生病了,请同事来诊断,说是蜕皮。

从燕子那里领养蚕苗后,蚕宝宝就成了我的家庭成员。怕它们挨饿,当天一下班我就冒雨去采桑叶。擦干一片桑叶,放在它们身上。先是担心叶子太大,它们无法下嘴,过了一会儿,终见叶片中有针眼;又担心蜷缩在叶梗上的宝宝不知道来吃,就把叶子撕片,放在四周,便于宝宝就近吃饭。晚上下班后,我把它们带回家里,放在桌上观赏,阿潘诧异:"你从哪儿找的桑叶!"我骄傲地说:"我们学校以前叫丝绸工学院,何止有桑林,百年桑树都有两棵!"

天道酬勤,一分功夫一分收获。半个月后,我的蚕宝宝发生了巨大的变化。2018年7月7日,那天小暑,也是暑期第一天,我在办公室做试卷和学年论文的扫尾工作,我的蚕宝宝开始结茧了!从6月22日收养它们,至7月4日夜第一条蚕吐丝,它们以快速长大、变老又禅定的方式,让我见证了其独特的生命历程;采桑喂养它们,使我在期末诸种事务中有种偷闲偷乐的趣味，还有不断发现的喜悦！在养蚕的过程中，我重读了冯至的《蚕马》和茅盾的《春蚕》以及与蚕相关的神话传说、风物民俗，爱情、亲情与成长的主题不断涌现在我脑海。

我还以母爱的情怀，每天拿着、托着装有桑蚕的盒子上下班。白日把它们放在家里，怕无人喂桑叶饿坏了它们；晚上把它们放在办公室过夜，又怕蟑螂祸害它们。我带着它们在路上，在地铁上，总有人好奇或好玩地看它们一眼："这么多呀。""这么小呀，这个时候蚕不是该结茧了吗？""是给家里的孩子养的吧！"青虫小小时，工作人员同意它们不安检；青虫变大时，我给蚕们换了个筐，用一个装月饼的竹筐盛着它们，怕影响它们呼吸，我没有盖盖子，安检小哥建议盖上盖子；青虫肥大时，安检小哥问同事，这东西允许带上地铁吗？真可笑，是把桑蚕当作宠物猫狗了吗？

这是圆梦呀！我似乎被自己随身携带蚕盒、蚕筐的姿态所迷恋，是因为"拿""捧"等动作本身的缘故吗？起初唤起的记忆，是童年时看过的朝鲜电影《卖花姑娘》，安徒生童话《卖火柴的小女孩》，还有那个国王给孩子们花种检查诚实品格的故事。不过自始至终，我想到最多的一个意象则是托钵僧人，或许，修行是中年心态的我最为关注的话题。

四

何以解忧？花草猫狗蚕。2015年是我的纠结年。几则微信为例：

2015年4月15日：白天不知黑夜的梦，看着你们，我想念海。

2015年4月24日：1928年2月7日，朱自清写了散文《哪里走》。

2015年4月25日：什么时候开始遮蔽，什么时候平和苛责，佛陀都在沉没中睡眠，你却一遍遍追问思虑。返乡追忆拾荒，通宵狂奔歌唱，什么人的舞蹈如死亡般荒诞，什么人的笑脸如鬼魅般闪现。

2015年5月1日：书房寂寥在，热茶满乾坤。竹帘隔世界，静修有佛音。

2015年5月5日：南方的睡莲开了，北方的楸树开了。你迂回又曲折，你峰回却不能路转。你不是闲愁，你是夏日里的一场春梦！

这纠结来自行政工作。我2008年开始做学院主要负责人，2010年学校实行绩效工资，2011年换届后，我同时担任学院书记兼院长。2013年、2014年学院动荡不安，年轻老师和教授抗议绩效工资，我自然受到冲击：是否还要做行政工作，是我最大的困扰。2015年上半年，学校一度想合并法政学院和新传学院，未果；年底，杭州市委宣传部和学校共建新闻学院，学院更名为"史量才新闻与传播学院"，并于2016年第一个工作日挂牌。

2016年3月26日，我和阿潘首次下班后步行回家！自此，我定了个小目标：目光所及全是美的所在。因此，花花草草，大自然的一切，成为我随时随地欣赏的对象，我走上了一条自我审美救赎之路。

（写于2020年11月18日）

疫情下的“生活流”

2020年上半年，我们一度在家隔离，室外行走和线下交往弥足珍贵，直到5月学生返校上课，似乎恢复了正常，似乎又有变化。自2月至5月，我在允许的范围里，最大限度地如常生活，感受春天，再次佐证了电影《沉默的羔羊》中的台词：“我们贪图那些日常见到的东西。”以下随笔，为这一特殊时期之印记。

一、二月绿意暖心扉

2020年2月12日，我从郑州回到杭州按要求待在家里整七天后，第一次走出家门扔垃圾。小区很安静，鸟鸣婉转，空旷处有老人打太极，有孩子做游戏，周围楼上传来一些音乐声，有孩子在练钢琴。

一天中午女儿从单位值班回来，说一女孩在阳台上背诗，卡壳了，楼下正与男友散步的美女接上了，女孩受惊，直叫妈妈！听其稚嫩声音，不会超过三年级。这令我想起网上约吵架、云喝酒之类来。

这段时间，日常消费、生活方式被迫改变。除正式上班族外，一家隔天可有一人去采购，阿潘把机会让给我，我特意走远到临近东公园的永辉超市购物，渐渐发现路上人、车多了，城市有了生机和活力。东公园和超市之间有条小路，临河，有花开，适合漫步。每次购物之前,我先去走那条路,独自一人,看阳光覆水、碎银粼粼、结香花开,心生欢喜!

教育部规定停学不停课,全国师生都在上网课。这学期我有两门研究生课程,2019级艺术学理论的“当代艺术与文化思想”、2019级新闻与传播专硕的“时尚传播与文化研究”,还有2019级中文本科生的“现当代文学1”即现代文学史。我决定第一次课要从新冠肺炎疫情(疾病、灾难)切入,结合学科特点,既关注现实,也给学生必要的心理帮助。我选用钉钉群中的会议模式,我要“看到”他们。上课前,我把思考题发给研究生,让艺术学理论学生思考“灾难与艺术”的关系,传播学学生思考“疫情中为何时尚话题少之又少”。课堂上每人都要发言,参与讨论,由我总结。

2月17日上午,在“当代艺术与文化思想”课上,师生说了很多:灾难发生有自然有人为。地震、飓风、海啸、火山爆发,属天灾;战争为人祸;疾病、瘟疫大流行有天灾也有人祸。天灾之后,对疾病的态度和干预与价值观和社会治理相关。疾病也是一种隐喻。疾病与艺术的关系,写实还是象征隐喻?可以从疾病这个切入点来梳理艺术史。2月18日上午,在“时尚传播与文化研究”课上,有学生从马斯洛五层次需求谈“时尚话题为何少之又少”,生理、安全之后,才是自我实现。时尚超越了生存,带有自我实现的意义,从而界定“时尚”与人的关系。疫情中,公共信息流通很重要,由此可见传播伦理性和媒体责任感之重要。

学校规定本科生线上课程延迟一周。为加强实感,我把现代文学史“第一个十年的思潮与运动”放后面讲,2月25日第一次课就讲鲁迅,从文学与疾病切入,探讨鲁迅为何要弃医从文。由其父之病引发的对中医(传统文化)之批判、其启蒙文学观、身体(疾病)与心理(疾病)的关系,以及对国民性格的批判。钉钉群里,有毕业生听这门课。

(写于2020年2月25日)

二、三月芳菲珍惜春

(一)看到油菜花了

3月14日午饭后和阿潘沿江漫步,一直走到海宁,前后三个小时。

春心是关不住的。马路边停了许多车,江堤上举家漫步者众。吸引我的,仍是沿江排开的钓竿。钓者用力甩线,钓钩远远落入江中,那力度,那姿势,好酷好有味。我说过两年也来玩垂钓吧,阿潘说暂无兴趣。爱动爱走的他,还静不下心来。

朝北走一直到下沙与海宁交界处再折向大学城北,一个亲戚住在这边,去年他家宝宝出生,我来过一次。那次乘车,匆匆忙忙;这次步行,可慢走细看:楼房鳞次栉比,一个个小区快要连在一起了;远远地看到大片大片的油菜花,还有人影在晃动。我赶紧走过去,沿窄窄木板爬上田地,哇,何止是油菜花呀,豌豆、蚕豆也都开花啦!东一块西一块的菜地上,种满了油菜、香菜……最多的仍是油菜,热烈开放的菜花,花香之浓,隔着口罩都能闻到。网上说因疫情隔离,养蜂人不能外出放蜂,留心看了一下,还真没看到蜜蜂的影子;蜜蜂这小精灵,嗅觉灵敏,采蜜是其本性,有这大片大片的菜花,应该不招自来。前几天一只蜂蜜飞进我十五层楼的办公室,在兰花上飞呀飞;前年年末,我办公室的一枝蜡梅花,也招来了蜜蜂。

我和阿潘在田里转了一会,又议论起蚕豆南北称谓之不同来。一位大姐接腔道:"你们也是绍兴的吗?绍兴也叫佛豆。"正说着,又有女人拿着农具来,见我们兴致勃勃地在菜地穿梭,也开心地说起太阳好、天气好的闲话来。在这春暖花开之际,晒着太阳,侍弄菜地或种花,真舒坦。若能出身汗,酣畅淋漓,有治愈功能吧?劳动成为发自内心的需求。

继续前行，来到东郡国际小区前的沿河公园里，也是寻常景观，老人在晒太阳，小孩在玩耍，草地上有帐篷。靠近桥头的地方，两位壮男一南一北配合默契地拉网捕鱼。伫立桥头向东望去河面竟如此广阔，第一次看到这条河，它紧邻浙江财经大学，离我家也就三四公里吧。城市在生长，我们又过于匆忙，对周边的熟悉感不再有了。我们在网络虚拟世界中任意驰骋，亲近了遥不可及的远方，也必然推远了举步可及的周边。

（写于2020年3月14日）

（二）听到了蛙鸣

这该是寻常春日吧，因为周末，散落在水边的钓者比平日多了许多。有些人来得早，他们身边的小盆小罐中已有鱼儿游动，河小水浅，鱼也大不到哪里去。“玩儿呢！”见我对其收获有兴趣，一位钓者开心地说。有人骑摩托刚到，找一僻静处垂钓，这河岔道多，三弯两弯的就有一块坡地形成。远远望去，对面坡地上已有两三顶帐篷，一顶帐篷门口坐着老人、孩子，附近有美女牵大狗溜达，坡下近水处也有垂钓者，各玩各的，彼此安宁。

这是东公园，与浙理工“后花园”（西公园）分居高教园区两端，彼此遥相呼应。东公园离我居住的金沙学府只有一公里之遥。防疫宅家，我大着胆子去感受春之萌动时，东公园就成了首选。2月中旬，我回杭后第一次出小区，之所以锁定永辉超市购物，就为了能到东公园看看。那日天寒，偌大的公园空空荡荡，我从东头走到西头，只有一位环卫工人在打扫树叶，他远远地劝我离开。后来，就选取了附近一条僻静小路作为漫步沉思之处……终于有一天，当我再试探着走进东公园时，惊喜地发现白鹭翩飞，垂钓人已捷足先登了！

3月15日再来这里，东公园一片繁花锦簇、生机盎然。就说垂钓者吧，各式身影，各种姿态，有自然老练的，有认真僵硬的，也有佯装不在意的，而让我眼睛一亮的则是那个背影，二月兰的紫色与垂钓者衣着的橙色相映照——第一次看到环卫工在垂钓，这才是生活本色，给人岁月静好之感。

游园中我听到了蛙鸣，看到了睡莲浮水面。从一条僻静的河道传来了蛙鸣，鸣声如鼓，这该是冬眠的青蛙醒来后的叫声，声音粗憨，不若新蛙声音的脆嫩。当我循声走近想找到青蛙时，蛙声止，蛙影更无踪迹。再往前走，面对公园里最大的水域，遂想起几年前与对面房子的交集。那里曾有一茶吧，据说是由浙江工商大学的老师经营。一个夏日的傍晚，我约了佳人、闻亲和小白来此雅聚。小白和佳人正热恋般地喷涌写诗。遗憾的是，当我们兴冲冲走进茶吧时，断电了，何时来电亦不可知，只好另觅地方。彼时下沙的饮食文化还未成气候，因陋就简，我在微醺中吟诵了两人的诗，诗兴也算尽了。

再后来，这个房子闪现在我脑海，则是两年前的事了。在某个规划中，它可以成为一个文化机构连带一位著名作家的工作坊，读书会、座谈会、讲座沙龙、小型会议，美好的画面逐一浮现……却还是换了地方，这里着实安静，人气不够。这样想着，又继续最近的思考，经此一疫，我们意识到日常之重要。之后，我们能否重新调整生活？给自己一个转折，从某种求快求多中抽身？

（写于2020年3月15日）

（三）应景

周作人在《北京的茶食》中说："我们看夕阳，看秋河，看花，听雨，闻香，喝不求解渴的酒，吃不求饱的点心，都是生活上必要的——虽然是无用的装点，而且是愈精炼愈好。"这是3月19日上午我给大一中文学生讲周作人散文时特别强调的生活艺术化追求。下午学院党政联席视频会议后，我到小区外散步，打算到江边走走。刚出金沙学府南门,就瞥见了对面雪云一般的花林。夕阳西下,如梦如幻的樱花,仿佛从天而降,令人吃惊。我一边赏花一边在微信中和同事商议老师们返杭、返校及每日打卡之事,不知不觉就走到江边。此时,钱塘江水早已退潮,江面更加清澈辽阔。

从江边返回时,我走到了对面的侧路上。这侧海棠花也开得正当时,为与对面雪白樱花林相对应吧,这侧海棠林也以白色为主。不过,那云幻般的樱花道更加吸引人,樱花树的枝条更加婀娜多姿,赏花拍照者也更多。

一天一天地,疫期有两个月了。学校原定2月14日开学,停学不停课。至今,我已给研究生上网课五周,给本科生上网课也四周了。以一学期授课按十六周计,已过了三分之一或四分之一。当疫情成常态,该防护就防护,该工作就工作,该休闲就休闲。就如20世纪40年代西南联大的师生,敌机来了,躲进防空洞;轰炸完了,师生从防空洞出来继续授课、学习一样。

当然,这份定力及调适力也是磨炼出来的。受疫情煎熬,有学生为等待考研成绩焦虑不堪,对我说瘦了几斤。我说压力谁都有,谁都在等待,还是以做事来分散焦灼吧。应对新冠肺炎疫情,姜还是老的辣。我的两位导师做出了榜样,温儒敏老师编完了一本书,商金林老师则写了一篇长达两三万字的大文章。我从微信群里,还看到更多的老师,既关注现实呼应关切,又在教书育人及科研……可以说,他们已经百炼成钢啦。想想,这也是应尽的本分,多少人早就返工返岗,还有多少人想出来谋生而不得。

疫情正收尾,这个特殊的时期快终结吧!

（写于2020年3月19日）

三、四月寄语并祝福

如四月嫩叶，如四月蔷薇，如四月蜡梅树结的青果，是新绿，是绽放，也是初果。这是你们两年半读研生活的收获，也是为了安全的一次特殊的告别。

你们从浙理出发，就像在江流中上下游溯的鱼，随江水穿山越岭，几经曲折，终于一个大猛子游进了社会这个大海。那里有更广更阔的海面任你跃，那里有更多更大的鱼、鲸、鲨与你们同行，不要惧怕，眼望前方，奋力游去！累了，稍做歇息，但不放弃，永不放弃。韧性而坚持，终会抵达目标，就如这两年半的浙理工生涯，你们所做的那样！

在浙理，我们彼此相伴，成就了一次特殊的缘分。大一第二学期伊始，你们自主更换导师，先是亚楠带着她的诗来找我，第二天园园和邵媛也来了，以前每届我只带一个研究生，突然一下子要接收三个，我有点儿为难。但是你们的处境勾起了我的忧思，你们比我女儿还小，我决定接收你们，经过种种努力，终于在学期结束的前一天，我们做了师徒。随后，我开始看你们的本科毕业论文、研一的课程论文，给你们布置暑假作业，每人至少想出两个毕业论文的题目。

开学后，经过反复斟酌，亚楠锁定“魏晋生命艺术”，戴园盯牢庄子的虚空说，邵媛研究刘复观的《中国艺术精神》，实乃谈中国新儒家的艺术观。于是，我们师徒一起溯源并审视中国最古老的审美文化传统，打量遥远历史上的风云变幻，在艺术的厚土与灵秀中寻找自我，隔空对话，你们年轻的心找到了各自的审美契合，中年心态的我也获得了文化之根的扎实。

我们珍惜这来之不易的缘分，为自我证明，配合默契。题目确定后，你们开始了泡图书馆生涯，为了互不干扰分处不同阅读室。我就在图书馆后边的大楼里办公,夜晚也在办公室做研究,你们随时可来聊天,谈学问,谈生活,我们还一起茶叙、饭聊、游园;你们勤于思考和写作,一稿、二稿、三稿、四稿,按照老师们的建议,不厌其烦地修改论文。就这样,开题、中期检查、预答辩、答辩,你们一步步闯过来,按期顺利毕业。3月25日,你们远程答辩后,线上的头像与线下戴着口罩的老师合了影。

你们4月22日返校,要在极短的时间里办理离校手续。你们送来了《陈说旧时》纪念册,答辩、读书会、茶叙、饭聊、游园等照片,定格了我们在一起的诗意、美好和丰富。4月23日,你们从网上租来学位服,在空荡荡的校园,拍下一帧帧欢快的照片,你们的笑声是那样清亮!

4月23日下午园园离校,4月24日其他人也都要离开。这次返校,我只是把你们带到教师食堂吃了个简餐。与往届同学相比,你们少了一次典礼,少了一次散伙饭中的豪情与微醺中的抒怀,但是上天已经格外照顾大家,你们是这届研究生中第一批送审论文、第一批答辩、第一批领毕业证、第一批走进社会的,这么多的第一次何尝不是命运对你们的馈赠!老师们的盛赞、同学在网上的祝福何尝不是一场特别的典礼?心里有即存在,你们已光荣而骄傲地毕业啦!祝福的饭聚、庆贺的小酒、散伙的抒怀,留待今后,随时随地都可以有!

最后套用伟人的话作为寄语并祝福:你们是早上八九点钟的太阳,世界是你们的,也是我们的。但归根结底,还是你们的!

诸位:开开心心,迈开大步走向社会吧!

(写于2020年4月24日)

四、五月讲台第一课

初夏,晨7点的光景宁静而有朝气。阳光从遥远的天边射来,温和地穿射在叶片上，叶脉通透富有层次，校园里弥漫着草木的清香，那是整个夜晚积淀的氧气吧！各色各形的鸟儿在半空、在枝头、在草地、在空旷的路上或飞越或蹦跶，叽叽喳喳地呼朋唤友，有的急促，有的悠闲，犹如人，性子有急有慢。

从浙理工南门进校后沿西边走，是我这几天早晨的路线。在连续看了半个多月的“东半球”后，我想仔仔细细地观赏校园西边的景致。游完“西半球”后，远远看到正对着大南门的池塘边，一只白鹭在踱步，它是被池中的金鱼吸引了吗？我刚举起手机还未选好角度，它就飞走了。白鹭生性敏感、胆小，我似乎第一次在校园水域里看到。

走近我办公的25号楼，发现楼门口的树上两只喜鹊在谈恋爱。它们先是在枝缝间追逐，聚合又分开，叽叽喳喳，应和不断。一只跳上树枝回头叫着，另一只扬着头斗嘴后飞到另一棵树上，先前主动发声者马上也追了过去。这两年我常被鸟儿吸引，喜欢琢磨其状态，就像年轻时在舞会上，根据舞者姿态表情判断其情感状态一样。前些天的一个早晨，我在护校河外走，正欣赏对岸蓬勃繁盛的蔷薇花及其水中倒影，却被响亮的鸟鸣吸引，放眼望去，一对鸟儿正追逐着、撕咬着，其中一只颇为凶狠，另一只却缠绕着不离不弃，它们在河上空和对岸往返、对折又绕弯，箭一般的迅猛，看得我眼花缭乱，后悔没录像。

今早在护校河外走，隔河相望，看到对岸校园里有学生在河边读书。进南门，一个学生从荷花池畔跑步过来，阳光洒在背影上，金光普照般地晃眼睛，遂冒出何其芳《预言》中的叹喟：“年轻的神！”昨晚在夜色中穿越校园，碰到三三两两的学生，说说笑笑地返回宿舍，青年人特有的戏谑和亲密，与葳蕤的草木气息相契，心想：这才是校园里该有的寻常，校园若无学生总令人遗憾。当然，校园之魅力在其文化精神，那默默流淌的激情或氤氲的气息，在师生、同仁、同学间永存，彼此间情感的共鸣、精神的交流，相互砥砺，相互激发，互为发现又彼此成全和完善。

人的社会性总促使其呼应和印证，所谓气味相投、同声相应，亦如周作人《结缘豆》中所谓的“结缘”，师生、同仁、同学也该是一种精神相契和结缘，而这些，也就显示了课堂的魅力。技术变革创造了超时空的虚拟和仿真，只是彼此凝视、目光对话、肢体语言、音容笑貌、神态举止、体态仪表这些面对面交流所释放的讯息是线上教学取代不了的。

或许是我观念老化，总觉得线下教学是一种珍贵资源。老师的每一次讲授都非简单复制！如演员表演，听众/观众/受众不同，演出自然不同。课堂是师生的互为成就，对老师而言，即便戴着口罩，也能从学生眼神中看到不同反应，据此调整其思路和讲授内容。课堂类似于剧场，观赏戏剧与看电影体验之不同，则在于演员与观众互动与否。

今日上午给研究生授课，讨论的氛围越来越浓。下午给大一中文班上课，也是本学期第一次给本科生上堂课。学生很专注，我讲得也兴奋。有人说，老师都是“二百五”，学生越专心听讲越有呼应，老师就讲得越带劲，越能燃烧自己。这么说，我和许多同事都是“二百五”了。

（写于2020年5月19日）

五、钱塘观景

钱塘江潮声势浩大，堪称自然奇观。每天涨潮退潮，唯有中秋佳节前后的潮水最为雄奇。苏东坡曾盛赞：“八月十八潮，壮观天下无。”受制于地形，各处潮涌景观不同，每年杭州电视台会预报最高潮到各个观潮点的时间。我居住的金沙学府距离钱塘江边五百米，按说去江边漫步观潮该成为日常。但是，我第一次观潮是在来杭十年后的2017年国庆长假。10月8日,我和阿潘到海宁亲戚家做客,微醺后一行人去观钱塘江的回头潮。遗憾的是没看到最高潮,不过潮虽退,江面起伏,浊浪拍岸,远胜我家附近之江水。

有了这次观潮体验,第二年中秋节我早早做了准备。预报说9月24日13点05分潮头到达下沙大桥,我们提早出来,快到江岸时,却看到汽车、摩托车等由南向北飞驰,阿潘说估计潮头已过,这是要赶到下一个观潮点的。果真,江堤上观潮人四散,江中潮流湍急。远眺对岸美女坝,另一观潮最佳点,啥也看不到,一声声隔江传来的警报,提醒着人们不要靠近坝堤。

有潮涨就有潮落。一个月后,我和阿潘在江边漫步,昔日的江面竟裸露着沙滩,江水如此之少!江堤上一人骑马前行,很应景的样子。折回时马正在吃草,我好奇地问他马的来历,他说自家的,养着玩玩,冬天喂草,买来的干草。嗯,蛮好!江堤上和附近的小河边,随处可见垂钓者、漫步者、骑行者。

随着钱塘江绿道的修建,江边越来越美丽,景观日益丰富。疫情中,听同事说晨练时许多人在江边观日出,太阳从江中跳出来那一刻灿烂极了。我被他的描绘所逗引,心想,喜欢看日出的我,曾在山上、海边、岛上乃至校园公园里都观赏过日出,“日出江花红胜火”,怎么偏偏忽略了钱塘江日出?

2020年6月13日,早晨5点我就去江边看日出了。只是还未走上江堤就看到外围河边太阳已跃空,颇瑰丽。至江堤上,江风习习,空气清透,霞光如碎金般反射水中,江水正上涨,浩浩荡荡有拍岸声。有人凝神远望,有人晨练,疾步快走或跑步,男女老幼皆有,有独自一人的,也有结伴的,三口之家者颇多。有几位晨跑者大汗淋漓,手机里响着音乐。

江堤西侧,游步道边花草林木铺就,野中有致,茂盛美丽。真要感叹江南好风、好水、好土,似乎随便扔一棵绿苗都会扎根生长,瞬间即可开花结果，这样的景致也是随意抓取皆可入镜的。各色风景中，河湾岸边垂钓者的姿态是我百看不厌的，得半日闲垂钓，与友人相伴或置身陌生人中，不求“独钓寒江雪”的意境，仅为休憩，这闲适也是美的；若是谋生，得几尾鱼给家人吃或换几元钱，又何尝不是一种实惠！

这么沉思着，离开江堤回家。街上行人寥寥，菜店倒是开了，买了两样蔬菜出来，远远看到一个人挑着一担花过来。全是茉莉花树，全都含苞待放，估计是给花店送的，一棵棵花树，就那么裸着根，没有花盆，老娘土极少。卖花人说土植、水植皆可，要十五元一棵，讨价还价后十元一棵买了，这么多花苞，即便是水植花开，也好！

（写于2020年6月13日）

六、七月忽地笑开了

阴天，有风，锦华亭的忽地笑开了，浙理工锦华亭的忽地笑开了。

今晨，我在学校漫步。当我穿过6号楼7号楼之间的竹林，绕道那个小土丘时，眼前一亮，那些散落在亭子周边小径旁杂树间的黄花犹如雨后蘑菇一般，突然就冒出了许多。

这些花，去年的这个季节也冒出过，也吸引过我，只是没这么多没这么大。那时，我还称它为彼岸花。今天，我百度了下得知，“忽地笑”不是“彼岸花”，棵大色黄瓣多，尽管也叫石蒜。

彼岸花只有白色、红色，去年我在河边拍到过许多，还为它写过一首诗。这些小生灵，花美名字也美。这忽地笑也同样如此。莫名其妙，忽地就笑了，多好！

在期末的最后一周，南方洪水肆虐，令人心焦。这鲜艳在绿意中的明黄却明媚着、爽朗着这个早晨，正如凉风而非梅雨，让人舒爽而非郁闷和炎燥。在这样的时势下，在这样的期末，被各种焦躁各种疲累各种责任包围的我们,很需要忽地超脱一下,忽地笑一下,然后再各忙各的,各干各的,各烦各的吧。

这是自我调整,并非抓住头发离开地球!

(写于2020年7月14日)

阿潘家乡掠影

一

阿潘家乡在浙江省武义县柳城畲族镇。柳城昔名宣平,作为宣平县府所在地长达五百零六年(1452—1958)。1958年5月,宣平县撤销,其辖区划归莲都、松阳、武义三县。此后在相当长时间里,民间复县活动未断。柳城四面环山,地势自西北略向东南倾斜,东溪、西溪两条河流,从城镇两端环绕护卫,汇合于绿岩潭,形成宣平溪后蜿蜒南去,将古城地形勾勒成"倒葫芦"形。

宣平物产丰富,宣莲最有名。宣平周围十里所产莲子,曾为贡品,肉糯无渣口感好。周围山区盛产优质板栗和猕猴桃,沟壑之间有茶树,山茶花开之后结籽,可榨山茶油。山区盛产草药,山民挖草药,也卖草药。宣平街靠西头菜市场前,自南向北有一条小街收售各种土特产。一次我碰到一个卖草药的,三轮车里的三百多种草药全是他自己采的,他说以前是他采父亲卖,父亲年岁已大,现在采和卖都由他来做了。

柳城主干道从东往西,镇政府就在这条街上,沿街居民楼统一规划不得低于四楼,一楼可开店也可自用。每次回去,我喜欢衣服店、文具店、缝纫店一家一家逛着玩儿。有店主知道我是潘家媳妇的会亲切地打招呼。我也喜欢吃街上的零食。炉饼贴着炉壁烤的，里面包有雪菜肉馅；小碎红薯块搅和在面糊中，放进油锅里炸的叫油炸饼。镇上的小饭馆也是一家挨着一家，主要是小吃：豆腐元子和馄饨。宣平的馄饨很有名，皮薄肉细（土猪肉，手工剁肉）味鲜，我每次回去必吃。三十多年来，每碗馄饨的价格经历了由一元——点五元—两元—三元—四元—五元的变化。2014年10月4日晨我去一家热门店吃馄饨，竟有温州客人打包带走一百碗。

1988年春节我第一次来柳城。那时整条街，包括阿潘家的房子都是木质结构，家家门前有水道可洗菜洗碗，后来老房子被新式楼房替代，青石板路换成了水泥路，但在古镇的背街小巷还能找到老院子、老小弄。有的老院子从大门进去，院落深三进，左右各有套间偏房，住了整整六户人家。而乾隆十八年立的"郑家庙门墙"就矗立在镇中心街道，表征着这个古镇的历史及其深厚的文化底蕴。近年来，柳城打造文物特色小镇，修建了古朴雄伟的城门尚义门，修复了鲍家厅、郑家厅等古朴建筑，形成以太平街为中轴线、以县治为中心点，东西两侧建筑对称，南北街道呼应。城北有洞主庙、玉皇宫、普照寺；城西有东岳宫、万寿宫；城南有天妃宫、城隍庙；城东有书院、文庙等。古镇自成一体，作为远景，山上有两座古塔——巽峰塔、莱峰塔，两塔隔溪相望。夏日有"十里荷花"，一派田园风光，美不胜收！

二

阿潘家乡上香礼佛的地方随处可见，既有中国元代寺庙建筑风格的代表延福寺，又有一般寺庙，比如龙山上的普照寺。延福寺是元代建筑，1934年10月梁思成、林徽因曾在此考察，说它有"宋风"，其梁构与北方建筑相异。2014年浙江省委主要领导在此考察后做出指示，使之修复至历史鼎盛形态。之后，院落次第开，修塔、移牌、植大树，规模恢宏，定位为“灵隐寺的下院”，统属灵隐禅寺。2017年2月5日，我和阿潘去游玩时，尚有局部待修，却也游人如织。

除了延福寺这类进入《中国建筑史》的标志性寺院建筑，阿潘家乡民间自建寺庙者也令人印象深刻。2014年10月4日，我和阿潘去拜访一个修了十年仍在修的龙福寺，看望一位七十多岁的修建人。这位老者十多年前退休后开始四处化缘，辛苦奔波，想在几百年前的龙福寺地基上，重现它的辉煌。他的三个女儿皆生活幸福，她们不想父亲如此劳累，劝说无用后，也就随他去了。

几年前，得知我们回来过春节，他曾上门来，素喜佛理的阿潘认真听他谈构想，帮他查资料。一年又一年，他开山造路，上香的主体建筑修好了，山门山顶殿堂修好了，他还有大设计，又建了供禅修者居住的两层楼。每次来访，我都为他的努力而感动，渐渐地对这个仍在建造中的寺庙有了感情，尽管这里的香火仍较寂寥。那天我们到来时，老人特地为我们开了佛乐，并为我们一一打开其他寺堂参观。

盛世修庙，愿老人得到福报！

除了这些建筑，近年来阿潘家乡也兴起了民宿热，一些古老的山村被重新开发利用。2017年春节，我们游览了畲族村落江下村，那里定期有畲族活动，遍地都是农家乐。梁家山村利用古树溪流峡谷的自然环境，已开发出部分民宿。印象比较深的是黄村，有一百多户人家，土墙老瓦因年代久远呈铁锈色，村路石阶四通八达，我们上上下下走了一个小时。黄村的广告词为“江南布达拉宫”，村民淳朴之至，友善地和我们搭话，没有人卖东西，整个村庄也没有收门票。从柳城去黄村沿途风景秀丽，盘山路盘啊盘，秀林茂竹，奇石山花，目不暇接，空气宜人。

三

阿潘家人喜欢做吃的。婆婆腌的八宝菜，即把萝卜丝、竹笋丝等腌制，脆而酸，我百吃不厌；她炒的粉干，丝丝爽滑，加点肉丝和青菜，也是我喜欢吃的美味。女儿喜欢吃奶奶做的油炸小土豆和咸豆饭。土豆先煮熟，用刀拍扁，放油锅炸得焦黄，撒葱花出锅；咸豆饭是糯米掺豌豆和肉丁上锅蒸。我和女儿爱吃的这四样饭菜，爱厨艺的阿潘屡屡实验，均未达到其妈妈的水平。

我们回柳城老家，在阿潘姐姐家吃饭最多。姐姐、姐夫都对厨艺兴趣浓厚。姐夫的父母是厨师，受其熏染，他也善厨艺，其大儿子长春也烧得一手好菜。他们做菜讲究食材，做老鸭煲要用两年以上的老鸭、山边小笋干，用松枝烧火，慢火炖；他们还善于酿酒，桑葚酒、杨梅酒，蛇酒等。每次回去，姐姐还带我们到周边吃饭，在河边人家吃竹筒饭，把糯米和肉装进竹筒里蒸熟，咸香。2011年中秋节和国庆节重合，姐姐的朋友请我们和几家人去山里吃饭，喝自家酿的酒。饭后，乘着酒兴，我们步行回家。彼时，明月当空，四周宁静，桂花香浓，一行人边走边唱，怡然快哉！

阿潘每次从老家回杭州，都要带回很多吃食。有的是婆婆、姐姐送的，有的是邻居送的。有新鲜蔬菜，有冷冻的菜团和半成品的笋块，还有各种家酿酒，大包、小包、大纸箱、小纸箱能放满大半个电梯。春节时，则有各式年糕、发糕；清明节则有豌豆、豆腐和青团，豌豆刚从田里摘来，豆腐也是新磨的，还散着温热。豆腐可炖汤，切两片金华火腿，放上腌雪菜，哇，这味道！阿潘还常带水果回来，猕猴桃、胡柚整麻袋带回，我捡一小筐胡柚放床头，满屋清韵着药香，可以助眠。

有一次姐姐让人捎来一大麻袋春笋，我们只好分送朋友。那时住城内，我打车送笋，这家一根那家两根的，从车窗里把竹笋递过去，再往下一个地点赶,像极了地下党接头。每种食物都是生命的热爱,对游子来说,来自家乡的吃食,是千丝万缕的牵连。

四

女儿多次对我说过,奶奶是你的好婆婆。的确,和阿潘妈妈在一起,很轻松。我家主要是阿潘做饭,对此她习以为常。她说,姐姐家也是姐夫做饭,姐夫家世世代代都是男人做饭。每次回去,她会带着我去看她种的菜、她的茶树。婆婆慷慨大方,把她种的菜送给邻居吃。冬天她给阿潘、我和女儿织毛衣,夏天我在家时会给摘朵荷花送我。晚年时她得了阿尔茨海默病,却仍然记得给我带酒来。

婆婆似乎一下子就老了。2008年我们杭州的房子装修好了,阿潘接她来过年。她很快把附近的菜市场逛了一圈,告诉我们哪里的菜比较便宜。她怕认不清门栋,就在我家门栋前放根树枝做记号。2011年春节过后,阿潘把她接到杭州住,却每天两次接到保安电话,婆婆在小区里找不到家了,他匆匆忙忙从单位赶回来去领妈妈,第三天,阿潘赶紧把她送回老家。2012年"五一",姐姐陪着婆婆在我家住了一周后把她带了回去。婆婆对老家熟门熟路,她走到街上若一时糊涂忘记在哪里,熟人会提醒她或告诉姐姐。

婆婆时而清醒时而糊涂,我们担心她一人生活不安全,她又不愿住姐姐家,只好把她送到养老院。在养老院,两人一间屋,清醒时她与同伴相处安然,糊涂时她会赶同屋人走,说房子不出租了。她拔门口菜地的菜,以为那是自家菜地。这两年来,她常走失,曾两次在房间点火,差点引发火灾。多亏老家有姐姐,她和姐夫基本上处于随时待命的状态,婆婆一旦出现状况,立即发动朋友们四处寻找。随着婆婆的病越来越严重,又不得不更换养老院。公家养老院不让她住了,姐姐又给她找了家私人养老院,住了一段时间,也不让住了。只好请专职保姆，保姆为了方便又把她接到自己家住。2019年4月28日晚上，阿潘接到电话，说婆婆中风送到医院里了，29日上午病情恶化，要他赶紧回去。30日早晨阿潘从老家打来电话，告诉我婆婆去世了。婆婆从发急病到离世，只有一天半的时间。听姐姐说，婆婆最后说的话是“你真好你真好”。

5月9日，我和女儿回去奔丧。10日守灵、做法事。11日上午，我们和亲戚把婆婆骨灰盒与爸爸合葬。在坟墓前行礼后，我们脱下白色孝衣换上红色衣服，挂红布，意为生活红红火火、兴旺发达。这是向前看的仪式。阴阳师拿五谷杂粮，五次分送我们，请妈妈保佑我们，祝福我们。下午我们去墓地给她送饭，依人指导，我们一家三口上香斟酒左三圈右三圈绕坟墓之后，仪式全部结束。在回家的路上，阿潘哑着嗓子对女儿说：“爸爸没有妈妈了！”再次泪目，女儿再次安慰道，奶奶86岁了，痴了这么久，少痛而走，是她的福气……

公公年轻时在外地工作，婆婆一人带孩子生活。待公公终于和婆婆、孩子们团聚在一起时，又中风半身不遂乃至瘫在床上，长达十年，都是婆婆侍候的，公公60岁就去世了。在我看来，相对于年轻时一人带孩子，中年时丈夫中风有后遗症，婆婆老年独自生活的二十三年，反倒是比较好的岁月。至于去世前七个月的大小便失禁、生活质量下降，这是自然规律，谁也逃不掉的。

那两天在老家，不断有老人来对我说你妈妈是个好人，讲述婆婆生活的点点滴滴！我相信她一定看到了另一个世界的美好！婆婆走了，我是情不自禁、本能地泪目，内心深处为她这种离开方式而祝福！

我相信婆婆在另一个世界仍是一个善良的人，一个慈母般关爱他人而得福报的人！

（写于2020年12月25日）

后　记

收在这本集子里的最早的文章《我的母亲》,写于20世纪90年代初我在北大读研时。21世纪初,我萌生了写一本《我们家的女人们》的想法,我写了三篇散文,分别记述我的外婆和我家族中的两个奶奶,却没能继续下去。

2009年上半年,我在杭州遇见大学老师夏中义教授,他约我撰写一篇《从丽娃河到未名湖》的文章,给我两万字版面,拟刊登在他主编的《大学人文》上。我写了七八千字,感觉不对就搁笔不写了。2019年6月9日,远方亲戚给我送了点儿从老家带的杏子,当天我写了篇《麦罢》,自此一发不可收。所有的“过去”、故乡、华东师大、北大、洛阳外国语学院,如滔滔江水从四面八方涌来,几乎要把我吞没,它们和我当下的杭州生活又水乳交融,任何一个“当下”都有“过去”,任何一个“过去”都流向“当下”。在这种状态下,我的微文一篇篇喷涌而出,在观照当下生命的同时,我自觉地回望它的“过去”,与“过去”对话。

我们是在时间流逝中完成自己的使命的。子在川上曰:“逝者如斯夫,不舍昼夜。”生命是不可逆的,古希腊哲学家赫拉克利特说:“人不能两次踏进同一条河流。”但是,对生命的重温,关注生命之水的流淌却可以有多次。而写作就是我们记述并重新审视自我生命的形成的多种可能性之一，而且是最有效的途径。

为表达生命的流动感，本集中的五个空间，我都以“水”名来标识，它们是发源于我故乡河南郑州新密市白寨乡的溱河，是华东师范大学的丽娃河，是洛阳外国语学院所在地的谷水，是北京大学的未名湖，是浙江理工大学靠近的钱塘江。这些江流湖泊，既是我生命的外在环境，也是我内在生命的外化，我的生命之河从河南出发，辗转南北，最后留在浙江。1990年，新写实作家池莉在其小说《你是一条河》中记述了一个底层母亲自20世纪60年代到80年代的家庭生活。她对女性顽强生存能力的写实书写，深深地震撼了我。本书取名为“我是一条河”不仅有致敬之意，还试图从历史维度观照我五十六年的生命历程。这些文章中的大部分在微信中发表过，受到师友和学生们的关注，也得到他们的鼓励。这是我的第一本散文集，秉持的是真诚写作的理念。

陈改玲

2020年11月写于“一间屋”